무상검

無常劍

무상검 11
일묘 新무협 판타지 소설

초판 1쇄 찍은 날 § 2004년 7월 13일
초판 1쇄 펴낸 날 § 2004년 7월 23일

지은이 § 일묘
펴낸이 § 서경석

편집장 § 문혜영
편집책임 § 장상수
편집 § 김희정 · 유경화
마케팅 § 정필 · 강양원 · 이선구 · 김규진 · 홍현경

펴낸곳 § 도서출판 청어람
등록번호 § 제1081-1-89호
등록일자 § 1999. 5. 31
어람번호 § 제2-0400호

주소 § 경기도 부천시 원미구 심곡1동 350-1 남성B/D 3F (우) 420-011
전화 § 032-656-4452 팩스 § 032-656-4453
E-mail § eoram99@chollian.net

ⓒ 일묘, 2003

값 8,000원

ISBN 89-5831-172-X 04810
ISBN 89-5505-395-9 (SET)

무사귀무

일묘 新무협 판타지

FANTASTIC ORIENTAL HEROES

無常劍

11

◆ 깨어나다

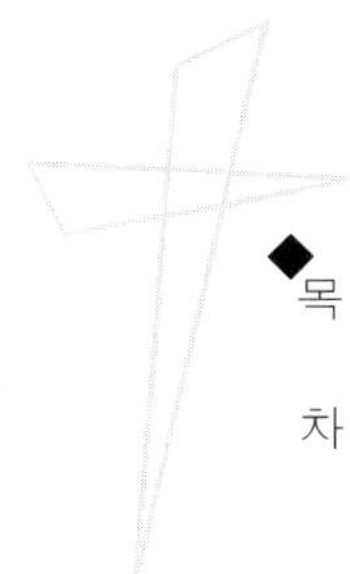

목차

第一章

문장…

"난 나다. 내가 나이기 위해 어떤 증명도 필요치 않다!"

하늘을 향해 그렇게 소리치고 나서 유검은 문득 뭔가를 느끼고 자신의 가슴을 내려다보았다.

'뭐지?'

왠지 가슴이 따뜻해져 있었다.

그리고 그 속에서 마음이 흐물거리며 녹아내리고 있었다.

마치 오랜 방랑 끝에 마침내 고향 집으로 돌아왔을 때처럼 마음은 편안하기 그지없었던 것이다.

이는 실로 이상한 일이었다.

나는 나다.

소명이든 유검이든 어떤 이름과 형상으로 불리든 지금 이 순간 나는 나로서 존재하고 있다.

그것을 자각하자 기이하게도 가슴이 뜨거워질 정도로 뭉클해졌던 것이다.

'그 참, 이상한 일이군.'

그 기이할 정도의 고요와 편안함 속에서 유검은 천천히 주위를 돌아보았다.

기재들은 한껏 미간을 모아 안력을 돋우며 자신을 쏘아보고 있었고, 부곡주는 가소롭다는 얼굴이었으며, 적발사신은 뭔 소린지 알아들을 수 없지만 무지 기분 나쁘다는 표정이었다.

일촉즉발 금방 무슨 일이 벌어질 듯한 분위기인데도 꽤나 평화스러워 보였다.

유검은 더 의아해졌다.

주변 상황은 봄날의 햇볕을 가만히 내리쬐는 듯한 그런 나른한 따스함이 찾아올 만한 분위기는 전혀 아니었다. 최소한 어디선가 아름다운 여인이 나타나 아름다운 곡조의 노래를 부르고 있는 상황은 절대 아닌 것이다.

유검의 시선은 칼자국으로 얼룩져 추악하기 그지없는 얼굴을 더 일그러뜨리고 있는 적발사신으로 향했다.

'누구한테 돈이라도 떼였나?'

라는 생각을 하다가 곧 이상한 느낌을 자각하고는 멀뚱해졌다.

적발사신은 예전 '화'를 헤치려 한 적이 있으니 분노를 느끼든가 아니면 최소한 경멸하거나 무시하고 싶은 마음이 일어야 정상이다. 그런데 황당하게도 오랜만에 만난 친구처럼 친근하고 다정하게 느껴졌다.

눈길을 돌려 인간성 드러워 보이는 부곡주 복고후를 바라보았다. 오랜만에 지인을 만난 듯 반가운 마음이 들었다.

다시 주변을 둘러보았다.

흐린 하늘에 황량한 늪지, 그리고 온통 적들에게 둘러싸여 있어 금방이라도 혈전이 벌어질 듯 살벌하기 그지없는 주변 풍경이다.

그런데 왜 아름다운 한 폭의 산수화처럼 보여진단 말인가?

"아마도……."

유검은 길게 탄식했다.

"내가 미쳤나 봐."

정체를 알 수 없는 각성의 순간이 미처 가시기도 전에 적발사신이 왕—! 귀가 울리는 기합 소리와 함께 붉은 머리카락을 휘날리며 훌쩍 몸을 솟구치고 있었다.

그는 허공에서 허리를 비틀어 오른 손바닥을 한껏 귀 뒤까지 젖히며 버럭 고함을 질렀다.

"감히 누구 앞에서 큰 소리야!"

쐐애액—!

뿌려댄 손바닥과 함께 적발사신이 발출한 장풍이 거칠게 밀려들었다.

유검은 그 속에서 어둠이 담고 있는 아련하기 그지없는 슬픔의 빛깔과 연민을 보았다. 장풍 주위로 어둠의 빛이 독특한 개성을 담고 꽃처럼 피어나 있었는데 그 모습이 노을을 볼 때처럼 참으로 장엄하고 아름다워 보였다.

"나원, 어처구니가 없군."

그렇게 툴툴대면서 유검은 훌쩍 뛰어올라 폭풍처럼 휘몰아쳐 오는 장풍 위로 올라타고는 징검다리 건너듯 껑충껑충 큰 걸음으로 바람을 타고 뛰어갔다.

휘이익—!

난데없이 날아오는 발길질에 적발사신은 깜짝 놀라 허공에서 몸을 비틀어 피하려 하였다.

유검의 발길질이 그의 목덜미를 스치며 허공을 갈랐다.

이때 기이한 회전력이 일어 적발사신의 몸은 허공에서 공중제비를 돌고는 사뿐히 바닥으로 내려섰다.

적발사신의 얼굴이 일그러졌다.

한순간 기막히게 유검의 한 수를 피한 듯한데, 그것이 자신의 재간이었는지 아니면 외부의 힘이었는지 분간할 수가 없었던 것이다.

유검은 그를 스쳐 지나 이 장여 물러나 있었는데 그 역시 멀뚱해져 있었다.

한 수에 적발사신을 최소한 죽이진 않더라도 기절시킬 순 있었는데, 무슨 황당한 마음에서인지 그를 얌전히 착지까지 시켜준 것이다.

유검 역시 자신이 미쳐 버린 게 틀림없다고 생각했다.

이때 기재들은 충격을 받은 듯 두 눈이 커져 있었다.

기재들은 유검의 능력을 인정하고 있었지만 어디까지나 자신들의 세계에서였다.

그들에게 사대호법 중 하나인 적발사신은 까마득히 높은 세계의 어르신이었고 동경의 대상이었다.

그런데 자기들과 비슷한 또래가 그런 그와 대등하게 겨루는 모습을 목격하자 그것은 제법 큰 충격이었던 것이다.

주위는 고요히 정적에 잠겨 있었다.

유검은 자신에게 일어난 변화에 뭔가 이상하기는 했지만 그리 나쁘지는 않다고 느꼈다.

편안하고 따뜻하며 자유로운 느낌을 싫어할 사람이 어디 있겠는가?

하지만 뭔가 걸렸다.

여태까지 삶의 여정을 돌이켜 보자면 자기를 버리는 과정이었다.

언제부터였을까.

부모에게 버려져 홀로 시장에 남겨져 있었던 어린 시절부터였는지, 아니면 주화입마에 당한 후 무당산을 내려와 강호를 떠돌면서부터였는지…….

여하간 유검은 자신을 계속해서 버려갔다.

버리고 또 버렸다.

사매에 대한 짙은 그리움도 버렸고 어릴 적 자신을 버린 아버지에 대한 분노와 어머니에 대한 그리움도 버렸다. 심지어 자기와 관련 깊은 '화' 를 구하러 오면서도 당연히 이는 걱정 따위도 버렸고, 심지어 처참하게 낙양을 박살 내어버린 죄책감까지도 버렸다.

때론 기뻤고 때론 서글펐으며, 때론 고독했고 때론 괴롭던 그 모두를 버려 나갔던 것이다.

그렇게 그냥 흘러가는 대로 자신을 맡기며 웃고 떠들고 사랑하고, 무엇보다 쓸데없는 고민 따위를 하며 계속해서 일체의 '나' 라고 주장할 수 있는 것들을 버려갔다.

당연히 세상의 일이 어떻게 돌아가는지 따위는 관심이 가지 않았다. 내가 없는데 세상이 어떻게 있겠는가?

그래서 유검은 무책임하기 그지없는 방랑자가 되어갔다.

애써 세상일에, 사문의 일에, 사랑에, 우정에, 관심을 가지려 노력해 보아도 마치 꿈속을 걷는 듯 허상처럼 느껴질 뿐이었다.

도저히 살아 있다는 느낌이 들지 않았다.

모든 것이 텅 비어버린 듯했다.

겉으로 웃을 때조차 내면 깊이 느끼고 있는 것은 홀로 있다는 고독이었다.

외로웠다.

그리고 그런 외로움조차 스러지는 거품처럼 허무하고 또 허무하기 그지없었다.

때론 절망도 느꼈고 대체 자신은 무엇을 원하고 있는 것인가 하는 의문과 회의감도 일었지만 그냥 하늘을 바라보다 잠이나 자는 게 낫다고 여기며 흘러버렸다.

많은 절세가인들과의 만남도 있었다. 하지만 그 기쁨 역시도 짙은 고독의 그림자로 되돌아오곤 했다.

그러다 우연처럼 찾아온 무상검의 경지.

그리고 이어지는 강렬한 체험들, 홀연히 찾아온 삼매경…….

유검은 기뻤다.

그 침묵의 노래 속에서 드디어 자신이 원하는 것을 찾았음을 알았다. 영혼이 기뻐 춤을 추었다.

그러나…

한편으로는 내면 깊이 울고 있는 자신의 모습이 있었다.

끊임없이 버려왔던 자신의 단편들이었다.

사랑하는 사매를 떠나면서도 겉으로는 차마 드러내지 못했던 울고 있는 자신의 모습도 있었고, 처절한 고독 속에서도 모든 것을 초월한 양 허무한 웃음을 던지는 자신의 모습도 있었다.

많은 여인들 사이에서 어느 쪽도 선택하지 못하고 우유부단 나약하기 그지없었던 자신의 모습도 있었고, 주화입마 이후 무당산에 검을 묻으며 깊은 슬픔 속에서도 애써 아무렇지도 않은 듯 흘려버리려 했던 자신의 모습도 있었다.

그리고 터무니없이 강한 힘을 지닌 것에 자신을 믿지 못하고 막연한 두려움에 떠는 자신의 모습도, 물론 고검추로, 소명으로 불리웠던 모습도 끼어 있었다.

그런 자기 자신의 모습들에 대한 강한 연민이 일었다.

그 순간 유검은 내면에서 인 걸림이 무엇인지 그제야 자각할 수 있었다.

'이게 뭐지?

유검은 이맛살을 찌푸렸다.

여태까지 삶의 여정은 모두가 자신을 버리는 것, 그것에 관해서는 일체 의심도 없었고 진정 옳은 길이라 여겨왔었다.

도가에서 말하는 진정한 '무위자연(無爲自然)'이 되려면 '나'는 없어야 한다. 불가에서도 공(空)이니 무(無)니 하지 않는가.

하다못해 일반 운기행공에서도 무아지경(無我之境) 속에서 진전이 이루어진다.

그리고 그렇게 자신이 자신의 모든 것을 버려온 데는 어릴 적 사부의 최면처럼 끊임없이 이어져 온 가르침의 탓도 컸으리라.

그런데 그 보이지 않는 확고한 신념에 균열이 일기 시작한 것이다.

'나는 나'라고 소리치며 자신의 존재를 처음으로 받아들이면서부터였다. 그리고 느낀 안도감과 평화스러움은 그 균열의 폭을 넓히며 새로운 혼란을 창조했다.

버리는 것과 받아들이는 것, 대체 무엇이 옳은 길이란 말인가?

부르르—!

유검의 전신이 떨렸다.

자신의 단편들을 받아들이며 느낀 이 편안함은 어쩌면 무상검의 마지막 관문에서 나타난 악마의 유혹일지도 모른다.

아니다.

자신의 모습들을 받아들이는 것에 대체 무슨 문제가 있다는 말인가. 사실 자신을 버리려 했던 여태까지의 삶 자체가 우스꽝스럽고 잘못된 것은 아닌가.

그런 상반된 두 갈래의 갈등 속에서 혼란은 커져 갔다.

그 속에서 대체 '나는 누군가?' 하는 강렬한 의문이 치솟았다.

버리려 하는 자는 누구며 또 자신의 단편을 받아들이는 자 또한 누구란 말인가?

유검은 자신도 모르게 버럭 소리를 질렀다.

"도대체 뭐야—!"

"뭐야—!"

잠시 멍하니 있던 적발사신 역시 문득 현실을 자각했는지 버럭 소리를 지르며 뒤돌아섰다.

부곡주 복고후도 잠에서 깨어난 듯 깜짝 놀라 그제야 수하들과 기재들에게 명령을 내렸다.

"저놈을 잡아라!"

서릿발 같은 그의 음성이 울려 퍼지자 사람들은 우르르 유검을 향해 몰려갔다.

이때 갑자기 적발사신의 몸뚱어리가 들어 올려졌다.

유검이 어느새 다가와 그의 멱살을 잡고 들어 올린 채 불타는 눈으로 그를 쏘아보고 있었다.

불같은 고함 소리가 터져 나왔다.

"뭐냐니?! 그러는 넌 뭐냐?!"

적발사신은 갑작스레 자신이 들어 올려진 이러한 상황이 믿기지 않은 듯 경악한 얼굴이었는데, 반사적으로 유검의 백회혈을 향해 일장을 내려쳤다.

유검은 그를 내동댕이쳤다.

적발사신은 늪지로 처박혔고 흙탕물이 수장 위로 치솟았다.

사람들은 경악하여 움찔 그 자리에 멈춰 섰다.

휘이잉―!

유검 주위로 맹렬한 회오리바람이 일었다. 유검은 그 바람과 함께 복고후를 향해 일직선으로 날아갔다.

곁을 스친 기재들은 낙엽처럼 휘날려 올랐다.

복고후의 멱살이 유검의 손아귀에 잡혔다.

세찬 풍압에 그의 의복이 찢겨져 나갔고 얼굴의 볼 살은 금방이라도 터져 나갈 듯 세차게 출렁거렸다.

유검은 분노에 찬 얼굴로 포효하듯 소리쳤다.

"넌 누구냐? 그리고 난 누구지? 말해 봐! 말해 보라구!!"

복고후는 광기에 사로잡혀 있는 유검의 두 눈을 마주친 순간 공포에 사로잡혔는데 뭔가 한마디 내뱉고 싶었지만 강력한 바람의 힘에 숨조차 쉬기 힘들었다.

유검은 셋 헤아릴 시간조차 기다려 주지 않고 그를 아무렇게나 허공으로 던져 버렸다.

그리고 이글거리는 눈으로 뒤돌아보는 그의 오른손에는,

스아앙―!

기묘한 소리와 함께 눈부신 청색의 날카로운 검이 생겨나 있었다.

주위에 이는 바람으로 온통 난장판이 되어 있었다.

사람들은 본능적인 공포감에 휩싸인 얼굴로 사방으로 달아나기 시작했다.

유검이 광소와 함께 일검을 펼치려는 순간 갑자기 처참하게 부서진 낙양의 모습이 떠올랐다.

자신의 일검에 처참하게 부서진…….

유검의 얼굴이 찌푸려지고 전신에 극렬한 진동이 일었다.

의식 중에 일어난 일은 아니다.

하지만 자신의 손에 의해 그러한 일이 벌어진 것은 사실이다.

그렇다면 그렇게 만든 자는 나인가, 아닌가.

여태까지는 아니라고 생각했다.

하지만…

이제 과연 그런 자신을 받아들일 수 있겠는가?

받아들이고 과연 용서할 수 있겠는가?

'받아들이고말고가 어디 있나? 어쨌든 나로 인해 벌어진 일인 건 사실이잖아! 변명하고 말 게 어디 있다는 말인가―!'

이를 갈며 그렇게 내심 중얼거리는 순간 내면 깊이 숨겨져 있던 두려움과 죄책감이 물밀듯 밀려왔다. 그 참사 속에서 절망하고 울고 슬픔에 잠겨 있던 이들의 모습과 함께.

"크윽―!"

어떤 강력한 힘에도 끄덕 않을 듯한 유검의 신형이 휘청 꺾였다.

전신이 산산조각나는 것 같았다.

천지가 빙글 돌아가고 있었다.

"크아아아악―!"

처절한 울부짖음과 함께 유검의 신형이 하늘 높이 솟구쳐 올랐다.

미친 듯 허공을 날아가다 유검은 신형을 멈췄다.

내면에서 이해할 수 없을 정도의 강렬한 두려움과 죄책감, 그리고 자기 의심이 솟구쳤고 그것은 분노로 표출되어 광기에 휘말려 있었다.

그럼에도 그런 자신을 지켜보는 또 하나의 자신이 있었다.

그런 분리의 자각은 참기 힘들 정도의 고통을 가져다 주었다.

유검은 분노로 이글거리는 눈으로 지상을 내려다보았다.

잠룡곡 외곡의 모습이 보였다.

"흥, 이따위 세상―!"

유검이 든 검에서 눈이 멀 듯한 광채가 뿜어 나오기 시작했다. 하늘에 또 하나의 태양이 뜬 것 같았다.

우르릉 충격파가 주위로 퍼지며 뇌성을 울렸다.

유검은 스스로의 능력에 두려움을 느껴 한 번도 모든 힘을 끌어올린 적이 없었다.

이제 그 힘이 모두 방출되려 하고 있었다.

내면에 있던 두려움과 죄책감, 그리고 자기 의심 등에 대한 극도의 반발 때문이었다.

간단히 말해 화풀이 대상이 필요했던 것이다.

"사라져 버려!"

태양이 급전직하 지상으로 내리 꽂혔다.

외곡 건물 바깥에 나와 있던 사람들은 눈부신 광채를 마주 보지 못하고 손바닥으로 눈을 가릴 뿐 무슨 일이 일어나고 있는지 자각하지 못했다.

우르릉—!

그 힘이 당도하기도 전에 땅이 울리고 지축이 흔들렸다.

유검은 빛의 광채와 함께 신검합일하여 무섭게 지상으로 쏘아갔다.

지표면이 빠르게 부딪쳐 왔다.

모든 의식의 초점이 지상의 한 점으로 모아지고 있었는데 그 속에서 유검은 천진한 눈망울로 하늘을, 자신을 올려다보고 있는 한 소녀를 발견했다.

"……!"

유검의 눈동자가 흔들렸다.

"제기랄—!"

지상으로 내리 꽂히던 태양은 다시 방향을 돌려 하늘로 솟구쳐 올랐다.

뭉게뭉게 흙먼지가 자욱하게 피어올랐다.

다우는 나무 위에서 하늘 높이 사라져 가는 태양을 바라보다 폭풍처럼 몰아쳐 오는 흙먼지에 눈을 감았다.

뿌지직—!

나무가 쓰러지자 냉큼 뛰어내렸다.

그리고 아직도 피어오르는 흙먼지 속에 누워 있는 유검에게로 나아가 그 옆에 쪼그려 앉았다.

"뭐 해? 살아 있어?"

엎드려 쓰러져 있는 유검의 등을 손가락으로 꾹꾹 눌러보며 물었다.

'임마! 내가 죽었나 확인하는 거냐?'

내심 그렇게 소리쳤지만 겉으로는 손가락 하나 까닥일 수가 없었다.

다우는 주위를 두리번거렸다.

도대체 무슨 일이 벌어졌나 싶어 호위무사들이 몰려오고 있었다.

다우는 어깨를 으쓱거렸다.

"어쨌든 여기 있음 안 되겠다."

그렇게 중얼거리며 유검의 팔을 자기 목 위로 끌어당겨 부축했다. 그리고 발걸음을 옮기려 했지만 유검은 질질 끌릴 뿐이었다.

"나 참!"

안 되겠다 싶은지 다우는 유검을 등에 업었다.

"어휴, 무거워라."

이때 십여 명의 호위무사들은 십여 장 가까이 달려와 있었다.

"네놈들은 누구냐!"

"쳇, 알아맞혀 보시죠!"

그들의 호통에 그렇게 대꾸하며 다우는 공력을 끌어올려 경신술을 펼쳤다.

하지만 자기보다 더 큰 덩치의 사내를 업고 새처럼 가볍게 몸을 날릴 순 없었다. 마치 큰 개구리가 풀쩍 날아올랐다가 둔탁하게 떨어져 내리는 것 같았다.

"흥, 어딜!"

두 명의 무사가 다우의 신형을 훌쩍 뛰어넘어 앞길을 가로막았다.

그들은 도를 휘둘러 위협을 가하며 으르릉 호통을 쳤다.

"감히 여기가 어딘 줄 알고……."

그러나 다우와 시선을 마주친 순간 두 무사는 갑자기 할 말을 잃었다.

뒤이어 달려와 포위하던 무사들도 갑자기 멈춰 서버렸다.

이는 다우의 군화지력에 영향을 받은 탓이기는 하지만 예전처럼 혼백을 제압당한 듯 그렇게 홀린 상태는 아니었다.

그들은 다우를 보고 또 주위를 돌아보았다.

세상은 평화롭고 아름다웠으며 이렇게 누군가의 뒤를 쫓는다는 것이 전혀 별거 아닌 것처럼 느껴졌다.

다우가 주저하며 말했다.

"저… 비켜줄래요?"

"뭐… 그러지."

무사들은 약간 주저하다가 순순히 길을 비켜주었다.

너무 쉽게 말이 통하자 다우는 놀라면서 기뻤다.

"고마워요."

생긋 그들에게 미소를 보이고는 유검을 업은 채 멀어져 갔다.

무사들은 그 모습을 멍하니 바라보다 한마디씩 했다.

"꽤 예쁘네. 난생처음 보는 미인이야."

"그런데 왠지 저 앨 보니까… 여동생이 생각나네."

"잉? 네 여동생이 그렇게도 미인이냐?"

"그렇진 않지만… 그냥 그런 느낌이란 거지."

다른 누군가가 중얼거렸다.

"그나저나 집에 부모님은 잘 계시는지 몰라. 보고 싶구먼."

"난… 여섯 살 난 자식 놈 얼굴이 보고 싶어."

그들은 평화스러워 보이는 주위 모습을 돌아보았다.

항상 보던 그 광경이건만 이렇게도 아름답고 평화스러울 줄은 오늘 처음 느끼고 있었다.

여태까지 중요하다고 생각해 온 일월교 교리며 교도로서의 투철한 사명감이며 그리고 세상을 바꿔야 자신들이 살아남을 수 있다는 절박함 등이 허상처럼 여겨졌다.

오히려 대체 왜 그렇게 중요하게 여겨졌을까 하는 의문이 일 정도였다.

누군가 중얼거렸다.

"대체 우리가 왜 여기 있는 걸까?"

들고 있는 칼의 무게가 오늘따라 무척이나 성가시고 귀찮다고 느껴졌다.

"영차—!"

다우는 한 개울가 바위 근처에 유검을 눕혔다.

개울은 얼어 있었다.

다우는 돌멩이로 얼음을 깨고 손바닥으로 물을 퍼서 조심스레 유검 곁으로 왔다.

"아! 하고 벌려봐."

물을 그의 입에 흘려주었지만 모두 흘러내릴 뿐이었다.

다우는 자신이 유검에게 해줄 수 있는 일이 아무것도 없음을 깨닫고 단지 옆에 턱을 괴고 쪼그리고 앉아 깨어나기만을 기다렸다.

유검은 흐릿한 시야 속에서 그녀를 보고 있었는데, 보고 있는지 아니면 안 보고 있는지 알 수가 없었다.

너무도 무기력해져서 숨조차 쉬기 힘들었다.

이토록 손가락 하나 움직이지 못할 정도로 탈진한 것은 힘을 방출했기 때문이 아니었다.

내면에서 일어난 혼란 때문이었다.

대체 어떻게 해야 한다는 말인가? 자신은 과연 옳은 길을 걸어왔다 말할 수 있는가? 남들이 보기에 제법 그럴듯한 능력을 지녔지만, 그래서 과연 얼마나 더 행복해졌는가?

한번 의심이 들기 시작하자 그것은 끝이 없었다.

자신에 대한 까닭 모를 분노가 솟구쳤지만 고함 한마디 지를 힘조차 없었다.

유검은 강호의 일 속에서 어떤 관심도 만족도 느끼지 못했다. 그래서 언제부터인가 검을 통해 끊임없이 내면을 탐구해 들어갔다.

그리고 가끔 재밌고 흥미진진한 체험들을 했다.

그중 가장 최근의 무상 삼매경에서 희열과 행복을 맛보았다. 자신은 이 육체와 마음에 구속되지 않는 지고의 무한한 존재라는 사실도 알았다.

그것은 참으로 멋진 경험이었지만 깨고 나면 여전히 하나의 인간으로 남아 있었다.

이것은 유검에게 조그만 혼란을 안겨주었다.

어떤 상황이든 자신이 선택한 결과라는 것을 안다.

그런데 왜 인간으로 되돌아오는 것을 선택한 걸까?

유검은 아마도 자기가 의식하지 못하는 존재의 깊은 수준에서 그것을 선택한 까닭이 있었을 것이라 생각했다.

하지만 한편으로는 지겹기도 했다.

사람들은 기쁨이나 사랑, 행복을 추구한다.

그러다 실제 행복을 느끼면 그때부터는 이것을 잃지 않을까 걱정하기 시작한다.

그리고는 우환을 현실로 불러온다.

하지만 막상 경험해 보면 의외로 별게 아니라는 것을 알고는 안도하며 기뻐한다.

그리고 또다시 행복을 추구해 간다.

그렇게 다람쥐 쳇바퀴 돌 듯 반복해 가는 것이다.

어떤 사람들은 그 행복이 외부에서 오는 것이 아니라 내면에 자리하고 있음을 발견했다.

그리고 내면으로 파고들어 자신의 진정한 본성을 깨닫고 기뻐한다.

하지만 깨고 나면 여전히 인간이라는 조그만 육체 속에 남아 있는 자신을 발견하고는 극심한 자기 회의를 느끼기도 한다.

하지만 유검은 무엇이든 자신이 원한 선택의 결과라는 것을 확신했기에, 스스로를 의심하지 않았다.

언젠가 무상검의 최고 경지에 오르면 알게 될 것이라 믿었다.

하지만 한번 의심하기 시작하자 그것은 걷잡을 수 없었다.

돌이켜 바라보니 도대체 바뀐 것이 무엇인가?

아무것도 없었다.

과연 진정한 무상검의 경지라는 것이 있기는 한 것일까?

엉터리 공상이나 환상이 아닐까?

만약 산을 가르는 능력 따위가 무상검의 경지라면 자신은 참으로 잘못 들어선 것이다.

유검은 마침내 절망했다.

'그래… 이따위 것 집어치우자. 그냥… 그만둬 버리자. 이제 더 이상 이런 것 저런 것 따위 신경 쓰기 싫어졌어.'

유검은 자신의 무기력함을 인정했다.

그리고 자신이 정말로 알고 있는 것은 없다는 것을 알았다.

이제 대체 무엇을 어떻게 해야 할까? 도달해야 할 경지가 무엇이고, 그것을 위해 자신이 무엇을 해야 할까?

아는 것은 물론 많다면 많다.

뭐를 어떻게 요리하면 맛있다던가, 술을 마시면 기분이 좋아진다는 따위의, 숭산에는 소림사가 있으며, 무당산에는 무당이 없다는 따위의 시시껄렁한 지식들은 알고 있다.

하지만 정작 알고 싶은 것은 알 수 없었다.

무상검의 마지막 경지가 어떤 것인지…….

왜 삼매경의 행복한 상태에 머물지 못하고 이렇게 인간으로 되돌아와야 하는지…….

또한 여러 가지 자신의 인간적인 모습들…….

우유부단함으로 남에게 상처 준 자신의 모습들과 특히 낙양을 부숴 버린 자신의 모습까지 받아들여야 하는지, 아니면 그것조차 무위자연(無爲自然)을 위해 흘려버려야 하는 것인지조차 알 수가 없었다.

정말 알고 싶은 것은 하나도 모르고 있는 것이다.

그렇게 자신의 모든 의지를 포기하고, 모든 것을 내려놓았다.

그 순간 가슴에서 들려오는 속삭임이 있었다.

말은 아니지만 그 의미는 뚜렷하게 알 수 있었다.

나는 나!

어떤 모습과 형상을 지녔든 나는 존재하고 있다.

그렇게 순수한 '나는 나'로 존재함을 자각한 순간, 대상이 아닌 주체로서 그것을 자각한 순간, 유검은 그 사랑과 평화 속으로 녹아들어 갔다. 시간과 공간이 사라졌다.

잠시 후 깨어나며 유검은 새삼 깨달았다.

자신이 얼마나 자신을 사랑하고 있는지를……

아무리 절망에 빠진, 또 혼란스러워하는 우스운 꼴이라 할지라도 결국 있는 그대로 받아들일 만큼 자신을 사랑하고 있는 것이다.

역과정이 시작되었다.

버려왔던, 자신의 인간적인 모습들을 하나하나 온전히 받아들이기 시작한 것이다. 그것은 죄의식이나 수치심 등과 같은 자신에 대한 모든 판단을 놓아버림과 함께였다.

진정 버려야 할 것이 무엇인지 이제야 깨달은 것이다.

이 순간 유검은 깊은 삼매경 속에서도 얻지 못한, 온 우주를 다 준다고 해도 바꾸지 않을 가장 소중한 보석들을 얻고 있음을 알 수 있었다.

그의 입가에 조용한 미소가 떠오르기 시작했다.

얼마나 시간이 지났을까.

산중의 밤은 일찍 찾아들어 주위는 어둑해지기 시작했다.

다우는 깜빡 잠이 들었는데 오슬오슬 추위옴을 느끼고 깨어났다.

그녀는 모닥불을 피우려 몸을 일으켰다.

이때 매 한 마리가 자기 쪽을 쏘아보다 서녘으로 날아가는 것을 보았다. 그 장면을 힐끔 바라보고는 숲으로 들어가 나뭇가지들을 주워 오기 시작했다.

빨간 모닥불이 피워질 무렵 유검이 끄응 신음 소리와 함께 몸을 일으켰다.

다우가 반색해 소리쳐 물었다.

"괜찮아?"

"…몰라."

유검은 어벙한 얼굴로 주위를 두리번거렸다.

다우는 그런 유검의 얼굴에 코끝이 닿을 정도로 얼굴을 바짝 갖다 대고 유심히 살폈다.

몽롱하게 풀린 듯한 그의 눈을 살펴보곤 안심한 듯 말했다.

"정상이네 뭐."

유검은 고개를 갸웃거렸다.

"그럴까?"

"응, 틀림없어."

그리고 돌연 떠올린 듯 벌떡 자리에서 일어났다.

"아참, 먹을 걸 구해올게!"

발걸음을 떼어놓으려는 순간 다우는 비틀거리며 몸을 가누지 못했다.

유검은 황급히 몸을 일으켜 그녀를 부축했다. 하지만 힘이 없어 그녀와 함께 넘어지고 말았다.

다우는 유검을 부축해 몸을 일으키며 의아하다는 듯 떨리는 목소리로 중얼거렸다.

"왜… 이렇게 떨리는 거지?"

유검은 그녀의 머리를 쥐어박으며 말했다.

"추우니까 그런 거지, 바보야."

"아… 그렇구나."

다우는 유검의 품속에서 그제야 따뜻함을 느꼈다. 마치 아주 추운

나라에 다녀온 것 같았다.

긴장된 마음이 풀리자,

"먹을 걸 구해올게. 여기서 기다려!"

다시 그렇게 소리치고 숲으로 들어갔다.

그녀의 모습이 사라지자 유검은 그 자리에 주저앉아 멍하니 어두워진 밤하늘을 올려다보았다.

반짝이는 별들은 참으로 아름다웠다.

이때 늙수그레한 음성이 들려왔다.

"꽤 좋아 보이는구먼."

천천히 몸을 일으켜 시선을 돌려보니 눈동자가 까만 기이한 노인네가 나타나 바위 위에 앉아 있었다. 그리고 그의 왼쪽 어깨 위에는 매 한 마리가 올라타 있었다.

노인은 품속에서 따끈한 만두를 담은 종이 봉지를 꺼내며 물었다.

"먹어보겠나?"

여태껏 그에게서 들어보지 못한 따듯하고 부드러운 음성이었다.

유검은 순순히 만두를 받아 들었다.

노인은 다시 부드럽게 물었다.

"그래, 무상검은 깨우쳤나?"

유검은 만두를 먹으려다 노인의 말에 어리둥절해졌다.

"예? 왜 그렇게 생각하시죠?"

노인은 미소를 지었다.

"자네에게서 좋은 향기가 나니까."

그 말에 유검은 자기 몸에 코를 대고 킁킁대다 중얼거렸다.

"목욕을 한 지 얼마 안 됐는데……."

노인은 웃다가 말했다.

"그래, 뭔가를 깨달은 것 같은데 내게 말해 줄 수 있겠나?"

유검은 고개를 저었다.

"제가 깨달은 것은, 내가 아는 것은 아무것도 없다는 것뿐입니다."

"흐음… 그래서? 그럼 앞으로 어떡하려고?"

"어떡하다뇨?"

유검은 어깨를 으쓱거렸다.

"뭐, 여태까지 있어온 이대로… 그냥 나 자신으로 있는 거죠."

곧 고개를 저었다.

"무상검 따위는 포기했습니다. 있을지 없을지도 모르는 그런 경지를 바라고 뭔가가 되려 노력하는 것은 그만두기로 했습니다. 그렇게 뭔가 되려 하지 않고 그냥 지금 이 순간, 나는 나로서 이렇게 있고 싶을 뿐입니다. 아무것도 바라지 않아요."

"세상일은 어떡하고?"

"말씀드렸잖습니까? 아는 게 아무것도 없다고… 제가 보기에는 그들이 고통스러워 보일지 몰라도 정작 그들은 행복한지 어떻게 압니까?"

유검은 노인이 화를 내리라 생각했다.

그래도 어쩔 수 없다 여겼다.

하지만 의외로 노인은 화를 내지 않았다. 대신 즐거운 표정으로 물었다.

"자신이 너무 이기적이라 생각되지는 않나?"

유검은 곰곰이 생각해 보다 말했다.

"그래도 어쩔 수 없습니다."

유검은 손으로 땅과 풀을 쓰다듬으며 말을 이었다.

"이 감촉… 불어오는 바람… 풍요로운 색감과 향기들… 그리고 그 것을 느낄 수 있는 이 육체… 나의 감정들……."

유검은 돌연 벼락을 맞은 듯한 얼굴이 되었다.

"어라?"

멍하니 있다가 홀린 듯 중얼거렸다.

"여태까지 왜 몰랐을까… 지금의 이 순간을—!"

시간과 공간이란 단지 관념에 불과함을 이미 알고 있었다. 하지만 여태까지는 그것을 초월하려고만 했지 지금 이 순간에 머물려고는 하지 않았다. 왠지 묶이는 느낌이 있었던 것이다.

하지만 지금 이 순간 속에 머무르는 것을 받아들이자 과거나 미래에 살고 있던 실재하지 않는 '나'가 사라졌다.

마음은 지금 속으로 녹아들어 갔다.

고요함이 찾아왔다.

모든 것이 온전하고 평화스러웠으며 감미로운 사랑으로 가득 차 있음을 보았다. 자유로웠다.

유검은 그렇게 자신이 원하던 답을, 유한에서 무한으로 통하는 만능의 열쇠를 지금 이 순간 발견했다.

바로 '지금'이라는 황금의 열쇠를.

가슴은 따뜻한 햇살 속에 놓여진 것처럼 뭉클하고 편안했는데, 그 부드럽지만 강렬한 느낌 속으로 자신도 모르게 몰입되어 빨려 들어갔다.

그 순간 시공을 초월한 어떤 중심에서 맑고 투명하기 그지없는, 따 뜻한 액체와도 같은 진한 기운이 뭉클뭉클 솟아 나와 존재 전체를 뒤

흔들고 감명시켰다.

“아……!”

유검은 전신의 감각이 서서히 깨어나기 시작함을 느꼈다.

침묵 속에 머물러 있다가 노인에게로 고개를 돌리는 순간 내면에서 어떤 폭발이 일어났다.

마치 발끝에서 머리끝까지 뇌전이 관통한 것 같았다.

“이건…….”

약간 얼굴을 찌푸리며 말을 꺼내는데,

퍼퍼퍽—!

몸 곳곳에서 폭발이 연달아 일어났다.

도대체 어디서 시작되는지는 몰라도 어떤 섬세하고 강렬한 진동이 전신을 훑고 지나가는데 중추에서부터 말단 세포까지 춤을 추는 것 같았다. 그것이 쾌감인지 아니면 고통인지 알 수가 없었다.

할 수 없이 유검은 그 자리에 다시 주저앉았다.

노인은 아무 말 없이 편안한 미소와 함께 지켜보고 있었다.

유검은 문득 깨달았다.

우연히 어떤 일이 자기에게 일어났다. 마치 잠에서 깨어난 것 같았다. 그것이 무엇이었는지 명료하지 않았는데 노인의 질문에 반응하며 커다란 통찰력과 앎과 체험을 얻은 것이다.

진실로 자기가 아는 것은 전혀 없으며, 그곳에 도착하기 위해 해야만 하는 일도 없다는 앎이었다.

그저 뗏목에 몸을 맡기고 바다를 표류하듯, 그렇게 단지 ‘지금’ 속에서 모든 것을 있는 그대로 받아들이고 그리하여 그저 자기 자신으로 존재한다.

그때 비로소 뭔가가 일어난다.

잠들어 있던 '무(無)'의 진동이 깨어나는 것이다.

그리하여 결코 마음이 간섭할 수 없는, 전혀 기대하지 않았던 변형이 일어난다. 끝나지 않는 웃음의 과정이 시작되고 그렇게 존재의 흐름으로 들어가는 것이다.

그 속에서 '나'를 완전히 잃어버리고 마침내 물거품 위로 바다가 쏟아져 들어온다.

그것이 진정한 '무위이화(無爲而化)'였다.

유검은 그러한 과정에 대해 깊은 수준에서 이해할 수 있었다.

퍼퍼퍽―!

잠시 생각을 멈추자 또다시 전신에서 폭발이 일어났다.

유검은 몸에 어떤 일이 일어나든 그냥 내버려 두었다. 대략 그것이 무엇을 의미하는지 알고 있었기에.

유검은 노인을 빤히 쳐다보다가 돌연 일어서서 그를 향해 큰절을 올렸다.

노인은 눈을 크게 뜨며 물었다.

"무슨 짓이냐?"

유검은 존경의 눈으로 그를 올려다보며 말했다.

"왜 이제야 깨달았는지 모르겠군요. 어르신께서는 제가 마음속의 의문을 품을 때마다 나타나 그것을 건드려 주었습니다. 그래서 저는 그것을 자각하고 다음 단계로 나아갈 수 있었습니다. 또한 여러 가지 질문과 자극을 주어 제가 명확하게 느끼지 못한 것을 알아차리게 해주셨습니다. 뭐 때론… 확실히 지나쳤죠. 여튼… 어르신께선 대체 누구십니까? 어째서 제게 이와 같은 가르침과 도움을 주시는지요?"

"허어! 누구냐니? 여태까지 나와 대화를 나눠놓고 내가 누군지 몰라?"

"예!"

노인은 빤히 유검을 쏘아보다 천천히 미소를 지었다.

"정말로 날 모르겠나?"

"참나, 알면 일부러 물어보겠습니까?"

"음… 꽤나 무디군. 나는……."

부시럭—

이때 다우가 수풀을 헤치고 걸어나왔다.

"암만 찾아봐도 먹을 게 없… 앗!"

그녀는 노인을 발견하고는 깜짝 놀라 유검의 등 뒤로 숨었다. 그리고 새끼 고양이처럼 노인을 향해 그르릉거렸다.

노인은 힐끔 그녀를 보고는 미소 지었다.

"괜찮아. 더 이상 너를 건드리거나 방해하진 않을 테니까."

그리고 다시 유검에게로 시선을 돌려 짓궂게 웃어 보였다.

"나의 정체를 알고 나면 넌 반드시 절한 것을 후회할걸? 그래도 알고 싶으냐?"

"뭐… 최소한 인간이 아니라는 것은 알고 있습니다."

"음? 뭐… 틀린 말은 아니지만……."

다우는 움찔했다.

'그럼… 귀신인 걸까?'

그 모습을 보고 노인의 검은자위만 있는 눈동자가 진주처럼 반짝이며 웃었다.

"귀신은 아니란다, 애야. 하지만 보통 사람은 나를 볼 수가 없지. 마음이 순수한 사람만 나를 볼 수가 있어."

다우는 내심 깜짝 놀랐다.

'내, 내 마음을 읽는 걸까?

노인은 자신의 한쪽 바지를 끌어 올렸는데 다리에 조그만 혈흔이 나 있었다.

그것을 가리키며 노인이 말했다.

"이 상처가 기억나느냐?"

유검은 그것을 뚫어지게 쳐다보았지만 자신이 언제 노인에게 그와 같은 상처를 입혔는지 기억할 수가 없었다.

유검이 고개를 젓자 노인은 웃었다.

"편복도에서의 일이 기억나지 않느냐?"

그것을 한참 보다 유검은 뭔가를 떠올린 듯 경악했다.

"서, 설마!"

순간 노인의 전신에서 황금색 광채가 뿜어져 나왔다.

이때 유검은 전신에서 뭔가 진동하며 빠져나가는 것을 느꼈다.

하얀 빛무리들, 의식의 빛들이었다.

그것은 곧장 노인에게로 빨려 들어갔다.

"나의 여의주이자 심부름꾼이었던 이 녀석들은 당시 너의 일검에 산산조각났었다. 아니, 그렇게 보였지. 하지만 내가 허락하지 않았다면 모든 것의 실재인 의식의 빛으로 이루어진 여의주가 한낱 검에 부서질 리 있겠느냐?"

유검은 경악이 가시지 않아 여전히 할 말을 잊고 있었다.

다우는 그의 옷자락을 끄집어 당기며 물었다.

"누구야? 누군데 그렇게 놀라는 거야?"

유검은 조그맣게 대꾸해 주었다.

"여의주라는 말도 모르니?"

"여의주? 그럼 뭐 용이라도 된다는 거야?"

유검이 고개를 끄덕이자 이번에는 다우가 놀라 두 눈이 동그래졌다.

노인이 말했다.

"이 녀석들은 당시 우왕좌왕하다 네게로 들어갔다. 그리고 많은 일들을 도왔고 너의 분열된 의식들을 통합시키는 데 꽤 힘을 보태었지. 모든 게 우연 같지만 그렇지 않단다. 어쨌든 모든 게 적절했고 너는 예상보다 더 잘해내었다. 이제 자네가 진정한 자신의 힘을 자각하기 시작했으니, 이 녀석들도 자리를 비워줘야만 하지."

밤하늘 아래 노인의 주위를 둘러싼 황금 빛은 아름답고 섬세하기 그지없었다.

노인의 음성이 보다 맑고 청아해졌는데 유검은 왠지 귀에 익은 것 같다고 생각했다.

"풍환⋯⋯!"

부드러운 그의 음성에 다우의 손에 끼어 있던 반지에서 아름다운 빛 안개가 흘러나오더니 아름다운 용모의 한 소녀로 바뀌었다.

─예, 전 주인님. 부르셨어요?

"너도 이제 그 역할이 끝났으니 돌아오려무나."

─예? 그, 그런 법이 어딨어요!

"너는 나의 가족, 함께하는 것은 당연해. 하지만 무엇보다도 그를 위해서야. 자신의 힘을 온전히 되찾기 위해서는 그 공간을 비워줘야만 하는 거지."

―하지만…….

다우가 그녀에게 다가가 안타까운 듯 말했다.

"잘 가. 그동안 미안해. 이렇게 네가 떠날 줄 알았다면… 네게 좀 더 잘해줘야 했는데……."

그렇게 행동으로 그녀가 떠나는 것을 기정사실화시켰다.

그리고 유검을 향해 다그쳤다.

"뭐 해? 그동안 신세도 많이 졌잖아. 그렇게 멀뚱히 있을 거야?"

"응? 아… 그래. 그동안 고생 많았다."

유검은 얼떨결에 그렇게 작별 인사를 했다.

풍환은 다우가 정말로 무섭다고 느꼈다.

풍환은 머뭇거리다 유검에게 공손히 큰절을 올리기 시작했다. 큰 눈에서는 눈물이 글썽거리고 있었다.

―주인님…….

유검은 깊은 연민이 일어 다정하게 말했다.

"괜찮아. 회자정리라고 다시 만날 날이 오겠지."

다우는 내심 희희낙락하며 속으로 생각했다.

'흥, 과연 그럴까?'

소녀는 눈물을 글썽이며 유검의 두 손을 꼭 잡았다.

―그럼 안녕히…….

그리고는 노인의 황금빛 광채 속으로 흡수되었다.

노인은 입을 열었다.

"너는 이제야 비로소 순간에 존재하는 것의 기쁨과 평화, 행복을 알게 되었다. 이제 환상은 깨어졌고 돌이킬 수 없게 되었다. 참으로 단순하지만 그 가치를 아는 자는 드물다. 모두가 마음과 지성이 만들어낸 환상 속에 있는 것을 그렇게 좋아하기 때문이지."

"재밌거든요."

노인은 웃으며 말을 이었다.

"그 '지금' 은 확장된 현재이며, 너의 실재가 거주하는 참된 공간이
다. 항상 바깥을 돌아다니던 너의 마음은 이제 집으로 돌아와 평온을
누리며 실재 속으로 녹아들어 갈 것이다. 너는 조만간 완전한 각성을
이룰 것인데, 그때가 되면 모든 것을 이해하고 알게 될 것이다."

노인은 미소 지으며 물었다.

"그런데 내가 왜 너를 도우려는지 궁금하지 않느냐?"

"그야……."

"그건 말로 표현하기 어렵지만 나의 즐거운 봉사 의무와 같은 것이
기 때문이다. 이 땅에는 모두 나와 같은 원형적인 존재가 열둘이 있
어서 인간의 내면에 자리한 장엄한 존재가 깨어나길 기다리지. 나는
인간의 언어로 말하자면 풍룡, 인간의 각성을 돕는 변화의 기운을 맡
고 있다. 우주에도 그러한 존재들이 있으며 우린 모두 한가족을 이루
지. 이는 인간의 신체에 모두 열두 개의 경락이 있는 것과 같은 거
야."

유검은 제법 그럴듯하게 들린다고 생각하며 고개를 끄덕였다.

노인은 여전히 심각할 줄 모르는 유검의 태도에 웃음을 금치 못하며
말을 이었다.

"천축에 전해지는 한 이야기다. 이 우주를 창조해 낸 신은 그 아름
다움에 감탄을 금치 못했다. 그러다 문득 돼지가 되면 어떻게 느껴질
까 궁금해졌다. 그래서 그는 돼지의 몸속에 들어갔다. 그는 그것이
말할 수 없이 즐겁다는 것을 알았다. 돼지우리의 냄새가 무척 좋았으

며, 밥 찌꺼기의 냄새가 구수했고, 암돼지들이 육감적으로 느껴졌다.
그러나 우주는 돌볼 사람이 필요했다. 해야 할 일이 있었다. 그래서
시중과 하녀들이 가서 말했다. '신이여, 당신은 거기서 나오셔야 합
니다. 우주가 당신을 필요로 하고 있어요.' 신이 말했다. '너희들은
누구에게 말하고 있는가? 나는 단지 돼지일 뿐이라고! 나를 가만히
내버려 둬!' 그래서 그들은 돼지를 죽였고 신은 바깥으로 나왔는데,
그는 자기가 떠날 것을 거절했다는 사실을 한사코 믿으려 하지 않았
다."

"재밌군요. 근데 그 돼지가 인간인가요?"

노인은 빙긋 웃고는 다시 말을 이었다.

"인간은 돼지면서 동시에 신이지. 우연찮게도 자신이 신임을 알게
된 자들은 여전히 돼지로 남아 있는 스스로를 경멸하고 저주했다. 그
래서 저와 같은 이야기를 만들어낸 거야. 하지만 그들도 내면 깊은 곳
에서는 그냥 그런 놀이를 즐길 뿐이라는 것도 알고 있지."

"복잡하군요."

노인은 하늘을 가리키며 말을 이었다.

"자네도 아마 조금 느꼈을지 모르지만, 저 별들도……."

노인은 다시 손가락으로 땅을 가리켰다.

"디디고 선 이 대지도 실제는 우리 모두가 함께 창조한 것들이다.
저 풀도, 저 지저귀는 새도, 이 개울도 이 우주의 그 모든 것들을 우리
가 함께 설계하고 창조해 내었지."

"우리?"

"그렇다. 너희가 인간으로 오기 전 우린 동료였거든."

유검의 두 눈이 동그래졌다.

어떤 깊은 삼매경 속에서 우주와 하나가 된 일체감을 느껴본 적은 있지만, 그렇다고 자신이 이 우주를 창조해 낸 신이라고는 생각해 보지 않았던 것이다.

그것은 제법 큰 충격이었다.

유검은 의아해 물었다.

"그렇다면 인간은 왜 그걸 기억 못하는 겁니까?"

노인은 어깨를 으쓱거렸다.

"이미 너도 알겠지만 그 누구도 강요하지 않았다. 오로지 스스로 선택했을 뿐이야. 그 누가 강요할 수 있을까? 그것은 존재하는 모든 것을 위한 위대한 봉사와 희생이라고 말할 수도 있고, 또한 인간으로 들어가 신이 되는 꽤 재미난 놀이를 체험해 보고 싶어서이기도 했지. 그리고 그 이상의 커다란 이유도 있는데, 그것은 나중에 너 스스로 알게 될 것이다."

유검은 고개를 절레절레 저었다.

"휴… 내가 왜 그랬는지는 몰라도 꽤나 이상한 선택을 했군요."

노인은 웃었다.

"세상의 많은 사람들은 이쪽으로 와서 하는 첫마디가 그거지. 그리곤 이번 생에 자신이 한 연기가 제법 괜찮았는지도 묻곤 해. 그리곤… 이번에는 다른 걸 해보겠다며 다시 이 세계로 돌아오지."

"…난 절대 안 그럴 겁니다."

"호호호……."

노인은 의미심장한 미소를 지었다.

"그나저나 이제는 무상검의 참 의미를 알았겠군."

"뭐 대충은……."

"본래 무상검이란 어떤 무공의 경지가 아니지. 인간 내면에 자리한 신성(神性)을 되찾을 수 있는, 그 이원성으로 가득한 무지의 장막을 베는 진리의 검이요, 온갖 번뇌 망상의 뿌리를 끊는 지혜의 불칼을 말하는 것이다. 누구나 가슴속에 지니고 있지만 그것을 진정 보려 하는 사람은 참으로 드물 뿐."

"대략 알고는 있었지만 직접 말로 들으니 제법 그럴듯해 보이는군요."

노인은 웃으며 되물었다.

"그나저나 무상검의 요결에 대한 의미도 이제는 알았겠군."

유검은 쓰게 웃으며 되물었다.

"내가 전하는 것은 문장이다, 라는 거 말이군요."

"그렇다."

노인은 곧 안색을 진지하게 바꾸고 물었다.

"그게 누가 한 말인지 알겠는가?"

"나."

"…잉?"

유검은 고개를 저으며 대답했다.

"뭐, 예전이라면 아마 참 나[眞我]라고 대답했겠죠. 혹은 마음이라던가… 아니면 신이라던가… 혹은 누군지 알 수는 없지만 뭐 그렇고 그런… 노인네와 같은 사람이 한 말이라고 생각했을 겁니다. 하지만 이젠 그 참 나라는 것이 단지 '나' 라는 것을 알았으니 구별할 필요는 없지요."

노인은 그 말에 희미한 미소를 지었다.

"네 말이 옳다. 진실을 말해 주자면 그 말은 네가 이번 생으로 들어오며 미리 만들어놓은, 각성의 문을 여는 일종의 암호다."

유검은 길게 한숨을 내쉬었다.

"휴… 나도 참 이상한 놈이군요."

"놈이 아니지. 전생에 넌 여자였어."

"…뭐 어쨌든 그렇게도 아리송한 암호를 만들다니!"

"지식으로는 풀 수 없어야 하니까."

"……."

"너 스스로 도가(道家)와 인연이 있을 거라 생각하고 꽤나 고심해서 만들더군."

"나 참……."

유검이 혀를 차는데 노인이 눈을 빛내며 물었다.

"그런데… 그동안 나도 궁금했다. 대체 뭔 뜻이냐?"

유검이 오히려 놀랐다.

"어라? 모르고 계셨어요?"

"설마 내가 알면서 네게 일부러 안 가르쳐 준다고 생각했던 거냐?"

"아닌가요?"

노인은 파안대소하며 말했다.

"넌 내가 너에게 가르침을 주었다고 생각하지만 실제는 그와 조금 달라. 도대체 그게 뭘 의미하는지 나도 궁금해서 네게 접근해 이런 저런 황당한 소리를 늘어놓았던 거지."

그리고 장난기 어린 표정으로 말했다.

"네가 그 문장을 어떤 천지간의 기운이라 생각하기에, 난 하나의 기보와 함께 풍환을 네게 건넸다. 그리고 넌 곧 그 비밀을 깨달았는데, 그 순간 직감적으로 그 다음 단계의 답이 있음을 알았다."

"그랬죠. 왜 그렇게 생각했는지는 몰라도……."

"그 다음 넌 그 문장이란 의식을 말하는 것이다라고 생각했다. 그래서 난 우아하게 용의 모습으로 나타나 우연을 가장해서 여의주의 힘을 네게 전했다."

"꽤 귀찮았습니다."

노인은 웃으며 말을 이었다.

"그런데 넌 그것으로도 만족하지 못했다. 그 다음 단계의 답을 찾아 헤매더군. 그래서 장백산 아래 주점에 나타나 네게 무상검의 여러 가지 수준에 대해 말해 주었다."

노인은 어깨를 으쓱였다.

"이번 답은 꽤 시간이 걸릴 것이라 생각했는데, 넌 여러 가지 단계를 거치는 것이 아니라 바로 도약을 해버리더군."

"어라? 답을 모른다고 하지 않았습니까? 그런데 어떻게……."

"아니, 그 문장의 의미는 모른다. 다만 너의 목적지가 대략 어디일 거라는 건 알고 있으니까 그런 암시 정도는 가능한 거지. 물론 그게 어떻게 느껴지고 생각될지 그 체험과 과정은 알 수 없었다. 넌 앞이 보이지 않는 안개 속의 밀림으로 들어갔으며 길은 직접 찾을 수밖에 없는 것이다."

"흠… 뭐, 덕분에 여러 가지 재밌는 체험을 했죠. 육체가 사라지기도 하고, 상대가 내 속으로 들어오기도 하고……."

노인은 눈빛을 반짝였다.

"그 다음부터는 네가 발견한 답을 알지 못한다. 그동안 참으로 궁금했지. 네가 발견한 답은 무엇이냐?"

유검은 입맛을 다시며 말했다.

"답은 여러 가지로 변해왔죠. 검무를 통해 문장은 춤임을 알았습니다. 그리고 깊은 삼매를 통해 문장은 내면에서 들려오는 끝없는 침묵의 언어임을 알았습니다. 그리고……."

"그리고?"

노인은 의아해했다.

"침묵의 언어를 알았는데 또 다른 답이 있더란 말이냐?"

유검은 어깨를 어쓱거렸다.

"삶은 여전히 의문투성이니까요. 뭐, 미리 모든 답을 알면 재미없죠. 하여간 문장은 내면에서뿐만 아니라 바로 '지금' 속에서 보고, 듣고, 만져지는 오감과 느낌, 충동 및 생각들, 그리고 상상, 자각, 집중 등 지각되는 그 모든 것을 통해 표현되어 흘러나옴을 알게 되었습니다. 때론 고요함으로, 때론 폭풍처럼 솟아져 나오는 생명으로."

"흐음—!"

"또한 그 문장이란 자기 자신을 있는 그대로 받아들이는 깊은 연민 속에서 가슴 깊이 파고드는 삶의 흐름입니다. 말로 표현될 수 없는 존재의 진동입니다. 그리고 무엇보다……."

"무엇보다?"

"문장이란 웃음 그 자체입니다. 뭐, 조금 더 그럴듯하게 말해 보자면 '나는 웃음으로 존재한다' 라는 거지요."

"하하하……."

노인은 크게 웃었다.

"아주 좋다, 아주 좋아. 자신을 진정 아는 자만이 그렇게 말할 수 있지. 자신의 참 본성은 단지 존재하는 것이요, 또한 존재하는 모든 것이라는 것을 아는 자만이 가슴을 활짝 열고 두려움없이 그렇게 말할 수 있어.”

유검은 묘한 미소를 지으며 답했다.

“하지만 그것이 최종적인 답은 아닙니다.”

“음?”

노인은 놀라 물었다.

“설마 하니 또 다른 문장의 의미가 있다는 말인가?”

“어차피 시작은 있어도 끝이 없는 과정… 그러니 그런 식으로 따지면 존재하는 모든 것이 다 답이 되겠죠. 그래서 전 다른 답을 선택합니다. 어차피 그것 하나만 알면 다른 것은 저절로 알게 되니까요. 제가 애당초 원했던 답은 그것임을 알았습니다. 그때서야 비로소 질문하는 자가 사라졌으니까요. 그리고 전혀 다른 방식의 삶이 시작되었으니까요.”

“흐음… 그게 뭔가?”

유검은 곤혹스러워하며 말을 이었다.

“말로 표현하긴 힘들지만… 어떤 중심입니다. 그 경과를 말하자면 이런 거죠. 전 이런 저런 답을 찾아내었지만 그럼에도 끝이 없었죠. 절망 끝에 난 어떤 선택도 할 수 없게 되었습니다. 깊은 삼매경 속에서의 마지막 답은 ‘침묵’이었습니다. 그것이 실재하는 ‘있음’임을 알았지만… 여전히 삶은 계속되고 있었죠. 오르락내리락… 저는 그 모순을 이해할 수 없었습니다. 그것을 자각하곤 정말 무기력해졌지요. 여태까지 추구해 온 뭔가가 실제론 그 자리를 맴돌았을 뿐이란 것을 알았으니까요. 결국 ‘그래, 지금 이렇게 있는 게 나다. 더 이상 뭔가 추구하는 것은 그만두자. 그냥 이렇게 살자’ 라며 멍하니 있었죠. 그때… 그때 전혀 기대도 못한 무엇이 벌어졌습니다. 하지만 무엇인지 알아채지는 못했습니다. 근데 어르신과 대화하다⋯ 다시 어떤 일이 일어났습니다. 전혀 기대도 못한 무엇이었지요. 그저 아무것도 원하지 않고 이렇게 보이고 만져지는 모든 것을 받아들이는 순간 그것은 생경하면서도 경이로웠습니다. 그리고 그것을 느낄 수 있는 이 육체가 참으로 고맙다는 것을 느끼는 순간⋯ 저의 내면에서 무슨 일이 일어났습니다. 깨어 있는 의식 속에서의 첫 만남이었죠. 삼매경 속에서가 아닌⋯ 삶 속에서의 첫 만남! 마치 빛이 확! 하고 켜진 것 같았습니다. 그때 모든 의문이 사라졌습니다. 그리고 그냥 그것이 제가 원하는 답이란 것을 알게 되었죠. 과거나 미래, 혹은 항상 무언가를 추구하며 왔다 갔다 하던 마음의 추는 획! 하고 저 멀리 바다 속으로 떨어져 버렸습니다. 그때 한 번도 경험해 보지 못한 행복감이 밀려오더군요. 이후 모든 게 저절로 변화되기 시작했습니다. 조금 전에 있었던 일이 바로 그것이었습니다. 도대체 그런 것이 있을 것이라 생각해 보지도 못한 어떤 신선한 진동이⋯ 그 참 표현하기 어렵군요. 평소 경험되어졌던 뭔가가 아니기에⋯ 하여간 그것으로부터 신선한 열정이 스스로 샘솟기 시작하더군요. 왜 이제껏 그걸 몰랐을까 억울하기까지 했습니다. 그냥 웃음이 나왔죠. 하여간 그게 제가 찾던 답이 분명합니다. 답을 구하러 다니는 자가 사라졌으니까요. 이젠 그것과 노는 일뿐이죠. 나 참⋯ 이렇게도 간단한 것을 왜 모르고 지나쳤을까, 제 자신이 한심할 정도입니다. 그리고⋯⋯."

"여자 문제는?"

"에?"

"자넨 꽤 많은 여자들과 관계하고 있잖은가? 그녀들과의 문제에 대한 답도 얻었나 보지?"

유검은 꿀 먹은 벙어리마냥 아무런 말도 할 수 없었다. 한참 후 어깨를 으쓱거리며 말했다.

"어떻게 되겠죠."

그렇게 대답했지만 내심 문장이란 끝없이 진화하는 걸까 하는 생각도 들었다.

"속 편하네."

"뭐… 저의 존재는 웃음이니까요. …어라?"

대충 둘러 말하던 유검의 두 눈이 크게 떠졌다.

황금빛 광채 속에 있던 노인의 모습이 아름다운 소녀의 모습으로 변해가고 있었던 것이다.

그녀의 두 눈은 수정같이 맑았는데 황금빛 보라색을 띠고 있었다.

소녀는 장난기 어린 미소와 함께 친근한 어조로 부드럽게 말했다.

"진지한 얼굴로 그렇게 말하니까 더 웃기네. 호호… 어쨌든 나도 이제 무게 잡을 일이 없으니 본 모습으로 돌아와도 되겠지."

음성은 맑고 청아했다.

"아참, 다른 차원의 세계에서도 많은 존재들이 너를 흥미진진하게 살펴보고 있는데, 특히 한천검의 옛 주인은 꽤나 네게 친근감을 느끼더군."

"……."

유검은 어이가 없어 눈만 꿈뻑거렸다.

소녀가 말했다.

"하지만 나보다 네게 더 친근감을 느끼는 존재가 있을까? 넌 아직도 눈치 채지 못한 모양인데, 난 항상 너와 함께 있어왔단 말야. 이번 생뿐만 아니라 오랜 생을 통틀어 항상 함께였지. 이제 나는 당분간 너를 떠나지만 언제까지나 너와 함께 있음을 잊지 말아줘. 아, 널 떠난 적은 없었어. 물론 결코 너를 오해한 적도 없었구. 내가 한때 떠난 것처럼 느껴졌던 것은, 의식적인 분리를 통해 내가 다른 정체성을 가졌기 때문이었어. 네가 알아볼까 봐 나 역시 기억을 봉인하고 새로운 배역에 빠져들었지만… 실로 풍환도, 노인도, 풍룡도, 여의주도 나의 나툼이며 또 다른 모습들이었어. 그러니까……."

뭔 소리지? 라며 의아해하는데 소녀가 눈웃음을 치며 작별 인사를 했다.

"뭐, 곧 내게 절한 것을 후회할 테지만… 그럼 잘 있어, 사랑하는 나의 벗이여—!"

그 말과 함께 황금빛 광채에 휩싸여 있던 소녀의 모습은 천천히 허공 중으로 사라져 갔다.

멍하니 있던 유검은 갑자기 뭔가를 깨달은 듯 아! 하고 소리쳤다.

"자, 잠깐만! 기다려 봐!"

애타게 사라진 그녀를 부르짖는 유검의 모습에 멍하니 듣고만 있던 다우는 삐쳐서 고개를 확 돌렸다.

"쳇, 바람둥이—!"

"그게 아냐! 그 노인은… 아니, 그녀는……."

유검은 꽝 땅을 굴렀다.

"젠장! 미리 말을 해줬어야 알지!"

"무슨 말?"

유검은 길게 한숨을 쉬었다.

"왜 진작 못 알아봤을까? 그녀는… 젠장, 나와 항상 함께 있었던……."

"어라? 저게 뭐지?"

다우가 갑자기 땅을 가리켰다.

그곳에는 달빛에 어린 낡은 목검이 놓여져 있었는데, 검신에 음각으로 진천검이라 적혀 있었다.

유검은 쓴웃음만 지었다.

병아리와 놀기

환한 달빛이 고요히 대지를 비추고 있었다.

유검은 와룡곡이 내려다보이는 절벽 위에 목검을 품에 안은 채 조용히 가부좌를 틀고 앉아 있었다.

잠시 진천검과의 추억에 잠겼다.

당시 어린 나이에 홀로 된 외로움 속에서 울고 있었다.

간절히 누군가 말을 걸어주었으면 했지만 지금처럼 달빛만 고요할 뿐이었다.

그때였다. 목검이 말을 건넨 것은…….

아마 좀 더 나이가 들었다면 환청으로만 치부하고 말았을 테지민 그때는 마냥 놀랍고 신기하기만 했다.

다음날 다른 아이들을 만나 은근히 검과 대화를 해본 적이 있냐고 물어보았지만 모두 이상한 눈초리로 바라볼 뿐이었다.

그래서 그 일은 혼자만의 비밀로 삼았다.

그 후로도 혼자라는 외로움은 여전했지만 그래도 검 덕분에 울지 않는 아이가 될 수 있었다.

물론 주변의 어른들은 골치깨나 썩히게 되었지만…….

그렇게 옛 추억을 회상하다 유검은 검, 아니, 그녀가 떠나며 자기에게 절한 것을 후회할 것이라 말한 것이 문득 떠올라 실소를 금치 못했다.

그 모습이 검이든, 기괴한 노인이든, 풍환이든, 또는 지상의 열두 마리 중 하나인 풍룡이라는 대단한 존재든 뭐든 간에, 자신의 절친한 벗임은 틀림없다.

그런 벗에게 절 한 번 한 것이 뭐 그리 큰 대수겠는가 싶기는 하지만 그래도 뭔가 억울한 느낌이 들었다.

존경심을 품고 넙죽 절을 하다니…….

자신을 속여온 것에 대해 화를 내도 마땅찮을 텐데 말이다.

그래도 풍환이라는 수다쟁이가 된 모습을 떠올리니 꽤나 우습기도 했다.

유검은 밤하늘을 가로지르는 은하수를 한참 바라보다 천천히 몸을 일으켰다. 절벽 아래를 내려다보니 저 멀리 전각 쪽에 희미한 불빛들이 별처럼 반짝이고 있었다.

바람은 쌀쌀하기 그지없었는데, 피부로 느껴지는 그러한 감각은 신선하고 경이로웠다.

한때 금강불괴에 한서불침일 당시, 그때는 지금의 이러한 신선한 느낌을 가지지 못했었다.

유검은 자신의 인간적임에 큰 감명을 받았다.

그리고 진삼원이 말했던, 금강불괴 상태로는 자신을 이기지 못할 것이라는 게 무엇을 의미하는지 깊이 이해가 되었다.

한줄기 불어오는 바람에도 수많은 정보와 느낌이 묻어 있다. 생각으로 판단만 하지 않고 예민하게 열려 있다면 그것을 있는 그대로 받아들일 수 있다.

나뭇잎 하나에도 단순한 녹색 이상의 수천 가지 풍부한 색감이 들어 있다. 깊은 연민 속에서 귀를 기울이면 나뭇잎이 말하는 소리도 들을 수 있다.

그렇게 깊은 연민으로 '지금'에 완전히 열려 있는 상태에서는 우주 전체를 움직이는 근원되는 힘을 자각할 수 있다. 그 흐름에 완전히 내맡기는 이는 그야말로 진정한 금강불괴로 어떤 힘도 그를 해칠 수 없게 만든다. 온 우주가 완전히 그를 지원하는 것이다.

그러니 감각이 둔화된 상태에서 단순히 몸만 단단한 상태일 뿐인 상황에서 어떻게 그를 이길 수 있겠는가?

물론 그 흐름에 있을 수 있는 자가 타인을 해치려 할 리 만무하겠지만 어쨌든 이길 수는 없는 것이다.

유검은 태극검을 펼치며 그렇게 무위이화하는 본연의 상태에 대해 약간의 느낌이 있었는데, 이제야 확실히 알 수가 있게 되었다. 그리고 진정한 본연 무상검이 무엇인지에 대해서도 감을 잡을 수 있었다.

이때 뒤에서 부시럭거리는 소리가 들려왔다.

"흐응~"

기분 좋은 콧노래와 함께였다.

'볼 일이 끝난 모양이군.'

뒤돌아서려다 내면에서 또다시 폭발이 일었다. 고요함에서 깨어나면서였다. 부르르 몸이 떨렸다.

우뚝—

기분 좋은 얼굴로 깡총 뛰며 다가오던 다우는 유검이 몸을 떠는 모습을 보고 아미를 찌푸렸다. 마치 소변을 누고 난 후의 떨림으로 보였던 것이다.

유검은 머리에서 발끝까지 관통하는 충격에 꼼짝도 못하고 잠시 그대로 있었다.

약간 견딜 만해지자 몸을 돌리며 다우에게 말했다.

"왔네? 자, 내려가 보자."

다우는 유검이 부르르 몸을 떨다 갑자기 몸을 돌리자 흠칫 놀라 한 걸음 뒤로 물러섰다.

그리고 의심스런 눈으로 유검의 아랫도리를 유심히 살폈다.

달빛이 밝기는 했지만 음영에 가리어 있어 그 흔적을 알아볼 수는 없었다.

"뭐야?"

"뭐가?"

다우는 의심스럽다는 듯 물었다.

"설마… 그냥 쉬 해버린 거야?"

"응?"

의아한 얼굴로 되묻던 유검은 곧 그녀의 눈이 어디로 향하는지 깨닫고 실소했다.

"바보야, 그게 아니라……."

부르르—!

유검은 잠시 말을 멈추고 그대로 서 있었다. 그 충격은 조금 전보다 더 강력했다.

그 모습을 지켜보는 다우는 당혹해하며 다시 한 걸음 물러섰다.

'왜… 날 향해서 저러는 거지?

그러다 유검이 희열을 느끼는 표정을 보고 어쩌면 소변이 아니라 다른 것일지도 모른다는 생각이 들었다.

다우의 얼굴이 창백해졌다.

'설마… 변태가 되어버린 거?

충격을 견뎌내고 난 후 유검은 입맛을 다셨다.

"나 참… 이건 시도 때도 없군."

그리고 그녀의 손을 잡으려는데 다우가 화들짝 놀라 연신 뒷걸음질 쳤다.

"왜 그래?"

유검도 놀라고 의아스러워 황급히 그녀를 잡으려 했다. 그러자 다우는 비명과 함께 경신술을 펼쳐 훌쩍 뒤로 물러나 버렸다.

유검은 어이가 없어 꽥 소리쳤다.

"임마! 왜 그러는 거야?"

다우도 지지 않고 소릴 질렀다.

"오라버니야말로 왜 그러는 거야? 망측하게스리……!"

"뭐가 말이냐? 도대체……."

한마디 해주려다 유검은 그녀가 왜 저러는지 깨달았다. 내심 한숨이 나왔다.

차분하고 다정하게 그 이유를 설명했다.

"네가 상상하는 게 아냐! 이 바보야!"

"쳇, 그럼 뭐야?"

“뭐… 병아리가 깨어나는 거랑 같아. 병아리가 껍질을 깨고 나와야 하는 것처럼 그렇게 몸이 떨꺼덕거리는 것뿐이야.”

다우는 진지하게 물었다.

“그럼 오라버니는… 병아리가 되는 거야?”

유검은 길게 한숨을 쉬었다.

“휴… 일부러 그러는 거냐, 아니면 놀리는 거냐?”

다우는 입술을 삐죽거렸다.

“쳇, 뭐야? 도통한 도사같이 굴더니 화도 내네?”

그리고 슬쩍 시선을 피하며 조그맣게 중얼거렸다.

“쳇! 진짜로 병아리가 되면 가지고 놀기 재밌을 텐데…….”

그때 유검이 거리를 순식간에 좁히고 다가와 그녀의 허리를 껴안았다.

“좋아, 그럼 병아리랑 놀아봐!”

그리고는 절벽을 향해 달려갔다.

“뭐, 뭐 하는 거야!”

다우가 비명을 지르든 말든 그녀를 안은 채 훌쩍 절벽 위에서 뛰어 내렸다.

다우는 연신 비명을 질렀다.

갑자기 디딜 곳이 사라지며 허공에서 뚝 떨어지자 심장이 덜컹 내려앉았다. 정신없는 와중에 아래를 보니 절벽 아래 어둠 속에서 어둠이 커다랗게 입을 벌리고 자신을 삼키려 하는 것 같았다.

소름 끼치는 전율 속에 다우는 정신없이 비명을 질렀다. 눈물, 콧물이 흘러나오는 것도 알지 못했다.

그리고 절대 놓쳐서는 안 된다는 듯 유검을 꽉 껴안았다.

돌연 시야가 바뀌었다.

유검이 바람을 타고 허공을 활강하기 시작한 것이다.

다우는 그제야 약간 여유를 찾고 꽥 소리쳤다.

"뭐야! 나 이런 거 싫어하는 거 알면서……."

이때 유검이 그녀를 슬며시 밀쳤다. 그리고 절대 안 놓으려는 그녀의 손을 강제로 떼어놓았다.

유검이 멀어져 가며 손을 흔드는 것을 보고 다우는 충격을 받았다.

"까아아아―!"

다우는 처절한 비명 소리와 함께 허공에서 퍼득거렸다. 물론 손이 날개가 될 수는 없었다.

유검은 고개를 끄덕였다.

"좋아, 너도 병아리가 나는 법을 익히기 시작했군!"

그리고 몰래 그녀의 위로 접근해서는 퍼덕이는 그녀의 목덜미를 잡고 매처럼 지상을 향해 가볍게 활강해 갔다.

다우는 정신이 없어 그것을 전혀 눈치 채지 못했다.

아닌 밤중에 날카로운 여인의 비명 소리가 울려 퍼지자 와룡곡 내의 전각에 불빛이 하나둘씩 늘어나기 시작했다.

조그만 병아리 다우는 숲 속의 조그만 공터에 안전하게 착지되었다.

그녀의 머리카락은 잔뜩 헝클어져 있었고 얼굴은 눈물, 콧물로 엉망이었다.

유검은 소매로 그녀의 얼굴을 닦아주며 물었다.

"또 뭐 하고 놀까?"

웃지도 않고 진지한 얼굴로 그렇게 묻자 다우는 화가 치밀어 올랐다.

"몰라!"

꽥 소리치는데 콧물이 튀어나왔다.

콧물이 유검의 뺨으로 날아가 달라붙자 다우는 황급히 소맷자락으로 그것을 닦아주었다.

"미, 미안해……."

다우는 자신의 모습이 어떻게 보일지 상상이 되었기에 부끄러워 죽고 싶었다. 좀 전에 자신이 당한 것도 잊을 정도였다.

이때 유검이 부지런히 소매로 콧물을 닦던 그녀의 팔을 밀어내었다.

그리고는 아직 눈물, 콧물 뒤범벅이 되어 있는 그녀의 입술에 부드럽게 입을 맞추었다. 그리고 눈물과 콧물을 핥았다.

다우는 당혹스러웠다.

자신의 모습이 어떻게 보여질 것인지를 자각하고 있기에 유검의 그런 행동은 수치심과 더불어 부끄러움을 강하게 자극했던 것이다.

그녀의 얼굴이 확 달아올랐다.

빨리 밀쳐 내야 한다고 생각했지만 수치심과 부끄러움이 강렬한 성적인 자극으로 바뀌어 전신을 감미롭고 짜릿하게 만들었기에 일순간 꼼짝할 수가 없었다.

가슴이 금방이라도 터질 듯 두근두근거렸다.

다우는 그 순간의 분위기에 몸을 내맡기면서 내심 울상을 지었다.

'나… 이렇게 망가져도 되는 걸까?'

다우는 여태까지 유검을 대할 때 최대한 예쁘고 귀엽게 보이고 싶어 내숭이 많았다.

그런데 그게 모두 망가지고 만 것이다.

'휴… 할 수 없지. 될 대로 되라지.'

그렇게 일단 포기하자 의외로 마음이 편했다.

뭔가 굉장히 후련해진 기분이었다. 발가락 끝까지 생기가 넘쳐흐르는 것 같았다.

유검은 입맞춤이 끝나자 다시 소맷자락으로 그녀의 얼굴을 닦아주었다.

"자, 풀어."

유검이 그렇게 말하자 다우는 아기처럼 망설임없이 코를 팽 하고 풀었다.

자신의 마음이 정말로 평화스러워진 것을 깨달았다. 항상 어딘가 모르게 불안했던, 마음 깊은 곳에 숨겨져 있던 어둠이 풀려난 것 같았다. 그리고 유검이 더 친근하고 다정하게 느껴졌다.

유검은 웃으며 물었다.

"어때? 병아리가 되는 것도 그다지 나쁜 건 아니지?"

"쳇……."

다우는 투덜거렸지만 위험하고 예측 불가능한 돌발적인 일들이 의외로 재밌고 흥미롭다는 것을 알았다.

그런 모험에 이끌림을 느끼면서 한편으로는 내심 불안했다.

'그렇다고 설마… 길거리에서 내 옷을 벗겨 버린다던가 그러진 않겠지?'

이때 사람들이 우르르 몰려오는 기척이 났다.

"어이, 이 근처인 것 같은데?"

중년 사내의 굵은 목소리였다.

다우는 긴장했다.

'적이다!'

내심 그렇게 소리치고 나서 스스로 의아해했다.

'오라버니랑 함께 있는데 왜 긴장되는 거지?

유검의 능력이라면 백만대군이 몰려와도 걱정할 이유가 없을 텐데 왜 본능적으로 위험을 느낀 것일까?

그러다 유검의 눈에 어린 장난기를 보고 곧 깨달았다. 긴장한 이유는 오히려 유검이 곁에 있기 때문임을.

다우는 빤히 유검의 얼굴를 쳐다보며 내심 부르짖었다.

'달라졌다!'

뭔지는 몰라도 달라진 것은 분명했다.

평온 속에서 알 수 없는 위험이 느껴졌다. 자신의 영혼을 뒤흔들어 놓을 듯한 그런 위기감이었다.

그런데 이상하게도 불나방처럼 한없이 이끌렸다.

다우는 유검의 옷자락을 살며시 끄집어 당겼다. 얼른 이 자리를 피하자는 뜻이었다.

하지만 유검은 고개를 저었다. 그녀의 귀에 대고 뭔가를 소곤거렸다.

"에?"

다우는 곤혹스러웠지만 일견 천진해 보이기까지 한 유검의 초롱초롱한 눈을 보자 도저히 거절할 수가 없어 고개를 끄덕이고 말았다.

한 번 망가지기 시작하면 끝이 없는 모양이라며 속으로 투덜거렸지만 한편으로는 재밌겠다며 또 다른 기대에 눈빛을 반짝거렸다.

유검은 그런 갈팡질팡하는 그녀의 내심은 모르고 단지 다우의 얼굴이 찌푸려졌다 펴졌다 하는 것이 꽤나 귀엽다고만 생각했다.

여섯 명 정도의 호위무사들이 숨죽인 채 숲 속으로 들어왔다. 저마다 창과 횃불을 들고 있었는데 난데없는 여인의 귀곡성을 들은 탓에 다들 잔뜩 긴장된 모습이었다.

무거운 공기에 숨이 막힌 듯 세모 눈의 한 대한은 길게 심호흡을 하고 나서 조그맣게 중얼거렸다.

"근데 진짜 처녀 귀신일까, 아니면……."

이때 한 나뭇가지 위에서 한 소녀가 소리도 없이 거꾸로 매달린 채 불쑥 나타났다.

"이히히히히~"

귀신 소리를 내는 그녀의 치렁치렁한 머리카락은 지면으로 향해 있었는데 불어오는 바람에 흐느적거리고 있었다. 횃불에 비친 그 모습은 참으로 을씨년스럽기 그지없었다.

세모 눈의 대한은 놀라 소리쳤다.

"나타났다―!"

"으흑흑흑흑~"

다우는 좀 더 을씨년스러운 분위기로 흐느꼈다.

다른 무사들도 덩달아 놀라 뒤돌아 도망치려 했다.

다우는 사람들이 놀라는 모습을 보고 꽤 재미있어했다. 여태까지 자기를 보고 놀라 달아나는 사람은 없었던 것이다.

게다가 여태까지 귀신을 두려워만 했지 자기가 귀신이 되어본 적은 없었다. 이제 자신이 귀신 흉내를 내보니 피해자에서 가해자가 된 셈이라 그 감흥이 각별했다.

웃음이 나오려는 것을 애써 참으며 좀 더 귀신답게 울어보려는데 돌연 다리 쪽이 시원해졌다.

치마가 뒤집어져 내려와 얼굴을 덮었다.

되돌아 도망치려던 무사들은 그 자리에 멈춰 서서 두 눈을 부릅떴다. 그들은 대리석보다 곧게 뻗은 소녀의 하얀 두 다리를 보고 진짜 귀신이 아님을 알았다. 하지만 그들은 당장 그녀를 잡아 추궁하기 위해 움직이지는 않았다. 곧게 뻗은 다리의 각선미가 주는 마력에 이끌려 눈길을 떼지 못한 탓도 있지만 무엇보다 아랫도리를 움켜쥐고 구부정하게 허리를 굽히느라 움직일 수가 없었던 것이다.

쿵—!

소녀가 나무에서 떨어졌다.

"아얏—!"

그녀는 땅에 부딪친 머리를 움켜쥐고 신음 소리를 내었다.

유검이 이어 허깨비처럼 떨어져 내렸다.

"아… 미안!"

분명 고의가 틀림없다 생각하고 다우는 화가 잔뜩 치밀어 올랐다. 아마도 치마 안을 들여다보려다 실수했다는 따위의 이유일 것이 뻔하다고 단정했다.

"너……!"

벌떡 일어나 이판사판으로 가자며 고함과 함께 손가락질을 하려는 순간, 유검이 한 자 길이의 뱀을 들어 보이며 말했다.

"이놈이 네 치마 안으로 들어가려 하잖아."

"……."

"근데 얼굴이 왜 그래?"

"아… 그냥."

다우는 들어 올린 손가락을 슬며시 내렸다.

문득 얼굴이 따가워 시선을 돌려보니 대여섯 명의 무사들이 뻘게진 눈으로 자신을 뚫어져라 쳐다보고 있었다.

다우는 얼굴이 화끈 달아올랐다.

귀신 흉내에서부터 지금의 어정쩡한 모습까지 다 지켜보고 있었을 것을 생각하니 당장 이 자리를 떠나고 싶었다.

'차라리 웃던가… 왜 저렇게 쳐다본담.'

유검의 말을 듣고 장난을 시작한 게 후회가 되었다.

이때 긴 호각 소리가 났다. 동시에 또 다른 무사들이 수풀을 헤치고 몰려왔다.

"뭐야? 왜 이렇게 가만히……."

한마디 꺼내다가 다우를 보고는 그들도 멍하니 홀려 버렸다.

다우는 얼굴을 붉히며 유검의 옷자락을 끄집어 당겼다. 얼른 피하자는 뜻이었다.

유검은 고개를 끄덕이며 그녀의 허리를 껴안고 훌쩍 몸을 날렸다.

무사들은 어떤 묘한 기운에 홀려 있었는데 새로운 변화가 일자 그때서야 다들 정신을 차렸다.

"머, 멈춰라!"

황급히 소리쳤지만 당연하게도 효과가 있을 리 없었다.

유검은 그냥 갈 수 없다는 듯 그들이 달려오며 치켜든 창날을 살짝 밟아주고 나서 한줄기 바람처럼 허공 속으로 사라졌다.

우두두둑.

창날이 땅으로 떨어졌다.

무사들은 유검 등이 사라진 방향조차 짐작할 수 없어 더 이상 쫓을 생각도 못하고 그 자리에 멍하니 멈춰 버렸다.

"크아아아악—!"

갑자기 지금 도착한 무사들 중 텁석부리 대한이 원통한 듯 하늘을 향해 울분을 토했다.

옆에 있던 동료는 감탄했다.

'책임감이 투철하군!'

그는 텁석부리 대한을 위로하며 말했다.

"너무 분해하지는 말게. 경신술을 보니 어차피 우리 상대가 아니야. 우리 처지에 그가 순순히 물러나 준 게 고마울 지경이지."

텁석부리 대한은 부릅 눈을 뜨며 외쳤다.

"제기랄, 그 때문이 아냐!"

이때 옆에 있던 다른 동료가 미안한 듯 중얼거렸다.

"아… 조금 전 있었던 상황을 대충 말해 줬더니……."

"어떤?"

"그러니까… 그 선녀 같은 소저가……."

잠시 후 기막힌 구경거리를 놓쳤음을 안 늑대들의 울음소리가 밤하늘에 울려 퍼졌다.

쉬이이익—!

유검은 몸을 낮춰 지면에 스칠 듯한 모습으로 빠르게 달리고 있었는데 지나간 자리엔 흙먼지가 빠르게 피어오르고 있었다.

물론 허공을 날지 않고 그런 일반 경공술을 펼친 까닭은 적을 경동시키기 위해서라던가 하는 따위의 어떤 심오한 이유가 있어서는 아니었다.

단지 그게 더 재밌을 것 같았던 것이다.

한편 다우는 눈이 핑핑 돌았다.

숲의 나무들이 비명을 지르고 싶을 정도로 무지막지한 속도로 휙! 하고 달려왔다가 금세 사라져 갔다. 또한 지면은 협곡의 물살처럼 빠르게 흐르고 있어 눈이 어지러울 정도였다.

다우는 자신도 모르게 비명을 질렀지만 두려워서는 아니었다. 단지 짜릿함을 즐기고 있을 뿐이었다.

전각 근처로 오자 유검은 돌연 지면을 박차고 허공으로 신형을 솟구쳤다.

다우는 몸이 엄청 뒤로 쏠림을 느꼈다.

순식간에 까마득한 밤하늘 상공에 다다랐다.

"와―!"

다우는 갑작스런 무중력 상태를 경험하곤 자신도 모르게 탄성을 질렀다.

이때 유검은 기묘한 체험을 하고 있었다.

내면의 어떤 중심에서 일어난 어떤 의식이 육체를 벗어나 무한 확장하고 있었던 것이다.

자유로운 느낌은 없었다. 단지 그게 당연한 것처럼 여겨졌다.

허공에서 지면을 내려다보았는데 불이 켜진 전각 안의 사람들이 지금 무엇을 하고 있는지 모두 알 것 같았다. 실제 시야에 그렇게 보이는 것이 아니라 단지 그런 느낌이 있었고 그게 이상하게 여겨지지 않았다.

또한 적임에도 불구하고 별다른 감정이 일지 않았다. 애써 어떤 감정이라도 불러일으켜 보려 했지만 불가능했다. 마음은 고요했다. 아니, 있는지 자각조차 할 수 없었다.

그리고 지금의 육체에 대해서도 자각이 약해졌다. 육체는 무한 확장되어 있는 의식 속에서 작게 반짝거릴 뿐이었다.

또한 이렇게 달리다가 허공으로 신형을 솟구쳤지만 자신이 어떤 행동을 한다는 느낌이 아주 약했다. 비유하자면 자신은 멈춰 있는데 주변의 배경이 저절로 움직이는 것 같았다.

다우가 투덜거렸다.

"여기서 밤샐 거야?"

그 말에 유검은 바로 신형을 떨구었다.

떨어지는 도중 시간이 천천히 흐르다 멈춰졌다.

그때 누군가 말을 걸어왔다.

저 멀리서 들리는 듯 희미한 진동으로 된 목소리였다.

"누구지?"

유검은 그렇게 물었다.

그러자 다시 희미한, 들릴 듯 말 듯한 소리가 들려왔다.

「저는 대지의… 중심… 니다.」

유검은 자신이 혹시 혼잣말로 스스로 지껄이는 건 아닐까 싶었지만 다시 생각해 보면 검이나 반지, 풍룡 등과도 대화를 나눴는데 대지라고 못할 이유는 없는 것 같았다.

"진짜인지 가짜인지는 몰라도 하여간 만나서 반갑습니다."

「따스한 감사에… 외로운 길을 걷는 인간들에게… 사랑과 표현의 자유로움을 허용한다면… 껴안아주고 싶군요. 허용한다면 말이죠.」

그 내면에서 들려오는 음성은 명료했다.

"뭔지는 몰라도… 허용하죠."

「감사합니다. 하지만 알고 계세요, 난 그대임을. 그대와 하나임을… 분리라는 환상 속에서만 그대와 나는 둘이 될 뿐입니다. 이제 그대의 일부분이 되어…….」

소리가 스러져 가며 알아듣기 힘들자 유검은 되물었다.

"뭐라고요?"

「그대의…….」

그리곤 더 이상 들려오지 않았다.

"이봐요! 일단 말은 끝마쳐야지!"

소리치는 순간, 지면이 코앞에 다가와 있음을 깨달았다.

"어라?!"

유검은 황급히 멈추려 했지만 이미 늦고 말았다. 급히 호신강기를 끌어올렸다.

꽝—!

유검은 다우를 안은 채 전각의 지붕을 뚫고 들어갔다. 그의 두 발은 지면을 뚫고 발목까지 파묻혔다.

뭉게뭉게 피어오르는 흙먼지 속에서 유검은 먼지를 잔뜩 뒤집어쓰고 있는 다우에게 사과했다.

"미안하다, 미안해……."

다우는 머리에 묻은 먼지를 털어내며 시큰둥하게 대꾸했다.

"한두 번도 아니면서 뭘 새삼스레……."

그녀를 내려주고 난 뒤 주위를 돌아보니 어느 방에 떨어졌음을 알 수 있었다.

그리고 침상에는 한 몸이 되어 있는 두 남녀가 멍하니 놀란 눈으로 돌아보고 있었다. 유검은 기재들도 아니면서 잠룡곡에 들어와 있는 아름다운 여자들의 역할이 무엇인지 그제야 알 수 있었다. 누구의 생각인지 몰라도 상당히 현명한 방법이라고 생각했다. 남자들끼리만 모아

놓았다면 정말 지옥이 되고 말았을 테니까.

“미안합니다.”

유검이 꾸벅 고개 숙여 정중히 사과하자 두 남녀는 어색한 얼굴로 고개를 살짝 끄덕였다.

“아… 예.”

다우는 예의 바른 불청객과 수줍은 두 인간의 희한한 상견례를 목격하게 되자 길게 한숨만 내쉬었다.

유검은 사람들이 몰려오기 전에 얼른 천장으로 다시 튀어 나가려다 한 가지 의문을 느끼고 의아한 눈으로 바닥을 보았다.

지면에 떨어질 때, 어떤 미약한 진동을 느꼈음을 자각한 것이다.

땅에 그런 울림이 있다는 것은 다시 말해 그 아래가 비어 있다는 의미로 여겨졌다.

‘와룡곡 주위를 돌아보아도 내곡은 보이지 않았다. 만약 지하에 있다면?’

그러한 추측은 제법 그럴싸하게 느껴졌다.

그런 생각을 다우에게 말해 주려는데 사람들의 고함 소리가 시끌벅적하게 들리더니 왈칵 방문이 열렸다.

한 청년이 나타나 안을 보더니 목에 핏대를 세우고 발작하듯 밖을 향해 소리쳤다.

“여기다! 여기!”

병장기를 꼬나 쥔 기재들과 무사들이 우르르 몰려왔다.

그들은 잠을 방해받거나 혹은 즐거운 일을 그만두고 나와야 했기에 하나같이 인상이 험악했다.

“감히 여기가 어디라고!”

"귀신 흉내 낸 것도 저 연놈들 아냐?"

"콱 죽어 버리자!"

다들 한마디씩 하며 우르르 들어오다 유검을 보고는 그만 그 자리에 얼어붙었다.

"다, 당신은……."

유검은 그들에게도 예의 바르게 인사를 건넸다.

"다들 잘 지냈소? 달도 참 밝고… 좋은 밤이구려."

기재들은 어떻게 행동해야 할지 선뜻 결정하지 못해 머뭇거리고만 있었는데 유검의 말에 다들 천장을 올려다보았다. 왠지 그래야만 할 것 같은 기분이 들었던 것이다.

방 안의 촛불은 꺼져 있었고 뚫린 천장을 통해 달빛이 은은하게 들어오고 있었다.

분노는 식어 두려움이 되었는데, 이제는 제법 평화롭기까지 했다.

우르릉—!

유검과 다우가 있던 지면이 갑자기 내려앉았다. 절로 꺼져 버린 것 같았다.

기이한 광경이었지만 기재들은 그리 놀라지 않았다.

유검에 의해서라는 단서가 붙게 되면 이제는 어떤 일이든 그저 당연히 일어날 수 있는 일처럼 느껴진 것이다.

오히려 사람들로 하여금 그런 생각을 들게 하는 것이 더 경이롭고 놀라운 일이었지만 그것을 자각하는 사람은 없었다.

그저 다들 꺼져 버린 땅 밑만 멍하니 쳐다볼 뿐이었다.

달빛은 여전히 고요했다.

꿈

거대한 광장이 있었다.

군데군데 어슴푸레한 횃불이 켜져 있었지만 광장의 거대한 공간은 대부분 어둠 속에 묻혀 있었다.

본래 고요만이 존재했던 이곳 광장 중앙에 한 무더기 돌덩어리들이 쌓여 있었다. 처음 돌멩이가 튀고 흙먼지가 일었지만 금세 어둠의 공간 속으로 스며들어 버려 지금은 고요의 일부가 되어버린 것 같았다.

그런 돌무덤 위에 유검과 다우는 어리둥절한 얼굴로 주위를 돌아보고 있었는데, 경건한 의식을 올리고 있던 일단의 무리들은 차가운 눈으로 그들을 쏘아보고 있었다.

"저길 봐!"

다우가 그들 맞은편을 가리켰다. 그곳에는 대리석으로 만들어진 웅장한 제단이 있었는데 양쪽에는 두 명의 노인이 부복하고 있었고, 정중앙 가장 위쪽에는 면사를 쓴 한 여인이 앉아 있었다.

"설마… 화 언니는 아니겠지?"

다우가 그녀를 가리키며 그렇게 말하자 유검은 실소했다.

"그렇게 잘 맞아떨어질 리가 있겠냐?"

"그래도 혹시 모르잖아."

다우의 그 말에 유검은 제단 위의 그녀를 향해 손을 흔들며 불러보았다.

"어이~!"

그러나 전혀 반응이 없었다.

"봐! 아는 척도 않잖아."

"음…….."

"아, 근데 네가 화보다 어린 거 맞냐? 언니라고 부르게 말이다."

"…묻지 마."

제단 우측에 부복해 있던 노인이 면사 여인을 향해 침중한 목소리로 입을 열었다.

"명을 내려주시옵소서. 성역을 침입한 저들에게 신성한 위엄을 보여야 할 것이옵니다."

이에 좌측의 노인이 날카롭게 반박했다.

"아니 되오! 길고 긴 성강(星絳)의 의식이 막바지에 이르렀는데 지금 침묵을 깨어 그 공을 허위로 돌릴 수는 없소이다."

"그러면 어떡하자는 이야기요? 이미 저들의 등장으로 침묵은 깨어졌으니… 저들의 생명을 제단에 바쳐 그 죄를 씻도록 하는 것이 옳지 않겠소?"

"그러나…….."

갑론을박하다 돌연 좌측의 노인이 얼굴을 찌푸리고 다우를 쏘아보았다. 노인은 뭔가 간질거리는 기운을 느끼며 가슴 쪽에 통증이 왔는데, 그것이 다우로부터 흘러나오는 어떤 기운 때문임을 알았다.

노인은 버럭 소리를 쳤다.

"어디서 감히 요사한 술수를 부리느냐!"

그러다 명을 기다리는 일단의 신도들의 표정을 보고 깜짝 놀랐다. 그들은 하나같이 괴로워하고 있었다.

"정신 차리지 못하겠느냐! 오감과 감정을 통제하는 훈련을 받고, 몸과 마음을 지고의 주(主)에게 헌신한 너희들이거늘, 어찌 저런 요사함에 흔들린단 말인가!"

그 말에 그들의 얼굴은 더 짙은 괴로움으로 물들어갔다.

그들의 감정은 얼어붙어 정신 세계는 혹한 동토의 땅이나 다름없었다. 그런데 따스한 햇볕 같은 부드러운 기운을 대하자 자신도 모르게 마음의 문을 열려 했고, 또한 그것을 억지로 가로막자 지독한 괴로움이 밀려왔던 것이다.

노인 역시 상황은 다르지 않았다.

얼굴의 볼 살이 부르르 떨리고 있었는데, 그는 내심 경악하고 있었다. 수십 년간의 수행 끝에 완전히 소멸되어 버린 줄 알았던 성욕이 다우를 보자 불끈 치솟았던 것이다.

'이럴 수가… 이럴 수가……!'

"와아아아악 !"

한 명이 벌떡 일어나 두 눈에 광기를 내뿜으며 다우를 향해 달려들었다. 그것이 시발점이 되어 다들 벌 떼같이 일어났다. 괴성을 지르고 두 팔을 흔들며 반 미치광이가 되어 있었다.

한 폭의 지옥도가 그려지고 있었다.

다우의 안색은 창백해져 갔다.

그들의 행동에 어릴 적 일이 떠올랐던 것이다.

그녀는 이제 사람들이 자신을 보고 미치광이가 되어버리는 일은 없을 줄 알았기에 그녀가 받은 충격은 대단했다.

광인들이 몰려들자 유검은 사자후를 터뜨렸다.

"물러나라!"

그의 손에서 강맹한 장풍이 터져 나와 광인들을 낙엽처럼 쓸어갔다.

유검은 다우의 머리를 품속으로 끌어당겼다.

"네 잘못이 아니다. 넌 거울일 뿐이니까. 본래 사람들은 항상 서로를 비추는데, 네가 유달리 맑은 것뿐이야."

"…응."

이때 면사 여인에게서 조그만 중얼거림이 흘러나왔다.

"그만둬……."

내면의 갈등에 괴로워하면서도 애써 참고 있던 두 노인은 깜짝 놀라 벌떡 일어섰다.

하지만 유검이 더 놀랐다. 귀에 익은 음성이었던 것이다.

"화……!"

유검은 다우의 주위에 방어막을 쳐주며 급히 말했다.

"여기서 잠깐만 기다려라."

그의 신형이 허공을 꿰뚫고 빛살처럼 면사 여인을 향해 쏘아갔다.

"감히 어딜……!"

두 노인이 대경실색하여 그녀의 앞을 가로막으려 했지만 유검의 경신술은 터무니없이 빨라 이미 늦어 있었다.

유검이 면사 여인의 앞에 당도하는 순간 돌연 그녀의 뒤편에서 엄청난 기운이 몰려왔다.

차갑다 못해 동상을 입을 정도의 냉기를 뿜고 있었는데 유검은 순간적으로 얼어버렸다.

"크윽—!"

절로 신음 소리가 터져 나왔다.

유검이 뒤로 물러서지 않고 애써 버티는 동안 그 막강한 기운은 광장 전체를 휩쓸어 버렸다.

소리도 없었다.

미쳐 날뛰던 광인들은 비명 소리도 없이 그 자리에서 얼음덩어리가 되어버렸다가 함께 몰려오는 후폭풍에 가루가 되어 사방으로 흩날렸다.

그 찰나의 순간 유검은 화기를 끌어올려 몸을 녹이면서 면사 여인의 뒤를 향해 의식으로 만든 한천검을 날리려 했다.

그런 의도로 손을 내뻗었지만 나오는 것은 아무것도 없었다.

"아차! 그건 돌려줬지!"

그제야 자신과 한 몸이 되어 있던 의식의 빛은 풍룡에게 다시 돌아갔음을 떠올렸다.

새롭게 검을 형성시키려 시도하는 순간,

꽝—!

좀 전보다 더 큰 충격이 전신을 강타했다.

"제기랄—!"

주위로 한기가 미친 듯 뻗쳐 나갔는데, 그 순간 유검은 눈앞의 여인의 면사가 바람에 휘날리며 얼굴이 드러나는 것을 볼 수 있었다.

몽롱한 눈빛이었지만 화라는 것은 틀림없이 알아볼 수 있었다.

"어서 여기를 빠져……."

그녀의 허리를 껴안는 순간 뒤에서 또 한 번의 무시무시한 일격이 뻗어 나왔다.

유검은 반격을 포기한 채 그녀를 안고 허공으로 몸을 솟구쳤다.

"젠장, 도대체 누구야? 비겁하게……!"

광장 천장에서 아래를 내려다보며 그렇게 외치다 돌연 신음 소리를 냈다. 그의 입가로 핏물이 흘러나왔다.

유검은 아랫배에 극심한 통증을 느끼며 화를 쏘아보았다.

"네가… 왜……?"

뒷말을 끝맺지 못하고 허공에서 뚝 떨어져 내렸다.

방어막 속에 있던 다우는 그 모습을 보고 비명을 질렀지만 밖으로 흘러나오지는 않았다.

가까스로 몸을 일으킨 유검의 아랫배 단전 부위에는 기묘하게 생긴 단검이 꽂혀 있었다. 단검 주위로 삽시간에 얼음이 얼기 시작했다.

주위를 돌아보니 살아 서 있는 자는 자신과 방어막 속의 다우, 그리고 화뿐인 것 같았다. 나머지는 엄청난 위력의 한기에 얼어 죽어버린 것 같았다.

너무도 황량해 처참하다는 느낌조차 들지 않았다.

유검은 밀어닥치는 추위에 이를 다닥 떨었다.

"젠장, 이 정도쯤이야……!"

극한 고통 속에서 단검을 뽑으려 하다 얼굴을 일그러뜨리며 무릎을 꿇고 말았다.

이때 제단 뒤에서 흐릿한 인영이 걸어나오며 중얼거렸다.

"힘 빼지 않는 게 좋을걸? 금강불괴도 파괴한다는 금홍비에 태양검의 한수력도 들어 있으니 말일세."

상대가 듣든 말든 상관없다는 식의 무심한 어조였다.

유검은 그가 누군지를 알아보았다. 신무룡이었다.

"도대체 왜 이런 일을……."

신음 소리처럼 물었다.

"오해는 하지 마라. 나는 이미 아득한 경지에 올라 너를 뛰어넘었다. 이런 암습 따위는 내게 필요없지. 단지 그녀의 선택이었을 뿐이다. 물론 내가 마련해 놓은 길 중 하나지만……."

이어 말했다.

"너는 무력하다. 나에게 복종하라. 그리하면 네게 영광을 주리라."

유검은 코웃음을 치며 허공을 향해 소리쳤다.

"상화구!"

그의 음성은 천리전음처럼 저 멀리 퍼져 나갔다.

"이 게으름뱅이야! 네 주인은 여기 있다!"

말이 끝나는 순간 한 덩어리의 빛줄기가 천장을 뚫고 쏟아져 내렸다. 이에 바닥이 지글지글 끓어오르며 용암이 되어 주위로 흘러내렸다.

빛나는 구체가 천장에서 뚝 떨어져 내렸다.

유검은 멍한 얼굴로 쓰러져 있는 화를 가리키며 말했다.

"네 주인은 저기 있다. 무슨 일이 있어도 보호를……."

그런데 상화구는 화를 거들떠도 보지 않고 신무룡에게로 가더니 그 주위를 빙글빙글 돌았다.

마치 개가 주인을 향해 꼬리를 흔드는 모습처럼 보였다.

유검은 어이가 없는 얼굴로 멍하니 지켜보다 분통을 터뜨렸다.

"저놈의 고철덩어리가 배신을—!"

신무룡이 고개를 저으며 말했다.

"태양력을 극성으로 익힌 후 그녀에게서 상화력을 뽑아 내 것으로 할 수 있는 능력이 생겼다. 그러니 이 녀석도 이젠 내 것이지."

말과 함께 손을 내뻗었는데 한줄기 시퍼런 냉기가 쏘아져 나가 다우가 있던 방어막을 박살 내버렸다.

다우는 비명과 함께 달아나려 했지만 거대한 흡입력에 이끌려 신무룡에게로 날아갔다.

신무룡은 그녀의 마혈을 제압하며 중얼거렸다.

"한심하군. 어째서 각성하지 않았지? 군화정은 육경천의 으뜸, 완전히 각성했다면 나라도 장담하기는 힘들었을 텐데……."

유검은 자신이 정말 무기력함을 깨달았다. 지금 이 순간 자신이 할 수 있는 일은 아무것도 없는 것이다.

"후아……."

유검은 이제 서 있는 것도 힘이 들어 그 자리에 주저앉았다.

그리고 쓰러져 있는 화와 마혈이 제압당해 있는 다우를 번갈아 쳐다보고 나서 한숨을 내쉬었다.

"미안하다. 너희들을 지킬 힘이 없구나."

그리고 고개를 갸웃거렸다.

"아무리 생각해도 이해가 안 되는군."

신무룡이 호기심을 보였다.

"무엇을 말이냐?"

"내가 왜 이런 상황을 허용했을까 하는 것."

"네가 어리석어서는 아니다. 단지 계책에 말려들었을 뿐이지."

그는 어조를 약간 누그러뜨리고 말했다.

"내가 강호에서 특별하게 생각하는 사람은 너뿐이다. 본래 너와 다시 겨뤄보고 싶었지만… 워낙 잘 달아나니 이런 덫을 준비할 수밖에 없었다. 너와 항상 함께 있는 이 군화정의 소녀를 얻기 위해서는……."

유검은 그 말에 문득 의심이 일어 물었다.

"혹시 기재들을 납치하고 그런 게 설마 모두 다우 때문에……."

"그렇다. 아니, 좀 더 정확히 말하자면 너를 유인하기 위해서라고도 할 수 있겠지. 뭔가 그럴듯하게 보이기 위해 약간 연막은 피웠지만… 몇 가지 대법을 시험해 볼 생각은 있었으니 전혀 거짓은 아니지. 하여간 네 녀석이 늦장을 부리는 통에 나 역시 기다리느라 꽤나 힘들었다."

유검은 또다시 한숨을 내쉬었다.

"어떡할 셈이지?"

"걱정하지 마라. 네가 우려할 만한 수치스런 일은 일어나지 않는다. 만약 군화정이 내게 복종하지 않는다면 그때는 이 소녀의 육체가 고통스러울 수도 있겠지만……."

그는 말하다 눈빛을 반짝였다.

"희한하군."

"무엇이?"

"아직도 쓰러지지 않고 있는 것이. 내가 듣기로 그 비수에는 아주 강력한 미혼약과 신공독도 발라져 있다고 하던데 말이다."

유검은 툴툴 웃었다.

"젠장, 어쩐지 졸리더라니……."

그 말과 함께 유검은 정신을 잃고 쓰러졌다.

$$*\qquad\qquad*\qquad\qquad*$$

‘꽤 오랜 시간이 흐른 것 같군.’

유검은 눈을 뜨고 나서 자신이 어느 조그만 방의 침상에 누워 있음을 알아채면서 그렇게 생각했다.

아주 단조로운 방이었다.

천장에 박힌 야광주가 은은히 내부를 밝히고 있었기에 그리 어둡지는 않았는데, 주위를 둘러보니 사방은 창문조차 없이 완전히 밀폐되어 있었다.

오직 침상 맞은편에 조그만 철문이 하나 있어 그래도 외부와 연결되어 있음을 알 수 있을 뿐이었다.

“흐음……”

유검은 이곳이 감옥일까 아니면 독방일까 잠시 고민하며 몸을 일으키는 순간 얼굴을 찌푸렸다.

몸은 무기력하여 천근만근 무겁기 그지없었다. 내부는 텅 비어 있어 일체 어떤 기운도 느낄 수 없었다. 찔렸던 아랫배에서 은은한 통증이 일고 있었다.

몇 가지를 시험해 보고 유검은 자신의 모든 능력이 사라졌거나 봉인되었음을 알았다.

‘꽤 신경을 쓴 것 같군.’

물론 이 정도의 금제를 가하기 위해서는 상당한 정성이 들어갔을 것이다. 하지만 그 점에 대해 그다지 고마워하고 싶지는 않았다.

유검은 다시 자리에 누웠다.

그는 보통 사람이라면 당연히 하게 될, 신무룡 그가 왜 자신을 살려 두었을까? 왜 여기다 가두었을까? 무슨 속셈으로? 그리고 다우와 화는 어떻게 되었을까? 따위의 그런 의문을 품지 않았다.

대신 전혀 다른 의문을 품었다.

'난 왜 이러한 상황을 허용한 것일까? 대체 무엇을 바라기에?'

자신이 진실로 원하는 상황과 이성이나 감정이 바라는 것은 가끔, 아니, 꽤 많이 일치하지 않는다는 것은 알고 있었지만 그래도 지금의 상황이 자신이 원했던 것이라고 온전히 믿기에는 참으로 힘들었다.

여러 가지를 생각해 보다 유검은 실소했다.

"이제 뭔가를 알았다고 생각했는데, 여전히 제자리걸음이군. 영원하지 않다면 그게 무슨 소용이란 말인가?"

정말 자신이 바보 같다고 생각했다.

유검은 억지로 몸을 일으켰다.

철문 앞에 밥과 국, 그리고 세 가지 야채 반찬이 담겨 있는 소반을 발견했다. 철문 아래 조그만 창문이 나 있었는데 그곳으로 소반을 들여오는 모양이었다.

탈출할 방도를 몇 가지 떠올려 보다 그런 생각은 포기했다.

만약 이러한 상황이 자신이 원하고 바랐던 것이라면, 그게 무엇인지 알아야 한다. 그것을 알지 못한다면 탈출한다 하더라도 또다시 비슷한 상황이 연출될 것이다.

도대체 자신이 놓쳐 버린 것이 무엇일까?

유검은 어떤 갈증을 느꼈다.

이렇게 모든 것을 포기할 정도로 자신이 강렬히 원하는 게 있다는 말인가?

"후아… 일단 배부터 채우자."

철문 앞의 소반을 가져와 밥과 찬을 먹었지만 그다지 식욕은 없었다.

잠시 쉬고 나서 유검은 다시 생각을 정리해 보았다.

'지금이 완전한 무상검의 경지는 아니다. 즉, 신의 경지가 아니었기에 이런 상황에 처한 것일 테지. 최소한 내가 원한 상황이 무엇이었는지는 알아야 한다. 그리고 왜 그것을 알지 못하는지 그 이유를 알아야 한다. 도대체 내가 놓친 것은 무엇일까?'

만약 지금의 상황을 창조한 것은 나라는 그런 가정조차 버린다면 그때는 혼란뿐이기에 필사적으로 매달렸다.

하지만 아무리 궁리해 보아도 알 수가 없었다.

생각해 봤자 머리만 아플 뿐이었다.

그렇게 고민해 보다 밥이 오면 식사를 하고 그러다 피곤하면 잠이 들고 그런 일상이 반복되었다. 대체 지금이 밤인지 낮인지도 알 수 없는 그런 무료한 생활이 반복되었다.

유검은 슬슬 짜증이 치밀어 올랐다.

'젠장! 지금의 상황은 분명 내게 뭔가 전해주는 문장이라 할 수 있다. 그런데 난 왜 그것을 알아듣지 못한단 말인가?'

그래도 유검은 희망을 버리지 않았다.

'좋아. 다시 처음으로 돌아가 정리해 보자.'

그렇게 생각하고 편하게 침상 위에 누워서 오로지 '지금'에 집중했다.

'문장은 오직 지금 속에서만 존재한다. 그것을 듣기 위해서는 생각하는 것을 그만두고, 마음의 활동을 멈추고 모든 감각을 불러일으켜 깨

어 있어야 한다.'

눈을 감고 천천히 감각을 활짝 열었다.

주변의 자극이 거의 없어 촉각에 대부분의 감각이 집중되었다. 몇몇 부정적인 생각이 떠올랐으나 촉각에 계속 집중하고 있으니 서서히 사라졌다.

그 상황 속에서 유검은 의외로 기분이 나쁘지 않음을 발견했다.

본래 애써 평정을 유지하려고 했지만, 그리고 객관적으로 자신의 상황을 돌아보려 했지만, 기분은 가라앉아 생동감이 없었다.

그런데 단지 지금에 집중하고 있음으로써 차츰 기분이 고양되기 시작했다. 내면에서 어떤 울림이 흘러나오는 것 같았다. 점점 그 느낌 속으로 빠져들자 기쁨이 커져 갔고 행복감마저 느껴졌다.

한참 동안 그런 느낌 속에서 무아지경으로 빠져 있는데 갑자기 어떤 커다란 어둠, 빈 공간이 나타났다.

유검은 거의 잠 속으로 빠져들고 있었는데 그것을 보고 깜짝 놀라 깨어났다.

'뭐지?'

어차피 이곳에서는 달리 할 일이 없었기에 호기심과 함께 조금 전의 그 행복감을 다시 맛보기 위해 시도했다.

그렇게 행복감과 희열에 취하며 시간이 흐르는 것도 잊었다.

그러던 어느 날 생각했다.

'세상의 일이란 결국 행복을 찾기 위해 움직인다. 하지만 이렇게 아무것이 없어도 행복할 수 있다면……'

유검은 그렇게 생각하다 벌떡 일어났다.

"젠장, 그렇다면 세상의 모든 일들이 아무런 의미도 없다는 말인가?

그냥 이렇게 행복에 취해 있으면 그게 인생의 목적인가? 그것을 알기 위해 난 여기 감금당하는 것을 선택했단 말인가?"

이해할 수 없는 분노가 솟구쳤다.

이러한 행복과 희열은 단지 자신을 속이는 것뿐이라 여겨졌다.

"도대체 내가 뭘 하는 거야? 제기랄!"

분노는 혼란을 불러일으켰고, 그것은 더 큰 분노를 불러일으켰다.

꽝—!

주먹이 벽과 충돌하자 짜릿한 통증이 화려하게 피어올랐다.

이때 유검은 내면에서 거대한 충격을 느꼈다.

'내가 느낀 행복감과 이 고통이 다른 게 뭐지?

그 행복감이란 것도 오래 지속되면 단지 지루해질 뿐이었음을 깨달았다. 또한 고통이란 것 역시 반드시 고통스러운 것만은 아니란 것도.

그 자각의 순간 유검은 다시 침묵 속으로 들어갔다. 하지만 무아지경을 일컫는 삼매경은 아니었다. 그것만으로는 부족함을 알았기에 깊은 지성과 통찰력으로 자신이 놓친 것이 무엇인지를 다시 더듬어보고 있었다.

유검은 체험을 통해, 그리고 노인으로 나타난 풍룡과의 대화를 통해 자신의 진정한 정체는 결코 인간으로 한정되어지지 않는 무한한 존재, 즉 신임을 알았다.

또한 전각으로 떨어지면서 자신의 실체가 무한히 확장되는 체험까지 했다. 하지만 그것을 체험하고 아는 것만으로는 부족했다.

깊이 통찰해 보다 가장 간단한 사실을 깨달았다.

내면의 존재는 무한한 힘과 능력을 가지고 있다. 다시 말해 그가 참 나이며, 또한 신이다. 그 정체는 순수한 의식이며 자신이 자각하는 그 모든 것의 창조자이다. 그런데 그 힘과 능력을 일상의 삶 속으로 불러내지를 못하고 있다. 그것이 불만인 것이다.

유검은 실소했다.

그것은 인간이라면 누구나 바라마지 않는 욕망일 것이다.

하지만 그런 인간적 욕망 속에서는 그러한 힘이 나올 수 없다는 것을 알았기에 그런 모순성에 웃음이 나왔다.

만약 신의 능력을 사용할 수 있으려면 신이 되어야만 한다.

내면의 존재인 참 나가 무한한 능력을 지니고 있다면 그것이 되어야만 쓸 수가 있을 것이다.

그 참 나는 단지 존재할 뿐 그것을 경험하는 자는 없기에, 그 능력 또한 사용하는 자가 없어야 가능하다.

이런 모순을 자각하자 다시 허탈해졌다.

멍하니 천장만 바라볼 뿐이었다. 이렇게 생각으로는 답을 찾을 수 없다는 뻔한 사실만 재확인할 뿐이었다.

결국 유검은 정말로 모든 것을 내려놓았다. 무기력하다는 느낌조차 없을 정도로 무기력해졌다.

포기라는 것은 희망이 있을 때 존재한다. 희망조차 사라졌을 때는 포기 역시 없는 것이다.

그저 밥이 들어오면 먹고, 피곤하면 잠이 들고 그런 생활이 반복되었다. 아무런 생각 없이 그냥 침상에 누워만 있었다.

세월은 하염없이 흘러갔다.

그러던 어느 날 멍하니 있던 유검은 화들짝 깨어났다. 내면 어딘가에서 빛이 번쩍 터져 나왔던 것이다.

'어라?'

그러다 도대체 어디서 나온 것인지 아무리 찾아보아도 보이지 않았다.

유검은 실소했다.

'그것이 참 나에게서 나온 것이라 한들 뭐가 어떻단 말인가?'

다시 생각이 일자 육신은 무겁기 그지없었다.

삶의 의욕이 있을 때라면 육체를 자각하지 않지만, 그냥 가만히 있을 때면 육체라는 것이 얼마나 무겁고 거추장스러운지 자각하게 되는 것이다.

유검은 생각했다.

'몸이라도 좀 가벼우면 좋겠는데…….'

그리고 실소가 나왔다.

'나 참, 신이라면서 이 정도도 해결 못하나?'

이때 기이한 현상이 벌어졌다.

부드럽기 그지없는 기운이 가슴을 중심으로 퍼져 나가며 전신을 가볍게 만들었던 것이다. 그 기운은 티없이 맑고 그윽했다.

유검은 멍하니 그것을 지켜보다 문득 한 가지 사실을 떠올리고 경악을 금치 못했다.

"어라? 난 금제를 당했을 텐데 어떻게……!"

유검의 두 눈이 번쩍 뜨였다.

가느다란 희망을 다시 품고 그 부드러운 기운을 몸 여기저기로 움직여 보려 했다. 하지만 그것은 그렇게 되지를 않았다.

일반 내공심법의 이치는 물론 자신이 여태까지 알아온 어떤 방법으로도 그것을 조절하거나 할 수는 없었다. 그냥 그 기운은 그저 존재하고만 있었다.

유검은 의아함을 느꼈다.

'이 기운은 도대체 어떻게 움직이는 것일까?'

곰곰이 통찰해 보다 유검은 새로운 생각을 떠올리고 스스로 놀라워 했다.

'가만… 난 여태까지 지금의 나는 인간의 입장에서만 생각했다. 그래서 인간의 방법을 사용했지. 하지만… 신의 입장에서 접근해 보지는 않았다!'

이러한 생각에 유검은 흥분을 금치 못했다.

그리고 당장 그 방법에 대한 탐구에 들어갔다.

'내가 신이라면…….'

그런 가정을 세워놓는 순간 한 가지 사실을 깨달았다. 단지 자신이 무한한 존재라고 생각했을 뿐, 그것을 진실로 신뢰하지는 않았다는 것을 알았다.

그 순간 벼락을 맞은 듯한 깨달음이 왔다.

한참 동안 멍하니 천장만 바라보았다.

곧 유검은 키득거리며 웃기 시작했다. 우스워서 견딜 수 없는 듯 배꼽을 잡고 침상 위를 뒹굴었다.

웃다가 갑자기 버럭 허공을 향해 소리쳤다.

"내가 전하는 것은 문장이다. 그 문장에 대해 엄청 복잡하게만 생각했군! 바보처럼!"

우왁! 우왁! 계속 소리를 질렀다.

분이 풀릴 때까지 그렇게 소리를 지르고 나서 허공의 텅 빈 공간을 바라보며 허탈한 듯 중얼거렸다.

"난 신이다."

그 진실을 존재 전체에 스며들도록 가만히 침묵을 지키다 다시 입을 열었다.

"그것이 내게 전해지는 단 하나의 문장이었어."

그리고 유검은 지금 이 순간 자신이 해야 할 일은 단 하나뿐임을 알았다.

그것은 일단 자는 것이다.

곧 유검은 만족한 미소와 함께 깊은 잠으로 빠져들었다.

*   *   *

얼마나 시간이 흘렀을까.

깨어난 유검은 천천히 몸을 일으켰다.

이제 신으로서의 권능을 이어받을 때가 되었음을 알았다.

'자, 무엇부터 시작할까?'

곰곰이 생각해 보다 일단 우선 신으로서의 자리에 앉는 것이 첫째임을 알았다.

유검은 즉시 고요와 평화의 자리로 들어갔다.

그리고 스스로에게 자문했다.

'신의 자리는 어디지?'

일단 그렇게 묻고 나서 집착없이 자신의 육체와 마음을 내려다보았다. 그렇게 지켜보기만 했다.

때론 삼매로 들어가고 때론 깨어나기를 반복하며 유검은 한 가지 명료한 앎을 얻었다.

자신이 체험했던 내면의 중심이 있다.

그 중심에서 내가 있다는 하나의 생각이 일고, 그것이 외부로 향할 때 마음과 육체, 그리고 삼라만상이 태어났다.

유검은 그곳이 진정한 신의 자리임을 자각했다. 모든 신으로서의 권능은 그곳에서 나온다는 사실도.

의식을 그곳에 두는 순간 마음은 깊은 고요 속으로 빨려 들어가 깨어 있을 때라도 삼매는 자동적으로 이루어졌다.

그리고 유검은 그 중심이 내공의 근원임도 알았다.

내공을 익힐 때 대부분 단전에 의식을 집중한다. 그리고 그렇게 운기행공에 집중하다 어느 순간 무아지경으로 들어가는데, 그리하여 도착한 자리가 바로 그 중심인 것이다.

유검은 실소했다.

'바다를 눈앞에 두고 한 항아리의 물만 떠오는 격이군.'

유검은 그 중심으로부터 방사되는 고요함 속에서 자신의 육체를 아무 집착 없이 내려다보았다.

등과 어깨가 결림을 자각했다.

결린다는 것은 어딘가 기운이 정체되고 막혀 있다는 뜻이다. 그런데 그것을 고요한 시선으로 주시하고 있자니 그 막힘이 자연스럽게 풀리며 맑고 부드러운, 참으로 감미로운 기운을 만들어내었다.

마치 기적과도 같은 변형이었다.

그 사실을 깨닫자 은은한 기쁨이 몰려왔다.

그리고 새로운 앎을 가졌다.

인간의 자리에 머물며 애쓰고 뭔가 바꾸려는 노력이 그 자연스러운 기운의 흐름을 막아왔다는 사실을.

유검은 서둘지 않고 차분히 변형될 필요성이 있는 것들을 찾기 시작했다. 그것은 '지금' 속에서 이루어졌다.

유검은 일단 육체에서 느껴지는 불편함과 막힌 경락들부터 해결해 갔다. 그런 과정에서 그 결과가 자신이 꼭 예측했던 것과 같지 않다는 것도 발견했다.

막힌 기운이 한꺼번에 뚫리면서 지독한 몸살을 앓기도 했고 때로는 관절 마디마디가 지독하게 쑤시기도 했다.

그러나 그 과정이 끝나면 한 단계 더 올라서 있었다.

그것은 새로운 놀이였다.

끝없이 자신을 변형시켜 나가는.

때론 육체가 아예 사라지기도 했으며 때론 불구덩이 속에서 머물기도 했으며 어떤 때는 하늘에서 헤아릴 수 없을 정도로 많은 빛들이 쏟아져 내리기도 했다.

그리고 생각의 흐름 자체를 자각할 때는 머리가 몽롱해지며 백회혈과 미간 등 여러 군데를 통해 어떤 기운들과 빛이 왕래하는 것을 느꼈다. 그러면서 생각은 소멸되고 순수한 텅 빔의 자각만 있게 되었다.

유검은 이러한 과정이 꽤 재밌다고 느꼈다.

하지만 순조로운 것만은 아니었다.

자고 깨어나면 다시 원래의 자리고 돌아가 있기도 했으며 어떤 날은 마음이 지극히 혼란스럽기도 했다.

그래도 그 모든 것을 변형시킬 힘이 자신에게 있음을 확실히 자각하고 있었기에 그 모든 것은 놀이의 대상이 될 뿐이었다.

하나를 자각하는 순간 그 다음 예측할 수 없는 수순으로 일어나는 일련의 변형 과정을 지켜보는 것은 정말로 흥미진진했다.

무공을 익힐 때보다 더한 재미와 흥미를 느꼈다.

날이 갈수록 변형의 과정은 보다 즉각적이 되었으며, 그 폭과 깊이도 커져 갔다.

그렇게 자신이 변형되어 가는 과정들을 즐기던 어느 날, 유검은 문득 더 깊은 수준으로 놀고 싶어졌다.

몸과 마음은 지극히 고요하기 그지없었다. 그 모든 것이 투명했으며 어떤 욕구도 일지 않았다. 그저 존재함으로서 모든 것이 충분했다. 하지만 그 충분하다는 사실이 오히려 불만스러웠던 것이다.

지금 상태로 머물게 되면 모든 기운은 조화로서 중립의 자리에 있을 뿐이다.

그것을 휘저어보고 싶어졌다.

그것은 자신이 여전히 갇혀 있다는 자각과 함께 삶에 어떤 변화를 주고 싶어졌다.

그것을 위해서는 불균형이 필요했다. 조화되지 않는 무엇이 필요한 것이다.

또 다른 놀이 방법이 필요했다.

유검은 깊이 숙고해 보다 고요한 존재의 자리에서 다시 인간으로 돌아가기로 했다. 변화를 위해서는 인간적인 욕구가 필요함을 깨달은 것이다.

하지만 그것이 그리 쉽지는 않았다.

애써 흥분해 보려 해도 내면은 파도 없는 바다처럼 너무 고요하기만 했던 것이다.

웃으려 해보니 얼굴 근육은 움직여지지만 웃는 기분이 들지 않았다. 슬픔을 느껴보려 해도 도대체 슬픔이 무엇인지 알 수가 없었다.

마음이 아예 소멸되어 버린 것 같았다.

유검은 다우를 떠올려 보았다. 그래도 아무런 감정이 느껴지지 않았다. 심지어 그녀가 사람들에게 강간당하는 모습을 떠올려 보아도 그 고요는 깨어지지 않았다.

'이건… 뭔지는 몰라도 꽤 불합리하군.'

유검은 어떻게 하면 이 균형을 깰 수 있을까 고민했다. 가끔 생각 자체가 사라져 버리기에 그 고민조차도 쉽지 않았다.

문득 고요 속에서 유검은 자신이 호흡하고 있다는 사실을 알았다. 여태까지는 그 호흡이 비단보다 더 부드러워 멈춰 있는 것만 같았던 것이다.

유검은 그 호흡을 일부러 흩뜨렸다. 빠르게 거칠게 깊게 옅게… 불규칙하게 숨을 내쉬는 것을 반복하니 고요가 깨어지기 시작했다.

순간 삶의 기쁨이 춤을 추듯 몰려왔다. 생명이 스스로 약동하기 시작했다. 그리고 다시 감옥 속에 갇혀 있는 인간으로 돌아올 수 있었다.

유검은 그제야 자신이 웃을 수 있음을 알았다.

부르르―!

깨어진 고요는 그 자체로 조화를 위해 움직여 나갔고 육체는 그 흐름에 거세게 반발하다 다시 받아들였다. 그 과정에서 신선한 삶의 열정이 스스로 분출되어 나왔다.

"흠… 이런 식이었군."

유검은 히죽 웃으며 다시 다우를 떠올려 보았다.

그제야 그녀에 대한 가련함과 동정심, 그리고 보고 싶은 애착 등이 일었다.

하지만 그 느낌과 감정이 즉각 변형되었다.

가슴을 깊이 울리는 연민으로 바뀌었으며 그 결과 그녀를 보다 더 깊이 이해할 수 있을 것 같았다.

신무룡을 떠올려 보았다.

일순 분노가 솟아올랐으나 즉시 부드러운 관조로 바뀌어 버렸다. 의지와는 상관없었다.

"휴……."

유검은 한숨을 내쉬었다. 자신이 돌이킬 수 없는 어떤 과정으로 이미 들어가 있음을 안 것이다.

"뭐, 될 대로 되겠지."

그리고 주위를 돌아보다 일단 무공을 되찾기로 결심했다.

일단 가장 기본인 태극검을 펼쳐 볼까 하다가 생각을 바꾸었다.

어떤 규칙이나 방법을 통해 내면의 근원적인 힘을 이끌어낼 수 없음을 알았기 때문이었다.

유검은 일단 가만히 서서 그저 두 팔을 위아래로만 흔들어보았다. 그리고 그 흐름을 내면의 중심에 맡겼다.

그러자 즉각 변화가 일기 시작했다.

단순히 위아래로만 움직이던 두 팔의 움직임은 보다 자연스러워지기 시작했고 그 흐름에 따라 팔목과 손가락은 마치 물속의 해초가 움직이듯 변해갔다.

또한 그에 따라 목과 다리도 그 흐름에 맞춰 조화롭게 흔들거리기 시작했고, 허리도 그 장단에 맞춰 춤을 추기 시작했다.

두 팔의 움직임은 이제 전신의 것으로 바뀌어 있었는데 보다 복잡하고 정묘해져 갔다. 그 동작은 자신이 알고 있던 것도 있었고 전혀 생소한 것도 있었다.

때론 어처구니없게도 기녀가 남정네를 유혹하는 듯한 동작도 있었다.

그것을 지켜보며 유검은 새로운 즐거움을 알게 되었다.

고요의 자리에서 변형을 당연하게 받아들이는 것과는 달랐다.

도대체 무슨 일이 벌어질지 모르는 상태에서 새로운 변화를 지켜보는 것은, 그리하여 내면의 힘을 새로이 자각하는 것은 참으로 즐거운 경험이었던 것이다.

동작은 차츰 격렬하고 현란해져 갔다.

무공인지 춤인지 알 수 없었는데, 허공으로 몸을 띄워 두 다리를 놀리는가 하면 벽과 천장을 타고 종횡무진으로 움직이기도 했다.

"후앗―!"

돌연 벼락같은 기합 소리가 터져 나왔다.

그리고 일체의 동작이 차려 자세에서 멈춰졌다.

완전한 멈춤!이었다.

거칠어졌던 숨은 다시 비단결처럼 부드러워졌고, 유검은 고요 속에서 휘저어진 기운들로 충만해져 있는 방 안을 가만히 지켜보았다.

예전에도 유검은 어떤 조화로운 검무 속으로 우연히 들어간 적은 있었다. 하지만 그때와 다른 점은 이제는 깨어 있는 의식 속에서 이런 조화를 일으킬 수 있게 된 것이다.

그리고 유검은 그 단순함에 감명했다.

어떤 결과를 예측하지 않고 그저 무엇이든 시작하면 그것은 그 자체로 생명을 지녀 움직이기 시작한다. 그 조화로운 기운은 무한히 확장하고 싶어했으며 육체로든 기운으로든 표현되고 싶어했다.

자신은 그저 불씨를 던지고 그 불꽃놀이가 일어나는 것을 허용하기만 하면 되는 것이었다.

유검은 가슴 깊은 곳에서 어떤 울림을 자각했다. 그것은 소리를 통해 저절로 울려 퍼지기 시작했다.

"호—옹……."

처음에는 그 발성이 약간 껄끄로웠지만 차츰 그 소리는 균일해져 갔다. 그리고 그 소리에 맞춰 존재 전체가 함께 공명하기 시작했다.

인간이 낸 소리라고는 믿기 어려운 어떤 울림이 방 안을 가득 메웠는데 유검은 이 순간 오로지 그 진동으로만 존재하고 있었다.

온 우주가 그 울림으로만 존재했다.

우르르—

벽들이 그 울림에 공명하기 시작하며 돌 가루가 피어올랐다.

울림 소리는 더욱 깊이 벽을 파고들었는데 어느 순간 그 진동은 무한을 향해 달려 버렸다.

소리가 사라졌다.

벽이 무너져 내렸다. 동시에 우주가 붕괴되기 시작했다.

이때 어떤 일이 벌어졌다.

시작도 끝도 없는 그러한 무엇이 일어났다.

'나' 가 사라졌다.

그 이후의 일은 무엇으로도 정의될 수 없었다.

내가 사라지는 순간 동시에 우주 어디에도 존재하고 있었다.

보여지는, 그리고 보이지 않는 모든 존재들과 함께 수없이 죽고 수없이 탄생하고 있었다. 과거와 미래가 동시에 존재하고 있었다.

모든 차원에서 살해되고 굶어 죽고 벌레에게 먹히고 칼에 찔리는 모든 인간들과 동물의 체험을 공유했다. 동시에 태어나 햇빛을 즐기고 풀밭에서 뛰어놀며 먹는 삶의 즐거움을 느끼고 있었다. 이성과 성적인 즐거움에 취해 있었다.

모든 '지금' 의, 모든 '여기' 가 동시에 체험되고 있었던 것이다.

그 체험에 좋고 나쁨은 없었다. 단지 체험은 존재하고 있을 뿐이었다.

그것은 거대한 침묵이었다.

*   *   *

얼마나 시간이 흐른 것일까.

영원의 지금 속에서 유검은 어떤 흔들거림을 느꼈다. 그것은 아득히 먼 곳에서 들려왔다. 그것은 미약하기 그지없었지만 미묘한 어떤 끌림이 있었다.

호기심을 느끼고 의식이 그곳으로 향하는 순간, 유검은 천천히 눈을 떴다.

햇살이 강렬했다.

"괜찮아? 괜찮은 거야?"

아름다운 소녀의 얼굴이 망막에 비쳤다.

누굴까 하는 생각도 없이 멍하니 바라보다 시간이 조금 흘러서야 그녀가 화임을 알아보았다.

"아… 너구나."

천천히 몸을 일으켜 주위를 돌아보았다.

수림이 우거져 있는 초원 한가운데 자신이 누워 있었다.

유검은 자신의 상태를 알 수 없었다.

여태껏 꿈을 꾸고 있었던 것인지 아니면 지금 꿈을 꾸고 있는 것인지 분간할 수 없었던 것이다.

"여기는… 어디지?"

"감옥."

화는 어깨를 으쓱거렸다.

"조금 넓긴 해도 감옥인 것은 분명해."

그리고 의아해하며 물었다.

"근데 어떻게 여길 왔어? 주위에 진이 펼쳐져 있어서 아무도 접근할 수 없는데……."

"그건… 내가 묻고 싶은걸? 뭐, 이유야 천천히 알면 되고 어쨌거나 만나서 반갑다."

유검은 자신이 좀 멍청해진 것 같다고 느꼈다. 모든 게 텅 비었다가 다시 투명하게 나타나곤 했다.

그리고 자신이 어디 있는지 전혀 감을 잡기 힘들었다.

보여지는 그 모든 것이 자신의 몸처럼 여겨졌다가 또 그것은 텅 빈 허공으로 변했다.

조금 시간이 흘러서야 자신의 육체를 자각할 수 있었다.

그리고 자신에게 무슨 일이 있었는지 떠올려 보려 했는데 아무런 생각이 나지 않았다.

심지어 조금 전 화와 주고받은 대화가 무엇이었는지조차 기억나지 않았다.

'난 갈수록 바보 같아지는군.'

유검은 화의 얼굴이 눈물로 젖어 있는 것을 보고 의아해 물었다.

"어라? 왜 울어?"

화는 소매로 눈가를 훔치며 고개를 저었다.

"몰라. 널 보니까 자꾸… 눈물이 나네."

"이상한 녀석이군."

"아! 이상한 꿈을 꾸긴 했어. 아마 그 탓일까?"

"무슨 꿈?"

"응, 내가 누군가를 찔렀는데 그게 너였던 거야."

"그 참, 이상한 꿈이군."

"그치?"

"응."

"히히……."

산들바람이 불어와 쪼그려 앉아 울다가 웃는 그녀의 귀밑머리를 흩날렸다.

유검은 그녀에게 다가가 손을 내밀었다.

"나가자."

화의 두 눈이 동그래졌다.

"어, 어디로?"

"어디로든지 네가 원하는 곳으로."

화는 머뭇거리다 유검의 손을 잡았다.

그녀가 몸을 일으키기도 전에 주위의 배경이 빠르게 변하고 있었다. 어느새 초원이 사라지고 안개 어린 호수의 정경이 나타났다.

"여긴……!"

화는 깜짝 놀랐다.

어느 버드나무 아래에 도착해 있었는데 눈앞에 바라보이는 풍경은 그녀의 눈에도 익었다.

아름답기가 천하에서 둘째가라면 서러울 항주의 서호였던 것이다.

멍하니 그 광경을 바라보다 화는 뭔가를 깨달은 듯 소리쳤다.

"알았다!"

"……?"

"이건 꿈이야."

유검은 미소 지으며 대꾸했다.

"네가 믿는다면."

화는 한숨과 함께 고개를 끄덕였다.

"그랬구나. 꿈이었어… 어쩐지 네가 너무 다정했다 싶었지."

유검은 그녀의 곁에 앉으며 말했다.

"맞아. 여긴 너의 꿈속이야. 그러니까 네가 바라는 것은 무엇이든 이루어지지."

"무엇이든?"

화는 흥분하여 소리치다 곧 피식 어둡게 웃으며 고개를 저었다.

"그럴 리 없어. 내 꿈은 악몽뿐이었거든. 이번 꿈도 결말은 반드시 악몽이 되고 말 거야. 틀림없이……."

화는 말을 끝맺지 못하고 몸을 떨었다. 갑자기 유검이 그녀의 어깨를 안고 뺨에 입을 맞추었던 것이다.

"뭐, 뭐 하는 거야?"

"악몽의 시작."

화의 안색이 창백해졌다.

"매, 매도 얼른 맞는 게 좋긴 하지만… 그, 그래도……."

유검은 그녀의 옷깃 속으로 손을 넣으며 빙긋 악마다운 미소를 흘렸다.

"저항해도 소용없는 거 알지?"

화는 울상을 지으며 고개를 끄덕이다 호수에 띄워진 배에 있는 사람들을 가리키며 급히 말했다.

"저, 저길 봐! 사람들이 보잖아!"

"꿈속인데 상관있나?"

뭔가 소리치려 했는데 갑자기 옷깃이 흘려내렸다.

자신의 상황을 미처 깨닫기도 전에 가슴과 허벅지 등에서 형언키 어려운 쾌감이 폭발하듯 피어올랐다.

순간 생각이 사라져 버렸다.

화는 어둠 속에서 울고 있는 아이가 갑자기 새어들어 온 빛에 어리둥절해하고 있는 것을 보았다.

곧 환한 햇살이 부드럽게 퍼지며 감추려 했던 자신의 어두운 모습이 노출되고 있었다.

'부, 부끄러워……!'

움츠러들고 싶었지만 그 빛은 너무도 부드럽고 달콤해 그 유혹을 뿌리칠 수가 없었다.

밀려오는 행복감에 화는 굴복했다.

그러자 빛의 물결 위에 떠 있는 자신을 발견했다.

'지독한… 악몽이네.'

깨어났을 때 화는 안개 속의 아릿한 햇살을 보며 나른한 행복감을 느꼈다.

자신이 눈물을 흘리고 있다는 것을 알지 못했다.

유검은 멍하니 하늘만 보고 있는 그녀의 나체를 부드럽게 어루만지며 물었다.

"악몽의 다음 편이 궁금하지 않아?"

"아니."

화는 거부권을 행사했다.

"이왕 악몽이라면… 내가 선택할 거야."

말과 함께 몸을 일으키더니 유검의 아랫도리에 머리를 파묻었다.

"으음……."

유검은 밀려오는 쾌감에 침음성을 삼키며 손을 뻗어 그녀의 양 뺨을 어루만졌다. 그녀에게 참 귀여운 구석이 있다고 생각하곤 빙그레 웃음을 금치 못했다.

화는 유검의 몸 위로 올라타 허리를 부드럽게 움직이기 시작했다. 그리고 깊게 입을 맞춘 뒤 유검의 눈동자를 들여다보며 웃는지 우는지 모를 얼굴로 중얼거렸다.

"이거… 꿈 맞지? 아니면 내가 이런 행동을 할 리가 없잖아. 그치?"

유검은 대답 대신 그녀의 어깨를 힘차게 껴안았다.

한차례의 폭풍이 지나고 나서 유검이 말했다.

"배고프지? 뭐 좀 먹자."

화는 고개를 끄덕이며 자신의 머리카락을 하나 뽑았다. 그리고 그 머리카락을 유검의 왼쪽 새끼손가락에 묶었다.

"뭐 하는 거야?"

"다음 악몽 때 만나면 기억해 두려고."

둘은 옷을 입은 후 항주 시내로 나가 여러 가지 구경거리를 즐기다 주점에 들렀다. 맛있는 요리와 적당량의 술이 나왔고, 둘은 사소한 잡담을 나누며 즐거워했다.

그러다 유검은 웃으며 그녀에게 물었다.

"근데 너 아직까지 이걸 꿈이라고 생각하는 거야?"

화는 놀라 되물었다.

"어라? 그럼… 아냐?"

"나 참… 이렇게 생생한 꿈이 어디 있냐? 안 그래?"

화는 한참 동안 침묵하다 난처한 얼굴로 입을 열었다.

"그럼… 큰일이야."

"왜? 후회해?"

"아니, 그게 아니라… 은자 있어? 난 없어. 시킨 술과 안주 이거 어떻게 계산할 거야?"

"그거야……."

대답이 궁색해 꿀 먹은 벙어리가 되어 있는데, 돌연 그녀의 모습이 투명해지기 시작했다. 동시에 주위의 모든 것이 사라져 갔다.

한참 후에야 유검은 자신이 무너진 돌무덤 위에 누워 있는 것을 알았다. 아마도 자신이 갇혀 있던 그 감옥 그곳인 것 같았다.

유검은 어리둥절했다.

"어라? 현실 같았는데… 진짜 꿈이었던 건가?"

정신을 차리고 따져 보니 이상한 점이 많기는 했다.

그녀가 있는 곳에 나타난 것부터 일단 이상했다. 그리고 그녀를 데리고 당연한 듯이 다른 곳으로 순간 이동시킨 것도 말이 안 되는 이야기고. 아마도 자신에게 하도 말이 안 되는 일들이 너무 많이 일어난 바람에 그냥 당연하게 생각한 것 같았다.

투덜거리며 몸을 일으키다 유검은 자신의 왼쪽 새끼손가락에 머리카락이 묶여 있는 것을 보고 또다시 의아해했다.

"이것은……?"

곰곰이 생각해 보다 고개를 끄덕였다.

"하긴… 꿈과 현실이 뭐 그리 크게 다를려고. 다를 게 뭐가 있을려구."

그렇게 중얼거리던 유검의 두 눈이 서서히 커져 갔다.

"가만……."

뭔가 충격을 받은 듯 얼어붙었다.

"어쩌면… 내가 현실이라 여겨온 모든 게……!"

순간 세상과 육체가 투명해지며 가슴 깊은 곳의 중심으로 빨려 들어갔다.

모든 것이 또다시 텅 비어버렸다.

◆第四章
깨어나다

유검은 천천히 눈을 떴다.

햇살이 강렬했다.

아주 깊은 잠에서 서서히 깨어나는 듯한 느낌 속에서 육체의 무거움을 자각했다.

주위를 돌아보았다.

초여름의 후텁지근한 바람 속에 아름다운 한 소녀와 근엄한 노도장들이 걱정 어린 얼굴로 주위에 둘러서 있었다.

'……?'

한참 후에야 유검은 그들이 여문과 장문인, 장로들, 그리고 친우 사마평 등이라는 것을 알았다.

'…뭐지?'

유검은 다시 주위를 둘러보았다.

낯익은 광경들이었다.

한참 동안 관찰하고 나서야 자신이 과거 검무를 추다 쓰러진 무당산의 연무장에 있음을 알았다.

'뭐지? 내가 꿈을 꾸는 건가?'

사람들은 부산하게 움직이기 시작했고 곧 유검은 조용한 방으로 옮겨졌다.

의원들이 오고 갔는데 하나같이 진맥을 해보고는 고개를 절레절레 저었다. 그들은 유검이 지닌 모든 내공이 사라져 버렸으며 오장육부가 엉망이 되어버렸다고 말했고 그 말에 여문과 장문인 등은 잔뜩 비관적인 얼굴이 되어버렸다.

여문이 얼굴을 바짝 대고 물었다.

"내 말이 들려? 정신은 있는 거야?"

장문인과 장로들은 초점없는 유검의 눈동자를 보고 탄식하며 고개를 저었다.

"휴… 예상대로 주화입마로군요."

"제정신을 못 차리는 것도 무리는 아니지. 갑자기 그런 변을 당했으니……."

"일단 쉬게 내버려 둡시다."

여문은 안타까운 시선으로 유검의 뺨을 쓰다듬다 그 자리를 떠났다.

유검은 홀로 남아 멍하니 천장을 바라보았다.

창문으로 밝은 햇살이 들어오고 있었다.

초여름의 후텁지근함에 은은히 배어난 땀은 산들바람이 불어와 가볍게 식혀주었다.

시선을 돌려 방 안을 훑었다. 낯익은 가구들과 조잡하게 진천검이라

음각된 목검 한 자루가 보였다.

하나같이 추억이 어려 있는 정감있는 물건들이었으며 현실감이 생생하고 깊이가 있었다.

그렇다.

여긴 자신의 방이었다.

유검은 피식 웃고 말았다.

"이게 진짜 현실이란 거구나."

깨어난 후 처음으로 입을 열었는데 자신의 목소리가 생소하게 느껴졌다.

유검은 납득했다.

"하긴… 따져 보면 일검에 낙양을 두 조각 내다니 말도 안 되는 거였지. 게다가 그렇게 많은 미녀들이 하나같이 내게 반하다니… 현실이라면 있기 힘들지."

그래도 깨달음을 얻어 우주와 하나가 되는 체험까지 했는데 그게 모두 꿈이라니 허탈하기도 했다.

다우와 화, 교주와 신무룡, 일월쌍괴 등의 그리운 얼굴들이 스쳐 지나갔다.

그토록 오래한 다우의 얼굴조차 희미하게만 느껴졌다.

유검은 시선을 창문 너머로 돌렸다.

우거진 녹색의 나무들이 바람에 흔들거리고 있었는데 햇빛을 산란시키며 무지개 빛깔을 만들어내고 있었다. 그리고 평화로운 기운이 가득한 대지 위 푸르른 하늘에는 몇 조각의 구름이 한가로이 떠다니고 있었다.

참으로 평온하고 아름다운 광경이었다.

유검은 한참 동안 구경하다 서서히 낮잠 속으로 빠져들었다.

그의 입가에는 조용한 미소가 어려 있었다.

며칠이 흘렀다.

그동안 유검이 할 수 있는 일이라는 것은 무당파 비전의 처방으로 만들어진 탕약을 복용하는 것과 여문의 부축을 받아 산책하는 것뿐이었다.

탕약은 쓰고 맛이 없었으며 무엇보다 효과가 없었지만 여문과 함께 하는 산책은 꽤 즐거운 편이었다.

유검은 연무장이 내려다보이는 한 나무 그늘에 앉아 여문과 함께 제자들이 무공 수련에 열중하고 있는 모습을 한가로이 구경했다.

그런 자신을 자각하곤 쓴웃음을 지었다.

'난 이제 늙은이가 되어버렸군. 그냥 이렇게 가만히 있는 게 좋다니……'

하지만 그다지 불만은 없었다.

아무것도 바라지 않고 지금 이 순간에 머무르고 있다는 것 자체만으로 그저 모든 게 충분했던 것이다.

하지만 활발하게 움직이며 무공 수련에 열중인 제자들을 보고 있자니 몸이 조금 더 가벼워지면 좋지 않을까 하는 욕구가 일었다.

유검은 내공을 끌어올려 보았다. 하지만 단전은 텅 비어 있어 아무런 느낌조차 없었다.

쓴웃음이 나왔다.

'이게 주화입마란 거겠지.'

다른 시도를 포기하고 느긋하게 나무에 기대려다 갑자기 모든 동작을 멈추었다.

'……?'

가슴 깊은 곳, 어디라고 딱 잘라 말할 수 없는 어떤 중심이 자각되었다. 꿈속에서 자각되었던 바로 그 자리였다.

그곳에서 시큼한지 아니면 상큼한지 그도 아니면 시린지, 서늘한지 알기 힘든 진동을 느꼈다.

그곳에 의식을 집중하는 순간 육체가 사라지고 동시에 세상이 사라졌다. 대신 무한한 공간이 끝없이 펼쳐졌다. 시간도 함께 사라졌다.

다시 깨어나 세상을 지각할 때 전신에 수천 개의 뇌전이 터졌다. 경혈 하나하나가 끝없이 폭발하는 것 같았다. 그 후,

퍼퍽—! 퍼퍼퍽—!

막혀 있던 경맥이 즉시 뚫려 나갔으며 뒤틀렸던 오장육부가 제자리를 찾아가며 극심한 통증이 일었다.

전신의 경락마다 금이 그어져 갈라지는 것 같았다.

여문은 유검의 얼굴이 일그러지는 것을 보고 깜짝 놀라 물었다.

"사형, 왜 그래요? 어디 아파요?"

유검은 입을 벌려 말할 기운도 없었다.

'이거 뭐야? 이런 건… 꿈 아니었나?'

여문이 사람들을 부르러 가려 하자 고개를 저었다.

가까스로 기운을 내어 말했다.

"그냥… 날 방으로 옮겨줘."

여문은 망설이다 유검을 부축하여 그의 방으로 데리고 갔다.

그 후 유검은 여러 날 동안 끙끙 앓았다.

조금 나을 만하면 또다시 비슷한 일이 반복되었다.

그 고통이란 꿈속에서 겪었을 때보다 더 지독했다.

그 고통 속에서 괴롭다던가 미치겠다던가 따위의 다른 생각을 할 여유도 없었다. 그저 그것은 불가항력으로 다가와 덮칠 뿐이었는데 할 수 있는 일은 오로지 저항을 포기하고 견뎌내는 것밖에 없었다.

그동안 여문은 시간날 때마다 방문하여 땀으로 흠뻑 젖어 있는 그의 전신을 마른 명주천으로 닦아주곤 했다.

그로부터 한 달 정도가 지나자 폭발은 잦아들었다.

전혀 없지는 않았지만 최소한 고통스럽지는 않았다.

오히려 운우지락을 즐길 때처럼 강렬한 쾌감이 전신을 관통하곤 했다. 하지만 그것도 자주 당하게 되자 더 이상 쾌감이 아니었다. 육체는 지치고 피곤해 진절머리를 내었다.

유검은 쾌감의 정의에 대해 다시 내려야 한다고 진지하게 생각했다.

다시 보름 정도가 지나자 안정을 되찾았다.

전신은 부드러운 기운이 끝없이 넘나들고 있었는데 몸은 깃털처럼 가벼워져 있었다.

예전 내공이 충실할 때보다 더 가벼웠다.

유검은 혹시나 하는 생각이 들었다.

'어쩌면… 꿈속에서 펼친 그 능력이 현실에서도 가능한 것 아닐까?'

묘한 흥분을 느끼며 오랜만에 방에서 나왔다.

완연한 여름 날씨가 되어 있었는데 산중의 수목 속에 있어 그리 덥지는 않았다.

유검은 일단 이 장 밖의 바위를 쏘아보다 훌쩍 몸을 날렸다.

"하앗—!"

우렁찬 기합 소리와 함께 경신술을 펼쳤지만…….

“…….”

바위는 여전히 일 장 밖에 무심히 자리하고 있었다. 즉, 보통 사람처럼 겨우 일 장 밖에 뛰지 못한 것이다.

“나 참……!”

꿈속의 일이 현실에서도 벌어진다는 것이 참으로 신기했지만, 또한 별다른 약을 쓰지 않았는데도 몸이 저절로 괜찮아지는 것도 경이로웠지만, 터무니없는 능력을 갖추게 하는 것은 아닌 모양이었다.

머리만 긁적거리고 있는데 여문이 달려왔다.

“사형—!”

급히 달려왔는지 그녀의 얼굴은 빨갛게 상기되어 있었다.

유검은 숨을 몰아쉬는 도톰한 그녀의 입술을 보고 달빛 아래 나누었던 입맞춤을 떠올렸다.

‘설마… 그것도 꿈이었을까?

여문은 숨을 고르고 나서 유검의 손을 잡아끌며 말했다.

“현양 도장께서 부르세요. 대막에서 지금 돌아오셨는데 사형이 보고 싶대요—!”

“날 왜?”

“그야 모르죠. 일단 가요!”

여문은 유검이 주화입마로 내공을 상실하여 자괴감에 빠진 나머지 홀로 방 안에 처박혀 있다 생각하고 안타까워했다.

그래서 어떤 이유로든지 밖으로 나와 사람들과 어울리다 보면 기분이 풀어질 것이라 생각했는데 마침 현양 도장이 유검에 대해 묻자 서둘러 달려온 것이다.

유검은 그녀가 이끄는 데로 따라가다 계단에서 갑자기 걸음을 멈추었다.

여문이 의아해하며 뒤돌아보았다.

어릴 적 인형을 품에 안고 동그란 눈으로 자신을 돌아보던 그 순수한 모습 그대로였다.

유검은 그녀를 품에 안고 깊은 입맞춤을 나누고 싶은 충동을 느꼈다.

두 팔로 그녀의 어깨를 와락 움켜쥐었다.

돌연한 행동에 여문은 흠칫 놀라 전신을 가늘게 떨었다.

유검은 망설였다.

'꿈속의 나라면……!'

그녀의 마음을 꿰뚫어 보았을 것이고 부드럽게 미소 지으며 그녀와 입맞춤을 나눴을 것이다.

최소한 일단 저지르고 보았을 것이다.

하지만…

현실은 쉽지 않았다.

자신의 행동에 그녀는 과연 어떻게 반응할까?

할까 말까 망설이며 그녀의 흔들리는 눈동자를 뚫어지게 바라보자니 가슴만 두근거렸다.

유검은 길게 한숨을 내쉬며 그녀의 어깨를 가볍게 털어주었다.

"여기 나뭇잎이 붙어 있네."

여문은 당혹한 얼굴로 어색하게 웃었다.

"아… 그, 그러네요."

그리고 얼굴을 붉힌 채 계단을 급히 뛰어내려 가다 갑자기 뒤돌아서서 더듬거리듯 말했다.

“머, 먼저 갈게요. 얼른 오세요.”

“그래.”

그녀의 모습이 진무관 안으로 사라질 때까지 유검은 멍하니 바라보고만 있었다.

유검은 머리를 긁적거리다 하늘을 올려다보았다.

“흐음……!”

팔짱을 끼고 제법 심각한 얼굴로 인생의 의미에 대해 생각했다.

한참 후에야 결론이 난 듯 고개를 주억거렸다.

“역시 해버렸어야 하는 건데……!”

하지만 역시 쉽지는 않을 것이라 중얼거리며 대막에서 돌아왔다는 현양 도장을 만나러 진무관으로 걸음을 옮겼다.

진무관 안은 어스름한 어둠 속에 창문으로 몇 가닥의 밝은 햇살이 들어와 선명한 대조를 이루고 있었다.

그 속에 제자들은 엄숙한 얼굴을 하고 벽 쪽으로 빙 둘러앉아 있었고 두 명의 제자가 나와 기합 소리와 함께 서로 재주껏 검술을 겨루고 있었다.

그리고 붉은 동안의 현양 도장이 정면의 태사의에 앉아 미소와 함께 그 모습을 흐뭇하게 내려다보고 있었고 그 옆에 여문이 조용히 서 있었다.

유검은 활기차다기보다는 고요하고 엄숙한 느낌이 드는 그곳으로 발을 들여놓자 따가운 시선들을 느낄 수 있었다.

제자들이 하나같이 얼굴은 움직이지 않고 눈초리만 돌려 자신을 힐끔거리고 있었다. 동정 어린 눈길이 대부분이었으나 고소하다며 빈정

거리는 시선도 있었다.

"오, 어서 오너라!"

현양 도장이 벌떡 일어서서 반가운 얼굴로 유검을 맞았다.

유검은 그에게로 다가가 정중히 포권을 취했다.

"그간 별래무양하셨습니까."

"이 녀석, 왜 갑자기 체면 차리고 난리냐? 내게 똥자루란 별명을 지어준 놈이 말이다."

"아… 그, 그건……."

유검은 고개를 숙이는 체하며 제자들을 쏘아보았다.

'대체 누가 일러바친 거야?'

제자들은 찔끔하며 얼른 고개를 숙였다. 유검이 사문의 무지막지하게 높은 어르신과 함께 여러 가지 장난으로 악명을 떨쳤던 것을 아직 잊지 않았던 것이다.

현양 도장은 한참 이런 저런 이야기를 꺼내며 즐거워하다 갑자기 유검의 얼굴을 유심히 바라보며 의아해했다.

"그런데 주화입마당했다더니 얼굴은 꽤 좋아 보이는구나?"

유검은 어깨만 으쓱거렸다.

"글쎄 말입니다."

현양 도장은 즉시 유검의 손목을 낚아채고 맥을 보았다.

"이건……?"

그는 의아한 얼굴로 눈살을 찌푸렸다.

내공은 전혀 느껴지지 않았다. 하지만 아주 깊은 곳에서 뭔가 정의하기 힘든 그런 기운이 느껴졌다.

현양은 자신의 내력을 살며시 불어넣어 보고 깜짝 놀랐다.

마치 눈송이가 바다 속으로 녹아들어 가 버린 듯 자신의 내력은 흔적조차 없이 사라져 버렸던 것이다.

그의 안색이 대변했다.

'설마 무슨 사공을 익혔단 말인가?'

이때 옥진이 일어서 포권을 취하며 입을 열었다.

"현양 사숙께서 오랜만에 오셨는데, 유검 사형께서 검무를 다시 보여주시면 어떨는지요?"

얼굴은 정중했지만 그 눈빛에는 교활함이 깃들어 있었다.

여문이 발끈해 대꾸했다.

"사형은 지금 몸이 성하지 않다는 걸 몰라요?"

옥진은 태연히 대꾸했다.

"유검 사형께선 내공은 사라졌어도 초식의 정묘함으로 말하자면 제자들 중 으뜸이 아니겠습니까? 현양 사숙께 지금 그 성취를 보여 드려도 결코 흠이 되지는 않을 듯하옵니다만……."

여문은 어이가 없어 말문이 막혔다.

각 초식은 내공이 있어야 제대로 그 정묘함을 드러낼 수 있게 마련이니 지금 상태에서 검무를 펼치면 그것은 단순한 춤에 불과하게 된다. 저자의 시장에서 구경거리로 보여주는 칼춤과 다를 게 없어지고 마는 것이다.

그녀는 옥진의 의도가 유검에게 창피를 주려는 것임을 깨달았다.

부드러운 그녀의 얼굴이 분노로 빨갛게 달아올랐다.

뭐라 한마디 쏘아붙이려는데 현양이 손을 저어 분란을 가로막았다.

그는 유검에게 진지한 얼굴로 물었다.

"어떠냐? 해보겠느냐?"

유검은 자신의 몸 상태를 느껴보았다.

감지하기도 어려울 정도의 순수하고 부드러운 기운이 몸의 안팎으로 끊임없이 넘실거리고 있었는데 마치 허공에 떠 있는 것만 같았다.

기분만이라면 허공을 날아다닐 수도 있을 것 같았다.

유검은 내심 웃었다.

'물론… 그건 그냥 기분만이지.'

조금 전 경신술을 펼쳐 보고 실제 무공과는 상관없다는 것을 이미 확인하지 않았던가.

역시 거절하는 게 좋겠다 싶어 입을 여는데, 옥진이 슬며시 고개를 숙이며 비릿한 미소를 짓는 것을 보았다.

유검은 자신도 모르게 대청 가운데로 걸어나가며 호기롭게 소리쳤다.

"의당 보여 드려야지요. 현양 사숙께서 참으로 오랜만에 오셨는데, 제자 된 도리로 그동안 갈고닦은 재주를 어찌 보여 드리지 않을 수 있겠습니까?"

하지만 속으로는 의아함을 금치 못했다.

'어라? 내가 왜 이래? 난 이렇게 거드름 피며 말하지는 않잖아!'

내심의 중얼거림과는 상관없이 유검은 옥진을 가리키면서 손가락을 까닥거리며 비웃듯 말하고 있었다.

"이봐, 검무보다는 대련이 낫겠지?"

유검의 노골적인 태도에 옥진의 안색이 변했다.

"왜 그러나? 설마 하니 내공조차 없는 날 두려워하는 것은 아니겠지?"

옥진은 당장 유검의 앞으로 걸어나갔다.

"흥, 후회하지는 마십쇼. 사형이 원해서였으니까."

여문이 놀라 부르짖었다.

"사형—!"

"괜찮아."

유검은 태연하게 손사래를 치고 나서 자연스럽게 손을 옆으로 뻗었다. 한 자루의 청강검이 잡혀졌다.

"고마워."

누가 준 것인지는 몰라도 꽤 눈치 빠르다고 생각하며 검을 서서히 곧추세웠다.

"자……!"

한 판 붙어보자며 입을 여는데, 옥진의 표정이 이상했다.

두 눈은 물론 입까지 최대한 크게 벌어져 있었다.

대낮에 벌거벗은 여인들 수백 명이 달려가는 모습을 볼 때가 아니고서도 저런 표정을 지을 수 있다는 것이 놀라웠다.

진무관 안의 분위기도 이상했다.

사람들 모두 넋을 잃은 듯한 표정이었던 것이다.

현양 도장과 여문조차 예외는 아니었다.

"다들 왜 그래? 내 얼굴에 뭐가 묻었나?"

여문이 더듬거리며 입을 열었다.

"거, 거, 거……!"

"거 뭐?"

"거, 검이 날았어요!"

"검이?"

그녀의 손가락이 이 장여 거리의 벽에 걸려진 병장기 쪽을 향했다가 다시 자신의 청강검으로 향하는 것을 보고 고개를 갸웃거리며 물었다.

"이게?"

여문은 마른침을 꿀꺽 삼키며 고개를 끄덕였다.

"그럴 리가 있나……!"

유검은 주위를 돌아보며 물었다.

"이 검 누가 줬지?"

아무도 대답이 없었다. 눈만 크게 뜨고 있을 뿐 아무도 입을 열지 않았다.

"뭐야? 누가 줬으니까 이게 내 손에 들려 있는 거잖아."

유검은 문득 깨달은 듯 현양 도장을 돌아보았다.

"아, 사숙께서……! 하하, 장난도 심하시군요. 능공섭물로 이것을 제게 건넨 거죠?"

현양은 웃지도 않고 굳은 얼굴로 말했다.

"이 얼굴이 거짓처럼 보이느냐?"

"……."

"게다가 능공섭물 같은 것은 이야기에나 나오는 무공이다. 내가 신선도 아닌데 그런 무공을 쓸 수 있을 리 없지."

진무관 안의 분위기는 싸늘하게 식어져 있었다.

유검은 머리를 긁적거리다 검을 바닥에 대고 두드려 보았다.

텅! 텅!

맑은 검명과 함께 진동이 손바닥으로 확실히 느껴졌다.

"가짜는 아니네… 무슨 실 같은 게 달려 있지도 않고……."

입맛을 다시며 옥진에게로 시선을 향했다.

"뭐, 어쨌거나 일단 대련을 해보자. 나도 이것저것 수상쩍은 게 많아서 말이다.”

옥진은 어색하게 웃으며 고개를 끄덕였는데 그의 이마에는 굵은 식은땀이 송골송골 맺혀 있었다.

그가 머뭇거리며 검을 고쳐 쥐자 유검도 정신을 가다듬으며 왼손으로 검결을 취했다.

그리고 검끝을 비스듬히 상단으로 치켜드는 순간, 유검은 길게 한숨을 내쉬며 검을 다시 내려놓을 수밖에 없었다.

옥진은 대련할 생각은 않고 넋 나간 얼굴로 눈만 끔뻑거리고 있었다. 다른 사람들의 시선 역시 홀린 듯 한곳으로 집중되어 있었다.

유검은 투덜거렸다.

“또 왜 그래? 이번에는 검이 한 백 자루 날아왔나 보지?”

그들의 시선을 쫓아 고개를 돌려보니 지붕 한쪽이 마치 예리한 검으로 잘려진 듯 갈라져 햇볕이 새어들어 오고 있었다.

와르르—!

갈라진 지붕에서 잘려진 목재와 기와가 한꺼번에 우르르 쏟아져 내렸다. 먼지가 뭉게뭉게 피어올랐다.

‘관리를 제대로 하던가 하지, 나 원…….’

유검은 의아했다.

설마 하니 지붕이 갈라져 무너지는 것을 보고 저렇게도 놀란단 말인가?

아무리 생각해도 이해가 되지 않아 어쩔 수 없이 다시 여문에게 물었다.

“설명 좀 해줄래? 다들 왜 놀라는지 암만 해도 이해가 안 되서 말야.”

여문은 당혹해하며 말을 더듬거렸다.

"어… 그게 그, 그러니까……."

한참 그녀의 손짓 발짓까지 합쳐 들어서야 자신의 검끝이 지붕을 향하자, 갑자기 그곳이 갈라지고 무너져 내렸다는 사실을 알아들었다.

유검은 한숨을 내쉬었다.

"나 참, 그건 단지 우연의 일치야. 설마 하니 내공도 없는 내가 검기를 발출했겠냐?"

여문은 놀라 되물었다.

"거, 검기?"

이때 현양 도장이 헛웃음을 터뜨렸다.

"허헛… 네가 무슨 검선이라도 되느냐? 검기라는 것을 발출해서 지붕을 가르게?"

그는 아무래도 유검이 주화입마당한 것은 틀림없는 모양이라며 혀를 차다 갑자기 얼굴이 굳어졌다. 말해 놓고 보니 정말 검기에 의해 지붕이 갈라진 것 같다는 생각이 들었던 것이다.

장내는 기묘한 침묵만 감돌고 있었다. 다들 유검의 눈길을 슬금슬금 피했다. 특히 유검이 들고 있는 검끝이 자신에게 향할 때면 아예 사색이 되어버렸다.

유검은 의아하기 그지없었다.

'뭐야? 우연의 일치는 그렇다 치고, 검기를 발출하는 게 불가능한 것처럼 생각하다니?'

이때 이십 대 초반의 제자 하나가 진무관 안으로 급히 달려왔다.

"크, 큰일났습니다!"

현양은 기다렸다는 듯 벌떡 일어섰다.

"뭐라? 큰일?"

"예, 사숙께서 대막에서 데려온 낙타가 갑자기 구토를……."

"뭐라구? 그것참 큰일이군, 큰일이야!"

현양은 서둘러 달려가 그를 데리고 밖으로 나갔다.

"야단났군, 이거. 그런 큰일이……!"

그는 연신 그렇게 중얼거렸다.

다른 제자들도 이때다 싶은지 우르르 그를 따라나섰고, 옥진은 유검의 눈치를 보다 헤헤 웃고 나서 잽싸게 밖으로 달려나갔다.

자신을 피해 도망치는 듯한 그 모습을 지켜보다 유검은 화가 치밀어 올라 발을 굴렸다.

"나 참, 픽도 큰일이네요!"

고개를 돌려보니 여문이 홀로 남아 있었다.

그녀의 안색 역시 약간 얼어 있는데 화가 난 유검의 시선과 마주치자 슬그머니 뒷걸음질쳤다.

유검은 그녀에게 다가가 물었다.

"네게 조금만 더 물어보자."

여문은 화들짝 놀라며 입을 열었다.

"뭐, 뭘요?"

"그러니까……."

유검은 머리를 긁적거렸다.

뭘 물어야 될지 자신도 혼란스러웠다.

도무지 꿈과 현실의 경계가 명확하지가 않았다.

"음, 강호에 검기를 쓸 줄 아는 사람은……."

드문 거냐고 물으려다 현양 도장의 반응을 기억하고는 다르게 물었다.

"…없는 거냐?"

"사형이 말하는 그런 것은 없어요. 검에 내공을 불어넣은 것을 가리킨다면 모를까……."

여문은 고려할 가치도 없다는 듯 바로 고개를 저으며 그렇게 대답했다.

"능공섭물은?"

"그것도 이야기 속에서나 나와요."

"이기어검술… 은 뭐 없을 거고, 경신술은?"

"그거야 당연히 있죠."

"고수들은 어느 정도지?"

"어… 경공의 고수들은 백 걸음 내라면 달리는 말을 뒤쫓아갈 수 있다고 들었어요. 또 몸이 엄청 가벼워서 단번에 일 장 높이의 담을 뛰어넘기도 하고, 낙엽 위를 걸어도 소리가 안 난다고……."

"……."

유검은 허탈감을 느끼며 내심 중얼거렸다.

'나 참, 그럼 검기를 쓸 수 있게 되면… 천하제일검이라도 되는 건가?'

유검이 생각에 잠겨 있자 여문은 어색하게 웃으며 손가락으로 바깥을 가리켰다.

"저… 가볼게요. 할 일이 있어서……."

"응? 아… 그래."

유검은 그녀가 밖으로 나가는 것을 멍하니 바라보다,

쨍그랑—!

검을 아무렇게나 던져 놓고 바닥에 털썩 주저앉았다.

어스름한 어둠 속으로 창문을 뚫고 들어오는 햇살을 바라보고 있자니 아무런 일도 일어나지 않은 듯 평화스럽기 그지없었다.

도대체 어디서부터 어디까지가 꿈인 걸까?

기분만이라면 이기어검술은 물론 태산이라도 당장 두 조각 낼 수 있을 것 같았다.

하지만 현실에서는 절대 불가능하다는 것을 안다.

'아냐, 혹시……?

유검은 정신을 바짝 차리고 병장기가 걸려 있는 벽을 향해 신중히 손을 뻗었다.

'와라! 와라! 와―! 이리 오라구!'

연신 손가락을 까닥이며 속으로 아무리 외쳐 봐도 어떤 일도 일어나지 않았다.

방법을 바꿔 한 번이라도 와주면 기름 칠도 해주고 사시사철 보살펴 주겠노라 신중한 제안을 해보기도 했고 심지어 선착순을 시켜보기도 했지만 역시 되돌아오는 대답은 없었다.

'꿈속에서 아주 쉬웠는데…….'

역시 현실은 다르구나 실감했다.

이번에는 검기 발출을 연습해 보았다. 역시 아무런 일도 일어나지 않았다. 기대가 없었기에 실망은 없었지만 그래도 뭔가 섭섭하기 그지없었다.

유검은 신중한 고려 끝에 조금 전 있었던 이상한 일은 그저 우연의 일치로 그 이상도 그 이하도 아니라고 최종 결론을 내렸다.

유검은 바닥에 드러누워 멍하니 천장을 바라보다 눈을 감고 멀리서 들려오는 매미 소리를 자장가 삼아 낮잠이라도 즐기려 했다.

그러다 벌떡 일어났다.

"맞아, 깜빡했네. 모처럼 여름인데 말야!"

유검은 희희낙락 여제자들이 목욕하고 있을 만한 개울가를 떠올리며 몸을 일으키는데, 낯설기도 하고 또 익숙하기도 한 맑은 음성이 들려왔다.

"재밌어?"

도대체 누가 말을 거는 건가 싶어 의아해 돌아보니 한 꼬마 숙녀가 나타나 싱글벙글 웃고 있었다.

"어라?"

유검은 정말 놀랐다. 자신의 두 눈을 의심할 정도였다.

"너……!"

나타난 꼬마 숙녀는 다우였다.

유검은 너무도 기뻐 와락 그녀를 끌어안았다.

그녀의 작고 부드러운 몸과 따스한 체온을 느끼며 한참 동안 감격에 젖어 있었다.

도대체 꿈속에서 본 그녀가 어떻게 현실에 나타난 것일까?

궁금한 점이 한둘이 아니었다.

묻기 위해 입을 열려다 한 가지 사실을 발견하고 또 한 번 놀랐다. 그녀의 육체는 빛으로 만들어진 듯 투명해서 그 너머 벽이 비쳐 보이고 있었던 것이다.

"어떻게… 된 거지?"

다우는 싱글벙글 미소만 짓고 있었다.

유검은 검미를 찌푸리며 물었다.

"넌 나의 상상이냐, 아니면 실제냐?"

다우는 입술을 삐죽거렸다.

"쳇, 이상한 소릴 하고 있어."

"……."

유검은 머리만 긁적거리다 다시 물었다.

"아, 근데 넌 지금 어디 있지? 거기 힘들진 않아?"

그 말에 다우가 킥킥거리며 웃었다.

"아주 좋아~!"

"어라? 넌 잡혔을 텐데… 빠져나온 거냐?"

"바보~!"

유검은 결국 골을 내고 말았다.

"뭔지 설명 좀 해주라! 안 그러면……!"

"안 그러면?"

"흥, 안 놀아줄 테다."

그 말에 다우는 배꼽을 잡고 웃었다.

"좋아, 간단히 설명해 줄게. 사실 오라버니의 꿈… 우리들은 그것을
또 하나의 현실이라고 부르는데 말야, 그곳에서 만난 사람들은 모두 실
제로 있는 사람들이야. 간단히 말해 오라버니가 구도의 여정을 위해
하나의 현실 세계를 창조했고, 그 목적에 공감하는 많은 사람들이 모두
기꺼이 각자의 배역을 맡아 동참한 거야."

유검은 고개를 겨웃거렸다.

"뭔 이야긴지는 알아들을 듯 말 듯하네. 근데 어떤 사람들이 동참
을?"

"음… 오라버니랑 어떻게든 인연이 닿아 있는 사람들. 그중 어떤 사

람들은 오라버니의 전생이기도 했어.”

“…….”

“어떤 사람들은 지금 현실에도 있고, 어떤 사람들은 과거나 미래에서 오기도 했어. 또 어떤 사람들은… 사람이 아니었구.”

“풍룡 말이군.”

“뭐… 그건 그렇고 오라버니가 깨어나는 순간 다른 사람들도 함께 환상에서 깨어났어. 모두 다 함께 해방되어 집으로 돌아갈 수 있게 되었구 말야. 물론 모두는 아니지만 나머지 다른 사람들에게도 깨어날 수 있는 씨앗은 심어졌어. 그래서 내가 대표로 감사를 전하러 온 거야. 화 언니랑 여문 언니도 감사를 전해달래. 일월 할아버지랑 교주 아버님이랑 신씨 아저씨들도 감사를 전해달라고 하구.”

유검은 입맛을 다셨다.

“여전히 알아들을 듯 말 듯하네. 아… 근데 여문은 전혀 내색이 없던데? 그 세계에서 만났다면…….”

다우는 방긋 웃었다.

“대부분 기억은 못해. 혹 기억이 나도 그냥 꿈으로만 여기거나. 하지만 모두 오라버니에게 감사하고 있는 것은 사실이야.”

다우는 눈빛을 반짝이며 말을 이었다.

“아참, 그런데 개인적으로 부탁 하나만 해도 돼?”

“그야 얼마든지.”

“사실…….”

다우는 머뭇거리다 말했다.

“나도 지금 여전히 오라버니가 있는 세계에 존재해.”

유검은 또다시 놀랐다.

"현실에서도 넌 있다는 거냐?"

"응, 좀 전에 말했잖아."

"……."

"난 지금 꿈을 꾸는 중이야. 아마 깨고 나면 난 무슨 꿈을 꾸었는지도 모를걸? 어쩌면 오라버니를 알아보지도 못할 거야."

유검은 그녀가 실존한다는 말에 놀랍기도 하고 기쁘기도 했다.

다우의 얼굴에 갑자기 슬픈 그림자가 드리워졌다.

"부탁해… 난 깨고 나면 오히려 꿈속을 헤매게 될 거야. 이젠… 정말로 깨어나고 싶어. 제발… 날 깨워줘. 부탁해……."

"깨워달라니? 뭘 어떻게?"

다우는 서글픈 눈으로 고개를 저었다.

"나두 몰라. 하지만 오라버닌 날 도와줄 수 있어."

"뭔지는 몰라도… 좋아! 넌 어딨는 거냐? 당장 찾아가마."

"응… 조만간 오라버니에게 나타날 거야. 어떤 방식이 될지는 나도 모르겠지만……."

다우는 곧 신비하리만치 아름다운 처녀의 모습으로 바뀌었다.

"쳇, 벌써 갈 때가 되어버렸네."

투덜거리다 갑자기 유검의 품속으로 달려들었다.

유검은 그녀를 안고 깊은 입맞춤을 나누었다.

그녀의 몸체가 서서히 사라져 갔다.

"자주 놀러 올게."

손을 흔들며 그녀는 허공에서 빛으로 반짝이다 사라졌다.

유검은 한참 동안 멍하니 있었다.

도무지 그녀가 나타난 것을 믿을 수 없었다.

햇살이 새어들어 오는 지붕을 한참 바라보다 몸을 일으키는 순간 뭔가 어찔했다.

세상이 꺼졌다가 다시 나타났다.

"어라?"

유검은 그제야 자신이 여태껏 눈을 감고 있다가 이번에 눈을 떴다는 것을 알 수 있었다.

"뭐야, 이거?"

유검은 나직이 탄식하며 고개를 절레절레 저었다.

"꿈인지 현실인지 정말 헷갈리네."

백일몽이라고 생각했지만 그녀의 부드러운 입술 감촉은 여전히 입가에 남아 있었다.

어디선가 매미 소리가 들려오는 한여름 날의 오후였다.

시간이 흐르자 사람들은 진무관에서 있었던 일을 잊어갔고, 유검은 차츰 현실에 적응할 수 있었다.

손에 공력을 가해 술잔을 데워 모락모락 김이 나게 만들면 그야말로 경천동지의 열양공이요, 만약 그 술잔에 살얼음이라도 끼게 만들면 눈을 의심케 만드는 절세의 한빙공이란 사실을 순순히 받아들였다.

그뿐이 아니었다.

현양 도장이 면장으로 손바닥으로 두부를 격하고 그 아래 차돌을 부수는 것을 보고(가루가 아니라) 화경의 경지에 올랐다면서 다른 제자들과 함께 경탄하며 박수를 칠 수 있었고, 현기 도장이 제자들에게 검술 시범을 보일 때 허공에 뜬 나뭇잎이 땅에 떨어지기도 전에 네 조각으로 만드는 것을 보고 '과연 검의 달인!' 이라며 감탄 어린 얼굴로 고개를 끄덕일 수도 있게 되었다.

심지어 경공에 재질이 있는 한 제자가 제운종의 경신술을 펼쳐 손도 짚지 않고 일 장 반 높이의 나무를 타고 오르는 것을 보고 그야말로 진심으로 감동하여 제천대공의 화신이라며 극찬할 수도 있게 되었다.

그것은 수없이 두부를 박살 내어보고, 검으로 나뭇잎을 두 조각 내기도 힘든 것을 경험해 보고, 또한 나무에 재빠르게 오르는 것이 참으로 힘들다는 것을 직접 몸으로 체험한 덕분이었다.

그렇게 연신 고개를 끄덕이는 것이 하루의 일과가 될 정도였다.

하지만 받아들이기가 조금 곤혹스러운 것도 있었다.

그것은 여문에 대한 일들이었다.

유검은 그녀가 자신을 마음에 두고 있으며 정혼자와의 관계 때문에 괴로워하고 있을 것이라 여겼다.

하지만 하는 행동을 보면 전혀 그런 것 같지 않았다.

정혼자는 어떤 사람일까 사매들과 까르르 웃으며 농담하기도 했고, 자신에게는 혼사 날 무슨 선물을 해줄 거냐며 짓궂게 묻기도 했던 것이다.

아무래도 그녀의 자신에 대한 감정은 그저 친한 오라버니를 대하는 친근함 정도 같았다.

유검은 쓸쓸히 웃었다.

어릴 적부터 홀로 무당산에 남겨진 그녀가 그저 외로움을 달래기 위해 오라버니 대하듯 정을 준 것을 괜히 과잉 해석해시 자기에게 특별한 마음이 있다 착각하고 있었던 것은 아닌가 생각되었던 것이다.

어쩌면 그녀의 마음 한구석에 자신에 대한 약간의 연정이 있을지도 모른다. 하지만 최소한 현실에서는 꿈속에서처럼 서로의 마음을 확인하게 되는 그런 낭만적인 사건 따위는 전혀 일어나지 않았다.

유검은 어릴 적 일도 의심스러워졌다.

그녀가 안고 있던 인형을 베고 난 후, 우는 그녀를 보고 결코 다시는 눈물 흘리지 않게 하겠노라 검에 대고 했던 맹서.

물론 기억이 생생한 것을 보아 그런 맹서가 있었던 것은 사실이었을 것이다.

하지만 그때 과연 어떤 마음으로 그런 맹서를 했을까?

그저 그녀가 울고 있기에 단순한 죄책감으로 그런 핑계를 만든 것에 불과한 것은 아닐까? 그리고 자라며 그녀에 대한 관심이 커지자 그때의 일을 제멋대로 구미에 맞춰 각색한 것은 아니었을까?

'나 참… 꽤나 어두운 녀석이 되어버렸군 그래.'

그렇게 고소하며 눈길을 산 아래로 돌리자 마침 저 아래 개울가에서 여문이 사매들과 함께 제단에 쓰는 향로를 씻고 있는 모습이 눈에 들어왔다.

웃으며 수다를 떨고 있는 그녀의 모습은 귀엽고 아름다웠다. 그녀를 둘러싼 배경이 그 자체로 한 폭의 수채화가 되어버릴 정도였다.

저 광경을 화폭에 담아 두고두고 감상할 수 있다면 꽤나 그럴듯하겠다고 중얼거리며 길게 기지개를 켰다.

'자, 이제 무엇을 할까?

푸르른 하늘을 올려다보며 유검은 곰곰이 앞날을 생각해 보았다.

무공은 이제 그다지 흥미가 일지 않았다.

비록 꿈이기는 했지만 생생하게 이런 저런 극한의 경지에 오른 무공을 맛보았으니 더 이상 여한이 없었던 것이다.

그렇다고 이대로 산속에 남아 도사가 되고 싶지는 않았다.

과연 자신이 못해본 것은 무엇이 있을까?

그렇게 자문해 보다 자신이 여태껏 현실에서든 꿈속에서든 세속에서 보통 사람으로서의 삶은 누려보지 못했음을 깨달았다.

그저 보통 사람으로 평범하게 살아간다.

처음에는 그다지 흥미로운 생각 같지 않았다.

하지만 열심히 돈을 벌어 자기 집을 마련하고 어여쁜 마누라와 토끼 같은 자식을 두고 행복하게 살아가는 모습을 그려보자 생각이 달라졌다.

사람들과 어울려 함께 웃고 함께 울고, 하루 일과를 끝내고 나면 화주라도 한잔 기울이며 속내를 털어놓기도 하고, 그렇게 피 튀기는 강호의 일 따위는 전혀 신경 쓸 필요 없는 평범하지만 행복한 삶―!

실제 사정이 어떤지 모르는 유검으로선 여기저기 주워들은 이야기만으로 보통 사람으로서의 삶에 대한 환상에 한껏 부풀어 올랐다. 물론 인생의 여러 가지 참 맛을 보지 못했으니 전혀 터무니없는 환상으로 치부할 수만은 없었다.

이상적인 삶의 모습을 그려보는 유검의 가슴에 새로운 삶의 열정이 불타오르기 시작했다.

게다가 환상인지 아니면 실제인지 알 수 없지만 다우에 대한 것도 잊지 않고 있었다. 살다 보면 정말로 그녀를 만날 수 있을지도 모른다는 희망도 함께하여 그 환상을 보다 밝은 빛깔로 물들였다.

어쨌든 유검은 산을 내려가야만 한다고 결심했다.

우르릉―!

저 멀리서 천둥 소리와 함께 먹구름이 몰려오고 있었는데, 어느새 바람이 거세어지더니 후두둑 빗방울을 떨어뜨리기 시작했다.

유검은 히죽 웃었다.

그 비가 자신의 앞날에 대한 축복으로 느껴졌던 것이다. 물론 대부분의 사람들은 그저 불길한 징조로 받아들이겠지만.

유검의 호탕한 웃음소리가 한참 동안 산골짜기를 메아리쳤다.

문답무용

유검은 낙양의 대로를 따라 걷고 있었다.

사부는 강호를 떠돌아다니시는 중이라 장문인에게 대충 둘러대고는 서둘러 하산해 버렸다.

그리고 쉬엄쉬엄 경치를 구경하며 낙양까지 오게 된 것이다.

낙양으로 행로를 잡은 것은 소림사 한 땡중과의 일 년 후 비무 약속이 마음에 걸렸기도 했고, 또 자신에 의해 두 조각 나버린 도시가 현실에서는 건재한지 궁금하기도 했던 때문이다.

물론 얼마 전 미약한 지진이 있었던 것 외에는 아무런 일도 일어나지 않았음을 확인했다.

유검은 친우 사마평이 본가에 가 있는 바람에 그를 보지 못하고 떠난 것이 조금 아쉬웠다.

근데 하산할 때 여문의 반응이 의외였다.

밝게 웃으며 축하해 줄 것으로 믿었는데 허둥거리며 당혹해했던 것이다.

애써 웃으며 더듬거리는 말로 행운을 빌어주는, 그리고 머뭇거리다 자리를 잡게 되면 반드시 연락을 달라던 그녀의 모습에 유검은 왠지 가슴이 두근거렸다.

'왜였을까? 설마 하니 내게 마음을……'

유검은 쓰게 웃으며 고개를 저었다.

'또다시 오해를 하면 안 돼. 무슨 다른 이유가 있을 테지. 아마도 날 가족처럼 생각했는데 막상 떠나보내니까 마음이 아팠던 거겠지.'

유검은 가슴을 펴고 당당하게 걷기 시작했다.

해는 서산 마루에 걸터 있었다.

대로에는 많은 사람들이 왕래하고 있었다.

어떤 이들은 세상 근심없는 듯 웃고 떠들었으며 또 어떤 이는 깊은 시름에 잠긴 얼굴이었다. 또 어떤 이는 한숨만 내쉬고 있었는데 해질 무렵인 탓인지 다들 지치고 피곤해 보였다.

'나도 저들 중 한 명이 되는 걸까?'

그들 중 행복해 보이는 사람은 열에 하나도 많아 보였다.

유검은 자신의 가벼운 주머니를 떠올렸다.

자신이 지니고 있는 은자라고 해봤자 뻔하다. 장문인 등에게 얻은 것이 전부였던 것이다.

그마저도 낙양으로 오는 동안 노잣돈으로 거의 다 써버린 것이다.

물론 낙양에 무당파의 속가제자가 세운 은하표국이 있다. 그곳으로 가면 숙식은 물론 은자도 풍부하게 얻을 수 있을 것이다.

하지만 유검은 거부했다.

세상에 공짜는 없는 법, 평범하게 살기로 결심한 이상 강호의 일에
는 더 이상 끼어들 빌미를 만들고 싶지는 않았던 것이다.

'좋아, 일자리부터 구해봐야겠군.'

그렇게 결심하며 고개를 주억거리는데 한 인가에서 고함 소리가 들
려왔다.

"어이쿠, 아파라! 이 망할 놈이 사람 죽이네그려!"

"하하하… 이제 다 된 것 같군요. 이만하길 다행입니다."

"뜨그랄―! 됐긴 뭐가 돼? 더 아프잖아! 이 돌팔아―!"

"치료비는 뭐 여기 있는 감자면 되니까 부담 가지지 마십시오."

"이 돌팔아! 누가 가져가랬어? 냅두지 못해?!"

"자, 그럼 몸조리 잘하세요."

"망할―!"

인가에서 노인의 고함 소리와 함께 한 청년이 우당탕 튀어나왔다.

방 안의 대화로 짐작했던 것과는 달리 청년은 의외로 고급스런 비단
흑의를 입고 있었는데, 가슴팍에는 조그만 보석을 박아 수놓은 붉은 장
미가 새겨져 있었다. 꽤나 단순하면서도 멋을 부린 모습이 제법 여유
있는 집안의 자제 같아 보였다.

'아니, 부자 의원이라고 해야 하나?'

길을 가던 유검은 걸음을 멈추고 그 청년을 유심히 살폈다. 왠지 낯
이 익었던 것이다.

청년은 옷을 털고 나서 자신을 쳐다보고 있는 유검을 발견하고는 정
중히 물었다.

"절 아십니까?"

"아… 아뇨."

청년은 약간 쑥스러운 듯 웃었다.

"지켜보신 모양이군요."

그는 인가를 가리키며 말을 이었다.

"저 어르신께선 워낙 엄살이 심해서요. 하하하……."

그는 자신이 가지고 나온 감자를 들어 보이며 미소 지었다.

"말씀은 저렇게 하시지만 제가 갈 때마다 이걸 준비해 놓습니다. 절대 공짜로는 치료를 안 받으시겠다는 거지요. 뭐, 항상 돌팔이라 욕은 먹습니다만……."

유검은 누굴까 곰곰이 생각해 보았지만 도통 알 수가 없었다.

청년이 작별 인사를 하고 떠나며 마지막으로 덧붙였다.

"아, 오해하시면 안 됩니다. 저희 신농산장은 치료비가 비싸기로 유명하니까요. 하하하……."

신농산장이라는 말에 유검은 아―! 하고 탄성을 질렀다. 그제야 청년이 누구인지 기억난 것이다.

청년은 다름 아닌 꿈속에서 만났던 신농산장의 후계자 조행진이었다. 그 얼굴의 윤곽은 비슷했지만 그 행실과 느낌이 전혀 달라 알아보지 못했던 것이다.

"그 참……!"

왠지 묘하다는 생각에 연신 고개를 갸웃거리다 갑자기 두 눈이 커졌다.

"어라? 그 역시 꿈속의 인물이다. 그가 실존하고 있다는 것은 다우 역시……!"

자신이 겪은 꿈이 단순히 환상만은 아니었음을 그제야 완전히 확신할 수 있었다.

"흐음~ 그나저나 일단 의원이나 되어볼까?"

꿈속에서도 의원이 되려고 했었던 것이 떠올랐다.

아무래도 혈도와 인체에 대한 지식이 있으니 남들보다는 배우기 쉬울 것이다. 그리고 잘은 모르지만 먹고살기에 그리 어려울 것 같지는 않고, 또한 사람들에게 존경도…….

'존경?

조금 전 조행진의 모습을 보면 그런 것 같기도 했고, 아닌 것 같기도 했다.

어쨌든 한 가지 목표를 정하자 힘이 났다.

여차할 경우 객잔의 점소이가 되던가 성벽을 쌓는 데 가서 일꾼이 되어보려 했는데 그보다는 아무래도 의원이 나아 보였다.

발걸음도 가볍게, 라며 주위를 둘러보니 대로를 떠나 조그만 골목길로 들어서 있었다.

입맛을 다시며 다시 되돌아서는데,

"오호—!"

바로 옆에서 벼락같은 고함 소리가 터져 나왔다.

시선을 돌려보니 형색이 초라해 보이는 한 늙은이가 담벼락에 기대앉아 자신을 뚫어져라 쏘아보고 있었다.

그는 남루한 옷차림이었는데 얼굴은 때 구정이 끼어 있었고, 반백이 된 머리카락은 지저분하게 헝클어져 있었다.

한마디로 말해 완전 상거지 꼴이었는데, 등 뒤로 거적때기를 돌돌 만 것을 울러매고 있었다.

유검은 처음에 그가 개방의 인물인가 추측했으나 거적때기를 보고 생각을 바꿨다.

‘점쟁이로군.’

아마 거적때기 안에는 온갖 점치는 도구들이 들어 있으리라.

‘보통 노인네 같아 보이진 않고… 하오문의 인물일까 아니면 그냥 강호의 기인일까?’

노인은 유검의 위아래를 유심히 훑어보다가 무릎을 탁치며 감탄을 터뜨렸다.

"오! 천하의 기재로고! 점쟁이 인생 한 갑자를 두고 맹세하지. 자네라면 어떤 무공을 익히든 대성할 걸세. 당장 무공을 배우게! 장차 대협객이 되어 그 이름을 드날리게 될 거네."

유검은 어깨를 으쓱거렸다.

"뭐, 그런 소린 많이 들었죠."

그리고 서둘러 자리를 떠나려 했다. 혹시라도 복채를 내놓으라고 생떼를 쓰면 곤란하다고 생각했다.

"어허… 보면 볼수록 감탄이 나오는구먼. 내 손녀딸이 있으면 당장 주고 싶을 정도야."

"예예……."

건성으로 대꾸하며 몸을 돌리다 유검은 그 자리에 멈춰 섰다.

"……?"

지는 낙조 속에 한 소녀가 걸어가고 있었다.

허리를 꼿꼿이 세웠으며 날렵한 맵시의 걸음걸이였는데 얼굴이 낯이 익었다.

"…화?"

섬세하고 가냘프면서도 어딘가 소년 같은 중성의 느낌이 드는 그 모습은 꿈속에서의 그녀와 너무나 닮았다.

하지만 확신할 수는 없었다.

가슴이 너무 풍만했던 것이다.

그녀는 금세 맞은편에 있는 장원으로 들어가 버렸다.

점쟁이는 또다시 감탄거리를 찾아낸 듯했다.

"흐음~! 역시 보는 눈도 대단하구먼! 저 아이의 걸음걸이 속에는 대단히 정묘한 경신술의 묘리가 숨어 있지. 그걸 한눈에 알아보고 눈을 떼지 못하다니 역시 타고난 기재에 타고난 무공광이로구먼!"

유검은 내심 한숨을 쉬었다.

'옛날의 나라도 그 정도까진 아니었습니다. 그냥 미녀를 보면 히죽 웃고 말지, 누가 경신술 따위를 봅니까? 설령 그것이 남해 보타암의 비전 경신술로 꽤나 보기 드문 것이라 해도요.'

이미 그녀의 무공 내력을 한눈에 파악한 주제에 유검은 내심 그렇게 중얼거리며 노인의 말을 부인했다.

그녀가 들어간 장원 대문 위 편액을 보니 용호관(龍虎館)이라는 금박을 입힌 세 글자가 적혀 있었는데 가끔 짧고 굵은 기합 소리가 울려 퍼지고 있었다.

'무관이로군.'

노인이 다시 말을 걸어왔다.

"흐음, 마음에 드나 보지?"

유검은 얼떨결에 대꾸했다.

"아, 마음에 든다기보다는……."

"으음? 이거 참… 저 정도의 경신술은 흔치 않은 것인데… 그것도 신통찮다는 건가? 꽤 눈이 높구먼!"

유검은 얼굴을 찡그렸다.

"그만 하세요. 전……."

노인의 말을 반박하려다 유검은 막상 이유를 대기가 힘들다는 것을 깨달았다.

꿈속에서 만난 화에 대한 이야기를 꺼내는 것은 그 사정이 기묘하고 복잡해 말하기가 여간 귀찮을 뿐 아니라 미친놈이란 소리를 듣기 십상이다.

또 무공에 대해서는 질릴 정도로 잘 알고 있다고 말하기엔 현재 내공조차 없는 자신의 처지 때문에 그 설득력이 약했다.

유검은 보다 간편하고 쉬운 반박거리를 선택했다.

"전 보시다시피 무공은 전혀 알지도 못합니다. 그러니 무슨 경신술이 마음에 들고말고가 있겠습니까?"

"그럼 왜 뚫어져라 본 겐가?"

"왜긴요? 꽤 예쁘니까 그냥 넋을 잃고 본 거죠."

노인은 눈살을 찌푸리며 되물었다.

"그럼… 단지 그 아이를 보고 첫눈에 반했을 뿐이다, 이건가? 그 아이가 지닌 무공이 부러운 게 아니고?"

"예, 예. 그렇습니다요."

노인은 못 믿겠다는 얼굴로 고개를 절레절레 흔들었다.

"반해서 뭐 하게? 재물이 생기나, 아니면 명성이 높아지나?"

"나 참… 누가 그런 걸 원한답니까?"

"그럼 뭘 원해서인가?"

"원하는 것은 아무것도 없어요!"

노인은 헛웃음을 터뜨렸다.

"헐… 아무것도 원하는 게 없다? 훗, 그런 게 있을 것 같은가? 사람은 욕망에 따라 움직이는 법이거늘, 정말로 바라는 것 없이 순수하게 반했단 말인가? 정말로? 정말로?"

다그치는 노인의 말에 유검은 주춤 한 걸음 물러서고 말았다.

"흥, 반했다는 그 말속에는 숨겨진 욕구가 있어. 설마 하니 그것을 부인할 텐가?"

"……."

"흥, 결국에는 결혼하고 싶다는 것 아닌가? 내 말이 틀렸나?"

유검은 할 수 없이 고개를 끄덕이며 시인했다.

"그렇군요."

노인은 기세 좋게 껄껄 웃다가 다시 안색을 굳히고 진지하게 말했다.

"근데 생각해 보게나! 왜 결혼하고 싶은가를! 결혼하고 나면 그녀의 무공을 모두 배워 익힐 수가 있지. 게다가 저 무관도 덤으로 손아귀에 넣을 수 있을지도 몰라. 결국 그 모든 욕망의 근원에는 무공에 대한 욕구가 들어 있는 것이며, 그 숨겨진 욕망이 자네를 그녀에게 반하게 만든 것이라네. 자, 이젠 솔직해지게나. 무공이 탐난다면……."

유검은 어이가 없어 버럭 소리를 질렀다.

"왜 이야기가 그렇게 전개됩니까?"

"허어… 그럼 아니란 말인가?"

"당연히 아니죠!"

"그럼 자네가 반했다는 의미는 뭔가? 대체 뭘 바라는 거지? 숨겨진 욕구는 뭐란 말인가?"

"반한다는 것은 말입니다. 그러니까 그 숨겨진 욕구란 것이……."

유검은 정말 답답했다. 한평생 연애도 못해봤단 말인가?

"예를 들어 저 용호관의 소저를 으쓱한 곳으로 데리고 가서 입을 맞
춘다던가 옷을 벗기고 몸을 더듬는다던가… 뭐, 그렇게 하룻밤을 보내
고 싶은 그런 거죠."

노골적인 유검의 말에 노인은 너털웃음을 터뜨렸다.

"허어… 자네는 색마가 되고픈 겐가? 하지만 그것도 잘 생각해 보게
나. 색마가 되고 싶어도 무공이 있어야 하네. 그러니까……."

유검은 결국 더 이상 참지 못하고 꽥 소리를 질렀다.

"색마든 뭐든 상관없는 겁니다. 그저 하룻밤 응응 하는 거란 겁니다.
아시겠어요? 결혼이니 무공이니 그런 것은 전혀 상관없습니다. 그녀의
신분도 상관없지요. 설령 창녀라도! 아니지, 창녀면 더 좋죠. 그냥 이
은자로 하룻밤을 사버리면 되니까!"

한 손으로는 용호관을 가리키며 또 한 손으로는 가벼운 은자 주머니
를 꺼내 들며 그렇게 열변을 토했다.

그런데 뭔가 이상한 느낌이 들었다.

자신의 소리만 듣게 될 때의 기묘한 침묵 때문만은 아니었다.

노인은 아무런 대꾸도 없이 자신을, 아니, 자신의 뒤쪽을 향해 시선
을 주고 있었다.

'설마……?

유검은 쏟아내 버린 말의 파편들을 하나하나 주워 모으며 천천히 고
개를 돌렸다.

용호관 안으로 들어갔던 그 소녀가 문가에 기대서서 팔짱을 긴 채
차가운 시선을 보내고 있었다.

등줄기로 식은땀이 흘러내렸다.

'대체 언제부터 들은 걸까?

이럴 때일수록 침착해야 한다고 유검은 스스로를 타일렀다.

'가만… 아마 내 이야기가 자신에 대한 건 줄 어떻게 알아? 기껏해야 의심 정도겠지. 그럼 시치미 떼면 그뿐이잖아?'

유검은 사부를 떠올렸다.

태연하게 아무나 마구 속여 버리는 사부의 그 연기력이 지금 이 순간 꼭 필요했다.

"하아……."

유검은 일단 장탄식부터 터뜨리며 애써 슬픈 표정을 지었다.

"그 정도로 사랑했지만… 그녀는 불치병에 걸려 그만……."

일생일대의 연기 시작이었건만 허무하게 망가져 버렸다.

노인이 무슨 뚱딴지 같은 소리냐는 얼굴로 말을 잘랐던 것이다.

"아니, 저 계집아이를 창녀로 만들더니, 이젠 불치병에 걸리게 해? 그 참 사람이 해도해도 너무하는구먼."

침을 튀기며 친절하게도 손가락으로 화인지 아닌지 모를 그 소녀를 가리키며 그렇게 말했다.

유검은 그녀의 두 눈에 새파란 불꽃이 일렁거리는 것을 보고 난생처음 두려움이란 게 혹시 이런 느낌이 아닐까 하는 생각이 들었다.

하늘을 보니 이상하게도 까맣게 물들어가고 있었다.

결코 어둑해져 가는 어둠 때문만은 아니었다.

도대체 왜 이렇게 되어버린 걸까 하는 의문이 탄식과 함께 어둠 속으로 스며들었다.

"들어와."

"옙."

유검은 얌전히 그녀의 명령에 복종했다.

무인의 속성상 무공이 없는 보통 사람에게는 그리 거칠게 대하지 못하는 법이기에 지나가던 평범한 사람인 체하기로 한 것이다.

일부러 고개를 푹 숙인 채 그녀의 뒤를 따라 대문을 들어서는데 그녀의 발뒤꿈치와 치마가 들어 올려질 때마다 드러나는 종아리가 시야 속으로 들어왔다 나갔다 했다.

고개를 약간 들어보니 찰랑거리는 긴 머리카락이 그녀의 엉덩이까지 내려와 있었다.

'역시 엉덩이도 너무 탱탱해.'

주위를 힐끔 돌아보니 무관 내 무공을 연마하고 있던 대한들이 모두 하던 일을 멈추고 의아한 눈으로 자신을 쳐다보고 있었다.

다들 상체는 벗고 있었는데 하나같이 울퉁불퉁 근육이 우람했으며 흐르는 땀으로 번들거리고 있었다.

'이 무관은 외공을 주로 익히나 보군. 금종조인가?

유검은 무관의 내력을 추측해 보며 겉으로는 주눅이 든 것처럼 주뼛거리는 척했다.

어쩌면 그 태도가 실제일 수도 있었다.

진무관 내에서는 옥진의 건방진 태도에 열받아 자신도 모르게 광오하게 행동했지만 현재 보통 무인과 싸워서도 이길 자신은 없었다.

굉렬한 목소리가 그녀를 향해 물었다.

"사저, 무슨 일이십니까?"

"알 거 없어."

짧게 답하며 소녀는 장원 연무관 끝에 세워져 있는 병기관으로 갔다.

검도창봉(劍刀槍棒)의 다양한 무기들이 진열되어 있었는데 소녀는 그것들을 부드럽게 어루만지며 유검에게 물었다.

"어떤 걸 좋아하지?"

유검은 당장 싸우려 드는 그녀의 태도에 무공을 모르는 보통 사람인 척하려는 자신의 연극이 통하지 않았는가 싶어 의아해했다.

어쩔 수 없이 최후의 수단―보통 사람의 경우 가장 먼저 떠올리는 것이 당연하기도 한 수단―을 쓰기로 했다.

그냥 속 시원히 사정을 밝히고 사과하기로 결정한 것이다.

"소저, 화만 내지 마시고 일단 제 이야기를……."

"화난 거 아니야."

차갑게, 그리고 짧게 끊어 말하는 그녀의 주위로 칼날 같은 북풍한설이 휘몰아치고 있었다.

'저게 화난 거 아니면 진짜 화났을 땐 어떻단 거야?'

내심 그렇게 투덜거리며 다시 입을 열었다.

"일단 제 이야기를……."

"그다지 병기를 가리진 않는 모양이군. 그럼 이걸 써라."

휙―!

근 일 장 길이의 창이 날아와 발끝에 꽂혔다.

유검은 그것을 힐끔 보고 다시 말을 꺼내었다.

"소저, 일단 화를 가라앉히시고 제 이야기부터……."

"다시 말하지만 난 화난 거 아니다. 네가 계속 나보고 화났다고 주장한다면 정말로 화가 날지도 몰라."

꽤나 침착한 목소리였는데 그녀의 손에는 이미 목검이 들려 있었다.

더 이상 문답무용(問答無用)임을 깨달았다.

‘이왕 주려면 내게도 검을 주지…….’

유검이 투덜거리며 발끝의 창을 뽑아 들자 소녀가 말했다.

“다시 말하지만 난 화난 거 아니야. 단지 알려주고 싶었다.”

“뭘… 요?”

“그러니까 으쓱한 곳으로 날 데리고 가더라도 입을 맞추기는 힘들 거라는 것, 그리고 내 옷을 벗기고 몸을 더듬게 내버려 두진 않을 거라는 것. 그걸 확인시켜 주고 싶은 거다.”

유검은 아무 말도 못하고 눈만 말똥거렸다.

주위에서 무시무시한 살기가 몰려오고 있었다.

돌아보니 주위를 둘러싼 대한들의 얼굴이 잔뜩 일그러져 있었는데, 그들의 튀어나온 근육들은 혈관이 불거져 나와 금방이라도 터져 버릴 것 같았다.

그리고 그들의 두 눈은 한결같이 뻘겋게 충혈되어 있었다.

으드득—!

누군가 이빨을 갈자 그것이 신호인 양 온갖 욕설과 호통이 폭발하듯 터져 나왔다.

“뭐, 뭐라고, 감히!”

“너, 사저에게 뭐라고 지껄인 거냐? 앙?”

“으, 으쓱한 곳이 어째?”

“입을 맞춰? 옷을 벗기고 어쩐다고?”

“크아아아악—!”

보통 사람이라면 틀림없이 공포스러웠을 그 상황 속에서 유검 역시 뭔가를 느꼈다.

그것은 경탄에 가까웠다.

‘미치겠군. 이렇게 많은 사람들 앞에서 저런 이야기를 아무렇지도 않게 해버리다니—!’

모두 흉포한 기세로 유검을 향해 몰려드는데 소녀가 차갑게 소리쳤다.

“멈춰!”

대한들은 일시에 멈춰 섰다.

소녀가 목검을 들어 올려 유검에게 겨누며 차분히 입을 열었다.

“그리고 또 하나 말해 두겠는데… 난 창녀가 아니야. 그러니까 아무리 많은 은자를 주더라도 너와 하룻밤을 같이 보낼 수는 없어.”

유검은 머리 속이 하얗게 타버리는 것 같았다.

‘미치겠군!’

경탄이 광증(狂症)이 될 수도 있다는 것을 처음 깨달았다.

소녀가 짧게 소리쳤다.

“간다!”

그 말과 함께 목검의 끝이 흐릿해지며 날카로운 파공성이 들려왔다.

그 목검이 자신의 백회를 향하는 것을 감지하고 잠시 갈등했다. 대항하느냐 아니면 그냥 맞아주느냐.

유검은 천천히 눈을 감았다.

설마 죽이겠나 싶어 그냥 맞아주기로 결심한 것이다.

‘젠장, 무지 아플 것 같은데……’

맞기 직전 급소를 살짝 피하면 그럭저럭 위험하지는 않을 것 같았다.

목검이 일으킨 풍압이 머리 정수리를 강렬히 압박해 오자 유검은 눈을 감은 채 어금니를 질끈 깨물었다.

이렇게 무방비 상태로 누군가에게 당해보는 것은 처음이었다.

혹시 이런 게 여자들이 강간당할 때의 기분과 비슷한 걸까 하고 생각하다, 시간이 제법 흘렀음을 깨달았다.

눈을 떠보니 목검은 정수리 한 치 위에 멈춰 있었다.

소녀가 눈살을 찌푸리며 말했다.

"정말로 무공을 모르나 보군."

"그야……."

이때 갑자기 귀청이 찢어질 듯한 종소리가 울려 퍼졌다.

땡! 땡! 땡! 땡……!

종소리는 짧고 급박하게 연신 울려 퍼지고 있었다.

누군가 목청껏 소리쳤다.

"도둑이야―! 도둑!"

소녀의 안색이 굳어졌다.

"설마……!"

그녀는 목검을 쥔 채 경신술을 펼쳐 바로 내원으로 달려갔다. 다른 관원들도 뭐야? 뭐? 라고 소리치며 우르르 함께 그녀를 뒤따랐는데 유검도 덩달아 휩쓸려 갔다.

그들과 함께 창을 들고 한참 달리다 뭔가 이상함을 깨닫고 그 자리에 멈춰 섰다.

'…지금 내가 뭐 하는 거지?'

이때야말로 자리를 피할 수 있는 절호의 기회임을 깨달았다.

따지고 보면 그녀는 꿈속에서 만난 사이일 뿐, 현실에서는 전혀 모르는 사이다. 아니, 화인지 확신조차 할 수 없다. 굳이 연을 이어갈 이유는 없는 것이다.

왔던 곳을 다시 되돌아가기 위해 하나의 전각을 돌았는데 순간 검은 복면인이 검은 상자를 옆구리에 끼고서 빠른 속도로 자기 쪽으로 달려들고 있었다.

피하기에는 이미 늦어 있었다.

"망할 놈!"

그는 욕설을 퍼부으며 훌쩍 몸을 날려 유검을 뛰어넘으려 했다.

그뿐이었다면 유검도 그저 그러려니 했겠지만 그가 자신의 왼쪽 어깨를 밟고 도약력을 얻으려 하는 것을 보자 아무리 마음이 넓은 자신이지만 이것까지 참기는 힘들다고 중얼거렸다.

슬쩍 왼쪽 어깨를 떨구었는데 이상한 느낌이 들었다.

'가만… 왠지 익숙한 광경처럼 느껴지네?'

밟으려 했던 유검의 왼쪽 어깨가 갑자기 꺼져 버리자 검은 복면인은 당황했다. 재빨리 발판의 대상을 왼쪽 어깨에서 머리로 전환시켰지만 유검이 넘어지듯 한 걸음 나서자 그 역시 무위로 돌아갔다.

"이런! 개새끼!"

유검은 그의 욕설도 역시 귀에 익다고 느껴졌다.

검은 복면인은 허공에서 허둥거리다 벽을 박차고 공중제비를 돌아 신형을 가다듬었다.

그리고 유검을 쏘아보는데 두 눈에 살기가 번들거렸다.

그 눈동자를 보자 유검은 그가 누군지 깨달았다.

"아, 독심호리!"

이때 소녀와 관원들이 호통 치며 달려와 주위를 포진했다.

"흥—!"

검은 복면인는 잽싸게 품속에서 뭔가를 꺼내 땅을 향해 던졌다.

펑—!

화약 터지는 소리와 함께 하얀 연기가 자욱하게 퍼져 나갔다. 날이 저물어 주위는 어둑해져 있었는데 하얀 연기까지 피어오르자 한 치 앞도 제대로 보기 힘들어졌다.

이때 어떤 위험이 느껴져 자신도 모르게 창을 휘두르며 허리를 비틀었다.

쉬익—!

날카로운 파공성과 함께 비수가 겨드랑이를 스치고 지나갔다.

'나 참, 그 못된 버릇은 여전하군.'

"크윽—!"

갑자기 허공에서 비명 소리가 터져 나왔다.

"도, 도대체 무슨 암수를—!"

하얀 연기 속에서 복면인이 들고 있던 검은 상자가 미지의 힘에 의해 박살이 나서 흩어지고 있었다. 그리고 그와 함께 한 장의 양피지가 하늘거리며 떨어지고 있었다.

소녀는 복면인의 뒤를 전력으로 뒤쫓으며 공격해 가고 있었는데 그 양피지를 보자 안색이 변해 당장 그것을 잡으려 했다.

유검은 복면인이 소녀를 향해 비수를 날리려는 것을 보고 황급히 그녀의 발목을 낚아채 잡아끌었다.

"위험해!"

말은 그 후에 튀어나왔다.

비수는 아슬아슬하게 그녀의 목을 스치고 지나갔다.

복면인은 코웃음과 함께 그 양피지를 낚아채고는 담장을 넘어 저 멀리 달아나 버렸다.

꽈당—!

소녀는 유검이 갑자기 발목을 잡아끈 힘을 전혀 예측 못했기에 허공에서 중심을 잃고 개구리 패대기치듯 그대로 땅에 처박히고 말았다.

"……."

대부분의 관원들은 그 복면인의 뒤를 쫓아갔고 몇 명만이 남아 있었는데 소녀의 모습을 보고 대경실색했다.

"괜찮으세요, 소저?"

그리고 유검을 향해 눈을 부라리며 공격해 갔다.

"이 자식—!"

그들은 복면인의 암수는 전혀 눈치 못 채고 유검이 고의로 그녀의 발목을 잡아끈 것이라 생각했다.

유검은 귀찮은 일에 휘말렸음을 깨닫고 내심 한숨을 쉬었다.

"멈춰—!"

소녀는 관원들의 부축을 뿌리치고 홀로 몸을 일으켰다.

얼굴이 지면에 부딪친 탓으로 코피를 흘리고 있었다.

유검은 그 모습이 측은해 보여 한편으로 미안함을 느꼈다.

'그나저나 싸울 수밖에 없겠군. 젠장!'

대개 강호에서 이런 일이 발생하면 오해를 푸는 것은 요원한 일이며 그저 힘으로 해결할 수밖에 없다는 것을 유검은 익히 잘 알고 있었기에 흘러가는 흐름을 보아 어떻게든 싸울 수밖에 없겠다고 생각했다.

그러나 그녀의 말은 예상외였다.

"그만둬. 저 녀석은 날 구해준 거다. 그 도둑이 날린 비수로부터."

말과 함께 땅에 꽂힌 비수를 들어 올려 보였다.

독에 담가둔 것인지 비수 끝에 녹광이 어려 있었다. 만약 큰 혈관에

맞았다면 아마 생명을 장담하지 못했을 것이다.

유검은 안도의 한숨을 내쉬었다.

'생각보다 똑똑하군 그래.'

"하지만!"

소녀는 유검에게로 한 걸음 다가오며 차갑게 소리쳤다.

"날 방해한 것은 용서할 수 없어. 그 검보는 내 생명보다 귀중한 것이니까!"

그러면서 손을 펼쳐 보였다.

유검은 꽤 작아 보이는 그녀의 하얀 손바닥이 자신의 품속으로 흐느적거리며 다가오는 것을 보고 의아해했다.

'뭐지? 뭘 가져가려는 거지? 혹시 내가 뭘 숨기고 있다 생각하나?'

그렇게 생각하며 그녀의 손바닥이 몸 가까이로 접근해 오는 것을 그냥 보고만 있었다.

순간 그녀의 손바닥은 변화를 일으켜 손끝을 꼿꼿이 세우더니 옆구리의 기문혈을 찔러 버렸다.

소녀는 되돌아서서 차갑게 명을 내렸다.

"데려와."

그리고는 내원으로 들어가 버렸다.

무엇을 한 것일까 의아해하다 관원들이 욕설과 함께 자신을 통째로 옮기려는 것을 보고 뒤늦게 깨달았다.

'알고 보니 공격 초식이었군.'

본래 기문혈이 제압당하면 전신이 저려오며 마비되어야 정상이다. 그러나 약간 따끔한 것 외에는 전혀 이상을 느낄 수 없었기에 그것이 공격이었다는 것을 알아채기 힘들었던 것이다.

유검은 보라색으로 물들어 있는 하늘을 올려다보며 쓸쓸히 웃었다.

평범한 보통 사람의 삶을 원했는데 벌써부터 강호의 일에 휘말리고 말다니…….

창문을 통해 달빛이 새어들어 오고 있었다.

굵은 황초 불이 달빛에 춤추며 일렁거리는 두 사람의 그림자를 만들어내고 있었다.

검소하지만 깨끗하기 그지없는…….

좋게 말하자면 그렇고, 유검이 보기에는 거문고 하나와 검 두 자루가 벽에 걸려 있을 뿐 별다른 가구 하나 없는 그저 썰렁한 방에 불과했다. 물론 심문하는 장소로는 꽤 적당해 보였다.

유검은 여전히 마혈이 제압당한 척 달빛 일렁이는 창가에 서 있었고 소녀는 침상에 아무렇게나 걸터앉아 찻잔만 홀짝거리고 있었다.

소녀는 힐끔 유검을 바라보았다.

그는 자신의 생명을 구해준 은인인 동시에 일을 방해한 장본인이기도 하다.

대체 그 처리를 어떻게 하면 좋을지 고민되었다.

또 한편으로 그에게서 어떤 친근감을 느끼고 당혹스럽기도 했다. 그를 처음 보았을 때부터 어쩐지 남이 아닌 듯한 느낌이 들었던 것이다.

'저자를 어디서 봤을까… 남해 보타암에서 돌아온 것은 겨우 며칠 되지도 않았는데 말야.'

그녀가 입을 연 것은 그로부터도 한참 후였다.

"넌 누구지?"

창문 너머 야경을 구경하고 있던 유검은 그녀의 질문에 순순히 대답했다.

"지나가던 행인."

소녀의 아미가 찌푸려졌다.

"좋아, 실례했군. 내 이름부터 밝히는 게 예의겠지. 난 백추상, 넌?"

"이름을 묻는 거라면, 난 유검."

"유검?"

그 이름을 되뇌이는 순간 가슴 깊은 곳에서 어떤 그리움이 밀려왔다. 그리고 왠지 마음이 편해졌다.

'어디서 들어본 이름 같기도 한데…….'

아미를 찌푸리며 어디서 들어봤을까 생각해 보다 다시 물었다.

"음, 너 아까 독심호리라고 소리쳤지? 그를 어떻게 알고 있지?"

"꿈속에서 그를 만난 적이 있거든."

유검은 있는 그대로 진실을 말했지만 소녀는 그가 자신을 희롱하고 있다고 여겼다.

"좋아, 그건 그냥 넘어가지. 최소한 그와 친구는 아닌 것 같으니까. 그런데 무공을 정말로 모르는 건가? 네가 내 발목을 잡았을 때 갑자기 힘이 빠져 버렸어. 무슨 사술을 쓴 것 아냐?"

그건 유검으로도 잘 모르는 이야기였다. 그래서 솔직하게 모른다고 대답했건만 그녀의 신뢰는 오히려 떨어진 것 같았다.

백추상이 몇 마디 더 물어보았지만 유검으로선 꿈 타령 이상이 될 수 없었다.

그녀는 피식 웃었다.

"좋아, 뭐 그렇게 서 있는 게 편한 모양인데……."

백추상은 어깨를 으쓱하곤 느긋하게 침상에 몸을 기대며 말을 이었다.

"난 얼마든지 기다려 줄 수 있어."

유검은 속으로 되물었다.

'뭘?'

소녀는 두 팔을 뻗어 한껏 기지개를 켜더니 천천히 눈을 감고 휴식을 취했다.

시간이 흐르자 방 안의 공기는 대류를 그치고 고운 그녀의 숨소리에 맞춰 고요히 정적 속으로 들어갔다.

황초 불마저 수명이 다한 듯 마지막 몸부림을 치다 꺼져 버렸다.

유검은 조금 어이가 없었다.

그녀는 정말로 잠들어 버린 것 같았다.

'남자를 방에 들여다 놓고 잠들어 버리다니, 배짱도 좋군.'

유검은 천천히 두 팔을 움직여 보았다.

그녀가 깨어나는 기색은 없었다.

유검은 잠든 백추상에게로 다가가 달빛에 비친 그녀의 얼굴을 조용히 내려다보았다.

한참 후 유검은 씁쓸히 웃었다.

"역시 너였군."

물론 전체적으로 성격과 몸매는 자신이 알고 있던 화와 전혀 달랐다. 하지만 청초하면서 어딘지 모르게 아련한 슬픔의 그림자가 드리워져 있는 듯한 그 느낌은 여전했다.

유검은 손가락으로 그녀의 약간 벌어진 마른 입술을 부드럽게 만졌다.

"이젠 정말로 안녕이구나. 행복하거라."

천천히 허리를 굽혀 가볍게 입을 맞추고는 문가로 걸어갔다.

삐이걱—!

문짝 열리는 소리가 나자 유검은 흠칫하여 얼른 창가의 자리로 돌아갔다.

열린 문틈 사이로 한 사내의 얼굴이 삐죽 나왔다.

그는 나무토막처럼 서 있는 유검과 잠들어 있는 백추상을 좌우로 훑어보더니 하얗게 웃었다.

그는 소리없이 들어와 다시 문을 닫았다.

유검은 그때서야 비로소 공기 중에 감도는 희미하고 달콤한 냄새를 알아챘다.

'이건… 설마 미혼향?'

여자와 함께 있다 보니 아무래도 지분 냄새로 오인했던 것 같았다.

"제기랄, 검보가 둘로 나누어져 있었다니……!"

사내는 그렇게 중얼거리며 큰 걸음으로 침상 위의 백추상에게로 다가가더니 몸을 구부려 거침없이 그녀의 가슴으로 손을 집어넣었다.

"틀림없이 이년에게 나머지 검보가……."

그 모습을 보자 유검은 자신이 왜 미혼향에 전혀 영향을 받지 않는지 의문을 가질 새도 없이 바로 그를 공격해 갔다.

"멈춰—!"

유검은 그렇게 소리쳤지만 오히려 내뻗던 자신의 주먹을 멈춰야만 했다.

사내는 굳은 몸으로 천천히 물러서고 있었다. 그의 목에 겨누어진 날카로운 비수 때문이었다.

백추상은 비수를 움켜쥔 채 침상에서 일어나 형형한 눈빛으로 그를 쏘아보며 유검에게 말했다.

"이자의 품속을 뒤져 봐. 얼른!"

유검은 황급히 그녀가 시키는 대로 그자의 품속을 뒤졌다.

'뭐야? 일부러 당한 척한 건가? 이 녀석을 유인하기 위해?'

순간 자신이 그녀에게 가볍게 입을 맞추던 장면이 떠올랐다.

'그, 그럼… 그때도 깨어 있었다는……?'

얼굴이 화끈거리고 등줄기로 식은땀이 흘러내렸다.

다행히 사내의 품속에서 꺼낼 만한 것들이 꽤 많이 있어 시간을 벌 수 있었다.

돌연 유검은 찬물에 들어간 듯 오싹함을 느꼈다.

넓게 퍼져 있는 자신의 공간에 어떤 이질적인 기운들이 빠른 속도로 침입해 들어오고 있었다.

그리 생소한 감각은 아니었다. 무인의 육감과 비슷하니까.

다만 손으로 만져 보는 것처럼 그 감각이 생생하다는 것만 달랐다.

"피해—!"

유검은 벼락같은 소리와 함께 사내를 밀어젖히고 놀라 두 눈을 휘둥그레 뜨고 있는 그녀를 감싸 안았다. 동시에 그 탄력으로 몸을 회전시켜 침상 아래로 굴렀다.

콰—앙!

거대한 폭발음과 함께 사내는 핏물과 육편으로 분해되어 사방으로 터져 나갔다.

백추상은 후두둑거리며 자신의 눈앞으로 핏물과 살점이 튀어나오는 것을 보는 순간 헛구역질을 참을 수 없었다.

"여기 있어!"

유검은 그녀에게 그렇게 소리치며 몸을 벌떡 일으켰다.

창가에 검은 그림자가 박쥐처럼 아른거리고 있었다. 유검은 그가 독심호리임을 직감했다.

"크흐흐흐흐……."

낮은 울림의 그 웃음소리를 듣는 순간 유검은 지체없이 그를 향해 신형을 뽑아 올렸다.

그리고 깨달았다.

'아차… 내게 내공이 없었지.'

창가에도 닿지 못하고 그의 신형은 떨어졌다.

독심호리는 바람처럼 방 안으로 스며들더니 무릎으로 유검의 복부를 차올렸다.

유검의 신형이 허공으로 붕 떠올랐다. 이 순간 유검은 꿈속에서와는 달리 현실에서는 그가 막강한 일류고수임을 실감하고 있었다.

독심호리는 무릎에 이어 팔꿈치로 유검의 관자놀이를 찍어갔다.

최소한 천 근의 힘은 실려 있어 태양혈과 같은 급소에 맞는다면 즉사해 버릴 정도였다.

유검은 두 팔을 뻗어 가까스로 그 일격을 막아낼 수 있었다.

일격이 막히자 독심호리는 주먹과 발을 가리지 않고 연타로 빠르게 공격해 들어갔다.

유검은 그중 절반도 막아낼 수가 없어 만신창이가 되어 있었다. 눈은 그 속도에 익숙했지만 몸은 전혀 따라갈 수가 없었던 것이다.

백추상이 충격을 추스르고 몸을 일으켰을 때 유검은 이미 실컷 얻어맞고 있는 중이었다.

"받앗—!"

날카롭게 소리치며 독심호리를 향해 비수로 검초를 펼쳐 가다 그녀
는 그 자리에 얼어붙고 말았다.

마치 세상이 정지되어 버린 것 같았다.

그 속에서 독심호리의 오른쪽 어깨가 기이하게 일그러지며 찢겨 나
가고 있었다. 마치 철문 사이에 끼어버린 듯 납작하게 분쇄되어 갔다.

"크아아아악—!"

처절하기 그지없는 비명 소리가 울려 퍼지자 백추상은 제정신을 차
렸다.

하지만 독심호리는 이미 오른팔만 남긴 채 창문 너머로 달려가고 있
었다.

"흥, 박쥐가 아니라 도마뱀이었나?"

유검은 비틀거리며 창가로 다가가 뛰어넘으려 했다.

백추상은 황급히 그를 말렸다.

"잠깐만, 어딜 가려구요?"

말은 존칭으로 변해 있었다.

유검은 그녀를 뿌리치고 창문을 넘으려 기를 쓰며 중얼거렸다.

"젠장, 그놈에게 엄청 맞았는데, 난 한 대밖에 못 때렸어. 최소한 몇
대는 더 때려줘야……."

말을 끝맺지도 못하고 유검은 그녀의 품속에서 정신을 잃고 쓰러져
버렸다.

뒤늦게 사람들이 몰려오는 소리가 들려왔다.

백추상은 망연자실해졌다.

'어째서… 이 사람은…….'

그녀는 만신창이가 되어버린 유검의 얼굴을 떨리는 손가락으로 쓰

다듬었다.
　달빛에서 뻗어 나와 은빛 실이 두 사람을 부드럽게 한 그림자로 엮고 있었다.

第六章

함정, 그리고 만남

함정, 그리고 만남

새벽 안개가 고요의 문을 두드릴 때 유검은 눈을 떴다.

그는 자신이 심문받던 그 방의 침상에 누워 있다는 것을 알았는데, 곧 붕대로 친친 감겨 있는 자신의 몸을 보고 웃음을 금치 못했다.

'환자 취급이군.'

사실 어젯밤 독심호리에게 그토록 두들겨 맞았건만 약간 뻑적지근한 것 외에는 오히려 몸은 상쾌했다.

인체의 역학적 구조와 그 기능의 장애가 일반적으로 회복되는 속도를 감안해 본다면 이해하기 힘들 정도로 이상한 일이었지만, 그보다 더 이상한 것은 그게 아주 당연하게 느껴진다는 사실이었다.

따져 보면 지독한 주화입마 상태도 금세 회복되었으니 유검 본인으로서는 그리 이상한 일은 아닐지도 모르지만, 아닌 밤중에 끌려온 의원들이 고개를 갸우뚱거리기엔 충분했었다.

"아니, 대체 어떤 이상을 찾아내라는 거요?"

낙양의 이름난 의원들은 마침내 그렇게 반문할 수밖에 없었다.

그들이 발견한 것은 단순 타박상이었으며, 백추상이 주장하는 막강한 경력에 의한 내장 손상의 징후는 전혀 찾아볼 수가 없었던 것이다.

결국 타박상에 효과가 뛰어난 고약을 바르고 붕대를 감아준 뒤, 값비싼 보약을 지어주는 것으로 자신들의 소임을 마쳤다.

유검은 몸을 일으켜 침상에서 내려와 하품과 함께 길게 기지개를 켰다. 그리고 하늘을 향해 뻗은 두 팔이 자연스럽게 떨궈지며 몸 전신에 하나의 진동을 주었다.

그 진동에 팔은 앞뒤로 흔들리기 시작했으며 그에 맞춰 허리가 저절로 십자 운동을 시작했다.

곧 전신은 자연스러운 어떤 율동의 흐름 속으로 들어갔다.

유검은 어떤 의지도 개입시키지 않고 자연스럽게 이어지는 그 흐름에 몸을 내맡겼다. 보이지 않는 기운의 흐름도 뚜렷하게 자각할 수 있었다.

단순한 동작들은 보다 섬세하고 정묘해졌는데 마치 허공에 꽃을 피워내는 것 같았다. 무당파의 무공 초식이 들어 있기도 했지만 그것은 일부분에 불과했으며 그조차도 변형이 되어 있었다.

차츰 동작들은 격렬해졌다 부드러워졌다 했는데 유검 스스로 상상해 보지도 못했던 그런 기묘하고 생소한 동작들이 나오기도 했다.

'이거 꿈속에서 봤던 것 같기도 하고……'

다른 점이 있다면 허공에 떠 있거나 벽과 천장을 마음대로 타고 다닐 수 없다는 정도일 것이다.

유검은 무공인지 춤인지 알 수 없는 동작의 흐름 속으로 몰입해 들어갔다. 보이지 않는 어떤 말할 수 없는 기운이 끝없이 확장해 나가며 꽃을 피워내는 것 같았다. 몸속의 세포 하나하나가 기쁨의 환호성을 내지르는 것 같았다.

시간과 공간조차 잊어버리고 열중하다 다시 외부 세계를 자각했을 때, 감겨 있던 붕대는 거의 다 풀려 있었으며 전신은 땀으로 흠뻑 젖어 있었다.

호흡을 가다듬으며 주위를 돌아보니 환한 햇살을 등지고 한 소녀가 수건을 든 채 고요히 서 있었다.

"그것… 무공인가요?"

수건을 건네며 묻는 그녀의 말에 유검은 어깨를 으쓱거렸다.

"아닐걸요?"

그 말에 큰 자신은 없어 속으로 덧붙였다.

'아마도…….'

백추상이 미소를 지으며 말했다.

"아침 식사 준비가 되었지만… 그보다 욕실이 필요해 보이는군요."

유검은 그녀를 따라 욕실로 향했다.

복도를 따라 걷다가 그녀가 지나가듯 물었다.

"어제 절 아시는 것처럼 말씀하더군요. 어디서 절 보셨던 거죠?"

유검은 그녀가 믿지 않을 것임은 알았지만 사실대로 말했다.

"꿈속에서요."

백추상은 의외로 순순히 고개를 끄덕였다.

유검은 놀람을 금치 못했다.

어제만 해도 헛소리로만 치부하더니 이제는 순순히 납득하는 것 같지 않은가.

백추상은 약간 고개를 숙이며 심경 변화의 이유를 말해 주었다.

"보타암에 제 사저가 있는데 그녀의 말이 떠올랐거든요."

"어떤……?"

"불합리한 것만이 믿을 수 있다."

유검은 꽤 재밌는 말이라고 느꼈다.

"사저는 채소밭을 일구고 밥하는 것 외에 사람들과 거의 말을 하지 않아요. 그녀가 하루 한마디 하는 것도 많은 편이지요. 그래서 그녀의 말은 잘 잊지 않는답니다."

"흐음……."

"사저는 심지어 하루 일과 중 하나인 불경조차 읽지 않아요. 그래도 사부님은 그녀에 대해 일체 간섭을 안 하세요. 사저에 대해 여쭐 때마다 조용히 미소만 지으실 뿐."

"그녀가 한 또 다른 말이 있나요?"

"있어요. 청하지도 노력하지도 않을 때 온 것이야말로 진짜다, 라고."

"그것참 그럴듯하군요. 하하하……."

"그렇죠?"

밝은 웃음과 함께 서로 즐겁게 담소를 나누었다.

'알고 보니 마음이 따뜻한 여자군 그래.'

욕실로 들어가기 전에 그녀는 돌연 두 손을 모아 합장하며 고개를 숙였다.

"…왜?"

"전생에 그대와 아마도 연이 있었던 것 같아요. 저 역시 그대에게 어떤 끌림을 느끼고 있어요."

'저 역시?'

유검은 내심 미소 지었다.

자신이 그녀에게 끌리고 있다는 것을 확신하기 때문에 쓸 수 있는 말 아닌가?

대부분 자신의 심정에 대한 부끄러움과 상대를 알지 못한다는 두려움 때문에 그렇게 확신하기는 쉽지 않은 법이었다.

최소한 자신을 바로 바라볼 수 있는 용기가 있어야 한다.

백추상은 조용히 말을 이었다.

"하지만 전 부처에 귀의한 몸, 피와 고름 주머니에 불과한 이 몸에 대해 아무런 집착이 없습니다. 이제 남은 속세의 연을 풀기 위해 왔으니 더 이상 그대와는……."

꿈속에서 그녀는 아버지의 음모에 의해 중성적이 되어버린 자신의 몸을 못마땅하게 여겨 항상 여자로 돌아가기를 바라고 있었다.

그런데 현실에서 그녀는 비구니가 되기를 원한다니…….

조금은 허탈하고 공허했다.

그녀의 말을 앞으로 더 이상 자신과 볼 일이 없을 것이라는 뜻으로 받아들였기에 유검은 조금 슬퍼졌다.

그리고 그런 자신의 감정을 이해하고 받아들였다.

유검은 합장 배례하고 멀어져 가는 그녀를 한참 바라보다 머리를 긁적거리며 욕실 안으로 들어갔다.

조용하고 평온한 태도로 유검과 헤어져 걸어나오는 백추상의 얼굴은 점점 차가워졌다.

그녀의 허리가 세워지고 꼿꼿해졌다.

"꽤 괜찮은 핑곗거리군, 그렇게 쉽게 납득해 주다니."

그녀의 시선은 회랑 너머 드넓은 하늘로 향했다.

"내게는 꿈이 있다. 남자 따위에게 얽매일 수는 없지!"

유검이 욕실로 들어서니 이미 선객이 있었다.

그는 조그만 바위에 앉아 찬물을 머리에 끼얹고 있었는데 마치 곰처럼 거대한 등을 지닌 뒷모습밖에 볼 수 없었다.

"저 실례를……."

"……."

유검은 옷을 벗고 조용히 구석으로 가서 몸을 씻었다.

촤아악—!

갑자기 찬물이 끼얹어졌다.

놀라 돌아보니 곰 같은 중년 대한이 이쪽을 보고 있었다.

그는 곰 같은 손바닥으로 유검의 등을 찰싹 때리며 껄껄 웃었다.

"보기보다 몸이 좋군!"

그가 계속 다가오자 유검은 슬쩍 뒷걸음질쳤다.

"그런 소린… 가끔 듣곤 하죠."

애써 시선을 그의 하체로 두지 않으려 했다.

"어떤가?"

중년 대한은 괜히 친근한 미소를 띠며 그렇게 물어왔다.

유검은 참지 못하고 벌떡 일어나 소리쳤다.

"전 그런 취미 없습니다! 그러니까 잘리고 싶지 않으시면……!"

"내 딸 말일세."

유검의 머리 속 지식들이 수없이 뒤엉키며 제법 신빙성있는 하나의 가설을 마련했다.

"저, 혹시……."

사내는 커다랗게 웃으며 자신을 소개했다.

"난 여기 용문관의 관주, 하도광이다. 지난밤에 어딜 좀 다녀왔지."

"아, 그러시군요. …하도광?"

유검은 그제야 그의 낯이 익다는 것을 깨달았다. 그는 화의 아버지이자 철혈문의 문주 하도광이었던 것이다.

하도광은 껄껄 웃으며 말했다.

"아, 그 녀석이 또 자신을 백추상이라 말한 모양이군. 성이 달라 의아한 모양인데… 어릴 적 그 아이에게 화라는 이름을 붙여주었지. 아주 아름답게 꽃처럼, 조화롭게 커달라는 뜻에서. 그런데 그 녀석, 그성과 이름이 마음에 안 든다고 제멋대로 바꿔 버린 거야."

유검은 고개를 끄덕이다 물었다.

"그런데 혹시… 철혈문과 관련없으세요?"

"음? 철혈문? 무슨 문파지?"

"아… 저도 몰라서요."

"흠, 철혈문이라… 그 이름 괜찮군. 나중에 문파를 개설하면 그것으로 이름 지을까?"

"…그것도 나쁘진 않겠군요."

하도광은 찬물을 유검에게 끼얹어주며 말을 이었다.

"어젯밤 자네의 공이 컸다고 들었네. 뭐, 내 딸에게 반했으니 그 정도는 당연한가?"

유검은 그 당연하다는 말이 조금 거슬려 반박하고 싶었지만 그의 팔뚝이 자기 허벅지만함을 보고 침묵을 지켰다.

본래 침묵이야말로 더없는 향기를 지녔으니 참으로 적절하고 현명한 선택이라 할 수 있었다.

하도광은 묵직하게 고개를 저으며 탄식했다.

"휴… 불쌍한 녀석이라네."

그렇게 보이진 않았지만 본래 아버지의 마음이란 그건가 보다 싶어 고개를 끄덕여 주었다.

"어미 없이 자라난 데다 어릴 적부터 남의 손에 키워져서 사람들 간의 정이 무엇인지 몰라."

"그렇군요."

"음… 자네에게 조금 더 상세히 말해 주고 싶어지는군. 저 아이의 외할아버지가 누군지 아는가? 한때 살아 있는 검성으로 불리웠던 맹석천이라네. 그분은 한 장의 검보만 남기고 어떤 보물을 찾아 훌쩍 강호를 떠나 버리셨지."

유검은 꿈속에서 전대 무림맹주로 나오던 맹석천의 이름이 다시 튀어 나오자 자신의 강호 상식에 대해 헷갈렸다. 어차피 검에만 몰두하느라 강호에 대해 알고 있는 게 거의 없다시피 하긴 했지만.

"내 딸 녀석은 그 검보를 보러 일 년에 한 번씩 여기로 찾아오는데 어젯밤 그걸 도둑맞아 버린 거야."

유검은 그의 안색이 태평한 것을 보고 물었다.

"검보 도둑맞은 것을 대수롭지 않게 여기시는 것 같군요."

하도광은 앙천광소를 터뜨렸다.

"검보는 검보일 뿐이다. 아무리 대단한 검법일지언정 종이에 적는 순간 그것은 이미 죽은 것이 되고 만다. 그러니 집착할 이유가 뭐가 있겠느냐?"

유검은 그의 호탕함에 반했다.

"물론입죠!"

그와 의기투합하여 한참 동안 대화를 나누었다.

하도광이 몸을 일으키며 유검의 두 손을 꽉 쥐었다.

"하여간 내 딸 녀석을 잘 부탁하네."

그녀를 잘 부탁한다는 말에 유검은 가슴이 두근거렸다.

'설마 그녀와……'

"그 아이에게 좋은 혼처가 생길 때까지 부디 자네가 잘 보호해 주게. 그 녀석은 아직 순진해서 강호의 흉흉함을 잘 몰라. 그러니 자네처럼 교활하고 약삭빠른 놈이 옆에서 지켜줘야 안심이 돼."

"……"

"게다가 자네처럼 여자 잘 꼬시는 기생오라비 같은 놈이 옆에 있다 보면 면역력이 생겨 진짜 남자를 보는 눈도 높아질 테고 말이네."

"…그렇군요."

유검은 그제야 깨달았다.

호탕하고 묵직한 미소를 보이고 있는 그가 보이고 있는 것은 호의가 아니라 노골적인 적의였음을.

유검은 일단 물바가지 하나를 과감하게 발로 깨뜨려 분노를 표현하고 나서 사람들의 눈을 피해 후원의 담을 넘었다.

아무래도 그녀의 호위무사 내지 기생오라비 역할은 자기에게 맞지 않다고, 또한 강호의 시비에서 벗어나 한시라도 빨리 보통 사람의 삶으로 돌아가야 한다고 판단했던 것이다.

낙양대로를 따라 밀물과 썰물처럼 오가는 사람들의 행렬 속에서 유검은 무엇을 할까 생각했다.

'역시 의원이 낫겠지?'

그렇게 생각하고 사람들에게 물어 백마사 가는 길에 있다는 신농산
장을 찾아 걸음을 옮겼다.

'여기군.'

한 장원의 대문 앞.

유검은 대문 위 황금빛 전서체로 신농의가라는 네 글자가 적혀진 검
은 묵빛 편액을 바라보며 새로운 의욕을 불태웠다.

대문 옆에는 한 명의 문지기가 의자에 앉아 지키고 있었는데 유검이
안으로 들어가려 하자 용건을 물었다.

의원이 되려고 한다는 말에 그는 유검의 위아래를 훑어보며 은자는
얼마나 가지고 왔냐고 물었다.

"은자요?"

"허참, 그럼 공짜로 가르쳐 주는 줄 알았소? 일단 최소한 오십 냥의
은자를 내야 하오. 그리고 일 년에 네 차례에 걸쳐 각각 은자 열 냥을
내야 하고."

그 말에 유검은 눈만 껌뻑거렸다.

무당산에 있을 때에는 일 년에 은자 한두 냥 쓰는 것도 많은 편이었
다. 가끔 강호행을 할 때도 속가제자들이 알아서 숙식을 챙겨줬기에
은자에 신경 쓰지 않아도 되었다. 그래서 장문인이 여비로 은자 스무
냥을 줄 때 너무 많다고 생각할 정도였다.

그런데 의술을 배우기 위해 입문하는 데에만 은자 오십 냥이 든다
니…….

"일단 배워놓으면, 그리고 이름만 나면 그까짓 은자 몇십 냥이 문제

겠소? 부자들이 은자를 관 짝에 실어 바치러 올 텐데 말이오."

그런 문지기의 위로를 들으며 유검은 발길을 돌렸다.

하지만 낙담하지는 않았다.

'일단 은자를 벌자! 그리고 배우면 돼.'

사실 지인 서문평에게 가면 얼마든지 은자를 빌릴 수 있다.

하다못해 속가제자가 운영하는 표국에만 가도 은자 백 냥 정도는 손쉽게 구할 수 있을 것이다.

하지만 유검은 자기 손으로 일단 무엇이든 해보고 싶었다.

언제까지나 남의 도움만 받으며 살 수는 없지 않은가 말이다.

그러나 은자를 벌기 위해 일자리를 구하는 일은 쉽지 않았다.

한평생 무당산에서 검만 휘둘러 온 인생이다. 세상일을 알 리가 없었고 별다른 기술이 있을 리도 없었다.

성벽 쌓는 공사판 일조차 신원을 보증해 주는 이가 없어 힘들었으며 객잔의 점소이마저 쉽지 않았다.

이렇게 가다간 의술을 배우기 위한 은자를 벌기는커녕 목구멍에 풀칠하는 것도 힘들어 보였다.

며칠을 더 돌아다녀 봐도 거절만 당하자 이대로는 안 되겠다 싶었다. 유검은 일단 보통 점소이들과 자신이 다른 점이 무엇인지부터 살펴봐야겠다고 생각했다.

하루 종일 일자리를 구하러 돌아다니다 보니 배가 고팠고 때도 마침 저녁때였기에 근처 소춘루라는 객잔으로 들어갔다.

손님들은 제법 많은 편이었다.

유검은 가장 싸구려 음식인 두 푼짜리 국수를 시키고 나서 소춘루의 하나뿐인 점소이의 행동을 유심히 관찰했다.

그리고 깨달은 점이 많았다.

그는 손님이 오면 공손하게 웃으며 굽실대는데 행동 하나하나가 비굴할 정도로 과장되게 자신의 약함을 드러내 보이고 있었다. 그리하여 돈만 지불한다면 그를 마음대로 부릴 수 있다고 여기게 만들었으며 그것으로 손님은 안전을 느끼는 것 같았다.

그에 비하면 자신은 한평생 무공을 익힌 탓에 어깨와 허리를 쫙 펴고 있어 쉽게 허리를 굽히기 힘들어 보인다. 게다가 동작 하나하나가 무공의 법도에 어긋나지 않게, 쓸데없는 군더더기의 동작은 배제하는 훈련을 해왔기에, 은연중에 상대가 위압감을 느끼기 쉬운 모습을 취하고 있었다.

주인들이 대번에 거절하는 이유를 알 것 같았다.

'흐음… 이 세계도 무공 못지않는 심오함이 있구나.'

또 하나 돈에 무한한 집착을 보일수록 손님은 그런 점소이를 비웃으며 통쾌해한다는 사실도 알았다.

사람이 몰려 바빠지자 주인까지 손님 시중에 나섰는데, 그는 '어서 사람을 하나 더 써야겠다!' 며 연신 중얼거리고 있었다.

유검은 마침 잘됐다 싶었다.

비장한 각오를 다지고 주인에게 걸어가 일단 허리부터 직각으로 굽혔다.

"절 써주십시오! 잘하겠습니다!"

갑작스런 유검의 행동에 주인은 깜짝 놀랐다.

그는 난감한 얼굴로 유검의 위아래를 훑었다.

한평생 이 일을 하다 보니 그에게도 최소한 사람 보는 눈이 있었다.

절대 상종해선 안 될 부류가 바로 무림인들이라는 것을 뼛속 깊이 새기고 있는 그로서는 대번에 유검의 정체를 알아보았다.

정갈하고 단아한 기도를 지녔다. 보통 사람에게는 자연스러운 몸의 흩어짐이 없다. 무엇보다 두 눈이 맑고 깊어 주인이 될지도 모르는 자신에 대한 두려움이 일체 없다.

무림인인지 아닌지에 대한 판단은 보류하더라도, 최소한 이런 자가 자기 밑에서 순순히 말을 듣고 일한다는 것을 그는 믿을 수 없었다.

하지만 바로 거절할 수는 없었는데, 유검이 자기에게 절을 했기 때문이었다.

'왜 이런 행동을 하지? 혹시 돈을 뜯어내려는 수작인가?'

객점 안이 조용해졌다.

유검의 목소리가 컸기에 다들 돌아보고 있었다.

이때 한 사내가 천천히 몸을 일으켰다.

"일자리를 구하나 보군. 날 따라갈 텐가?"

사내는 찢어진 두 눈에 왼쪽 뺨 위로 희미한 상흔이 있어 꽤 날카로워 보이는 인상을 지니고 있었는데, 키는 남들보다 머리 하나는 더 컸으며 허리는 잘록하여 표범처럼 날렵해 보였다.

틀림없이 주먹질이나 칼질로 밥을 먹고사는 부류가 틀림없어 보였다.

유검은 잠시 고민했다.

주인이 말은 하지 않았지만 자신의 요청을 존재 전체로 거부하고 있음은 이미 느끼고 있었다.

그리고 은자도 다 떨어져 가니 찬밥 더운밥 가릴 처지는 아니었지만 그래도 강호의 일에 끼어들기는 싫었다.

그 내심을 짐작한 듯 사내가 미소 지으며 말했다.

“걱정 말게. 그저 장작 패고 물 길러줄 일꾼을 구하는 거니까. 숙식 제공에 보수도 후하게 주지.”

그 말에 유검은 기뻐하며 얼른 허리를 숙였다.

“시켜만 주십시오!”

유검은 사내를 따라나섰다.

날은 저물어 어둠이 내려앉고 있었다.

사내는 낙양 시내를 이곳저곳 돌아다녔다. 마치 한가한 유람객처럼 보일 정도였다.

그러다 마침내 방향을 정한 듯 봉황산 쪽으로 향했다.

점점 인적이 드문 곳으로 갔는데 어느 숲을 지나자 한 채의 아름다운 장원이 나타났다.

‘이곳에서 일하는 건가?’

대문 안으로 들어가 보니 장원은 보기보다 훨씬 더 넓고 아름다웠다.

잔디밭을 가로지르는 길을 따라 청석이 깔려 있었는데 어두운 밤임에도 보석처럼 반짝이고 있었다. 그리고 길 주위에 호위병처럼 늘어선 석등에서 비쳐 나오는 은은한 벽색의 불빛은 달빛과 어우러져 정원수들과 연못, 그리고 전각들을 수채화처럼 그려내고 있었다.

몇 명 지나다니는 사람들이 있었는데 사내를 보자 묵례로 아는 척을 했다.

조금 더 들어가자 인자한 미소를 지닌 한 노인이 마중을 나왔다.

“이번에 큰 거래를 성사시켰다고 들었습니다. 축하드립니다.”

“별말씀을요……”

노인은 곧 유검을 보고 조심스럽게 물었다.

"그런데 이 소협은……?"

"아, 이 장원에 일꾼이 하나 필요하다고 들어서요. 마침 제 눈에 띄길래……."

노인은 예리한 시선으로 유검의 위아래를 살폈다.

"흠… 일은 잘할 것 같군요."

"그렇죠? 하하……."

노인은 안색을 바꿔 유검에게 엄중하게 말했다.

"많은 것은 필요없다. 그저 시키는 대로 일하되, 보아도 보지 말고 들어도 듣지 말아라. 장사에 있어 첫 번째가 비밀이기 때문이다. 대신 다른 곳에서 일하는 것의 열 배를 주겠다. 알겠느냐?"

유검은 고개를 끄덕였다.

'장사하는 것도 보통 일이 아니군. 마치 강호의 비밀 방파처럼 보일 정도니.'

사내가 웃으며 노인에게 말했다.

"이 녀석은 일단 제가 장주에게 데리고 가서 인사를 시키지요."

그 말에 노인은 놀라 반문했다.

"예?"

곧 태연하게 웃는 사내의 모습에 순순히 허리를 숙였다.

"아… 그러십시오."

사내는 유검의 손을 잡아끌었다.

"자, 들어가자구!"

그를 따라 전각 안으로 들어서는 눈간 유검은 눈이 휘둥그레졌다.

바닥에는 발목까지 잠기는 양탄자가 깔려 있었으며, 벽에는 복도를 따라 고아하기 그지없는 산수화들이 걸려 있었다.

또한 여기저기 벽사 등롱이 걸려 있어 대낮처럼 밝았다.

'꽤 부자인 모양이구나.'

대청에 들어서자 사내는 마치 자기 집인 양 팔선 탁자에 편히 걸터앉았다.

유검은 자기도 앉아야 되나 말아야 하나 고민하고 있는데 한 여인이 걸어나왔다.

그녀를 보는 순간 유검은 당혹했다.

그녀는 상당히 아름다운 용모와 날씬한 몸매를 지녔는데, 가슴과 아랫도리만 간신히 가린 반 나신의 차림이었던 것이다.

'부자들은 본래 저렇게 사나?'

그녀는 사내를 보자 반색하며 반겼다.

"미리 연락도 없이 어쩐 일이세요? 큰 거래를 성사시켰다는 이야기를 듣고 조만간 오시리라 짐작은 했지만. 호호호……."

"하하, 뭐 그야 별건 아니고… 그런데 손님이 왔는데 마실 거도 안 내오나?"

그녀는 사내를 흘겨보며 말했다.

"기다리세요. 시녀를 시키지 않고 제가 직접 가져올 테니까."

사내는 유검에게 자기 맞은편을 가리키며 의자에 앉기를 권했다.

"자, 편히 앉게. 여기 주인은 격식 차리는 것을 싫어하니까 말야."

유검은 이 장원의 규칙을 모르니 그저 사내의 말을 따를 수밖에 없었다.

의자에 앉고 나서 혹시나 싶어 물었다.

"그런데 설마… 아까 그 여인이 여기 주인은 아니시죠?"

그 말에 사내는 멀뚱히 유검을 쳐다보다 파안대소했다.

"오거든 직접 물어보게나!"

마침 여인이 쟁반에 찻주전자와 찻잔을 담아 들고 대청으로 들어왔다.

사내와 여인은 차를 마시며 소탈하게 서로 대화를 나누었는데, 어딘가 모르게 이국적이면서도 화기애애한 분위기였다.

유검은 차를 홀짝거리며 주위를 두리번거렸다.

화려하면서도 고아한 대청의 장식과 분위기에 이런 세계도 있구나 하고 감탄했다.

"근데……."

사내는 곤혹스러운 얼굴로 유검을 돌아보았다.

"그 참, 안 통한다는 것은 생각도 못했는데 말야."

여인도 맞장구쳤다.

"그러게요."

차창—!

갑자기 의자에서 족쇄가 튀어나와 유검의 허리와 다리를 묶었다.

"어라?"

유검이 놀라 한마디 하는 동안 사내가 훌쩍 몸을 날리며 품속에서 은빛의 밧줄을 꺼내어 던지고 있었다.

반항하고말고 할 여지도 없이 유검은 순식간에 의자와 함께 고치가 되고 말았다.

사내는 그런 유검을 보고 기분 좋게 웃었다.

"네게 감탄한 게 세 가지 있다. 아무런 의심도 없이 너무 쉽게 따라온 게 첫 번째요, 강력한 미혼약을 탄 차를 마셔도 아무렇지 않은 게 두 번째며, 이렇게 쉽게 제압당한 게 세 번째다.”

유검은 내심 한숨을 쉬었다.

자기가 너무 순진했음을 인정했다. 일자리를 준다는 말에 너무 쉽게 넘어가 버린 것이다.

생각해 보면 수상한 점은 아주 많았는데, 부자는 모두 그런가 보다 하고 넘겨 버렸던 것이다.

“호 노인 말로는 혈도도 없고 경력을 쏟아 부어도 끄덕 않는 괴물 같은 놈이라고 하더니 너무 과장시켰어. 어쨌든 호 노인의 의뢰까지 단번에 끝냈으니 재수가 좋군.”

“호 노인은 누굽니까?”

“궁금하면 나중 만나봐. 뭐, 만나보고 싶지 않아도 만나게 될 테지만. 자네에게 원한이 있는 건 분명해.”

그리곤 여인의 가냘픈 허리를 껴안았다.

여인은 그를 흘겨보며 투덜거렸다.

“앞으론 일을 여기까지 끌고 오지 마세요. 협력해 주는 건 이번뿐이니까요. 알겠어요?”

“물론!”

사내는 여인의 가슴을 주무르며 깊게 입을 맞추었다.

유검은 입맛을 다셨다.

‘나도 정말 멍청하구나. 생각해 보면 아름다운 여자가 저런 모습으로 있을 정도면 평범한 곳일 리가 없잖아! 어떻게 의심도 안 하고 당연하게 받아들였을까?

유검은 자신이 의자에 묶인 채로 훌쩍 들어 올려지는 것을 느꼈다.

곧 지면과 옆 사람의 발밖에 볼 수 없게 되었다.

사내의 목소리가 들려왔다.

"그런데 이 녀석을 일단 가둬둘 만한 곳 없어? 상품에 흠을 내지 말고 곱게 전달해 드려야 하니까 창고 같은 곳은 빼고 말야."

"나 참, 저희 장원에 그런 곳이 있을 리가……."

"마혈도 미혼약도 안 통하니까 꽁꽁 묶어둘 수도 있어야겠지."

"응? 묶어? 아… 그럼 거기면 되겠다!"

유검은 융탄자 깔린 지면이 오르락내리락 흐르는 것을 구경하며 어떻게 탈출할 수 있을까 궁리했다.

별달리 뾰족한 수가 떠오르지는 않았지만 자기에게 어떤 미지의 힘이 있다는 것을 알고 있기에 그다지 걱정은 되지 않았다. 물론 마음대로 쓸 수 있는 힘은 아니었지만.

어느 순간 주위는 은은한 붉은빛으로 바뀌어 있었는데 종종 맑거나 비음 섞인 여인의 교성도 들려왔다.

유검은 그와 함께 맨발의 미끈한 여인의 종아리들이 종종 지나다니는 것을 구경할 수 있었다.

옷과 신발이 아주 귀한 나라에 온 것 같았다.

유검은 어느 방으로 옮겨져 어떤 침상에 사지가 묶여졌다.

주위를 돌아보니 촛불이 아주 많았다. 벽에는 채찍이 걸려 있었고 이상하게 생긴 동물 가면들도 걸려 있었다.

'이상하게 생긴 고문실이군.'

여인이 사내의 소맷자락을 끌었다.

"자, 이제 나가자. 상부에선 널 특급으로 모시라고 엄명을 내렸어. 소홀히 대하다간 내가 경을 쳐."

사내는 웃으며 고개를 저었다.

“뭐, 아무나 여기로 데려와. 이 녀석에게 흥미가 있어서 말야. 몇 가지 물어봐야겠어.”

여인은 곤혹스러워했다.

“여기로?”

“응, 나 두말 안 하는 것 알지?”

“근데… 혼자 오려고 안 할 텐데… 다들 널 무서워하잖아.”

“재주껏 해.”

“…알았어.”

여인은 한숨을 내쉬며 방을 나갔고, 사내는 침상 곁에 앉아 호기심 어린 얼굴로 유검을 요모조모 관찰했다.

“무공은 익혔나?”

유검은 어떡할까 하다 속 편히 있는 그대로 말해 버리기로 했다.

“익혔죠.”

“흠… 그렇겠지. 근데 너 혈도가 없다는 게 사실이냐?”

“아무래도 그런 것 같군요.”

“호오~ 그 참 신기하군.”

방문을 두드리는 소리가 났다.

“들어와!”

사내가 명령하듯 소리치자 방문이 열리며 한 여인이 머뭇거리며 들어왔다. 절색은 아니지만 꽤 귀엽고 애교있게 생겼는데, 몸매는 약간 통통한 편이었다.

그녀는 들어오자마자 다소곳하게 절을 올렸다.

“그간 건강하셨는지요. 오랜만에 뵈옵니다.”

사내가 손가락을 까닥거리자 여인은 몸을 일으키고 천천히 다가왔다.

“아악—!”

여인이 날카로운 비명을 질렀다.

사내가 갑자기 그녀의 머리채를 쥐어잡고 자신의 아랫도리로 가져간 것이다.

“넌 이거나 하고 있어.”

그녀에게 차갑게 말하고 나서 다시 유검에게 친근한 미소를 보이며 물었다.

“근데 듣자니 경력을 모아 널 치니까 기운이 마치 바다 속으로 들어가 버린 것 같다고 하던데, 무슨 특이한 신공이라도 익혔나?”

여인의 머리는 오르락내리락하고 있었다.

유검은 그것을 힐끔 보며 이 사내가 대단히 이중적이라는 것을 눈치챘다.

“저도 그건 잘 모르겠군요.”

모르겠다는 소리가 나오자 사내의 얼굴이 갑자기 일그러졌다. 하지만 바로 유검에게 화를 내지는 않았다.

그는 재차 여인의 머리채를 움켜쥐더니 그녀의 몸뚱이를 침상 위로 내던졌다.

그리고 얼마 걸치지도 않은 그녀의 옷을 찢어버렸고, 이어 그녀의 어깨 관절과 고관절을 빼버렸다.

그렇게 옴짝달싹도 못하게 만들어놓고 자신의 하체를 그녀의 엉덩이에 밀어붙였다.

“흐흐, 여자는 나긋한 게 제일이지.”

여인의 얼굴은 유검을 향하고 있었다.

그녀의 표정은 공포로 물들어 있었는데, 그 너머 친근하게 웃고 있는 사내의 얼굴과 대비되어 더 끔찍하게 보였다.

그러면서 사내는 또다시 유검에게 물었다.

"아참, 뭐라고 했지? 무슨 신공이라고 했던가?"

"그건 저도 잘 모르는……."

사내는 갑자기 여인의 턱을 움켜쥐고 자기에게로 돌리며 물었다.

"기분 좋은가?"

눈물 범벅이 되어 있는 여인은 억지로 웃으며 고개를 끄덕였다.

"예, 나리……."

돌연 사내의 얼굴이 흉신 악귀처럼 변했다.

그는 여인의 오른쪽 어깨를 움켜쥐고 냅다 휘둘렀다. 그녀의 몸이 날카로운 비명 소리와 함께 허공을 날아 벽에 부딪치고 떨어졌다.

사내는 그녀에게 걸어가 그때부터 마구잡이로 두들겨 패기 시작했다. 여인은 어깨 관절과 고관절이 빠져 있어 저항하는 시늉조차 내지 못한 채 잘못했다는 말만 계속 울면서 반복했다.

사내가 부르짖었다.

"난 거짓말이 제일 싫어! 알아? 정말 싫다구!!"

그녀가 고통에 못 이겨 실신하고서도 한참 동안 더 두들겨 패더니 길게 숨을 몰아쉬었다.

그는 흥분에 몸을 부르르 떨고 나서 유검에게 말했다.

"후아… 미안하네. 거짓말만 들으면 나도 모르게 돌아버리고 말아. 안 좋은 버릇인 건 아는데 잘 안 고쳐지는군."

"……."

"기분을 좀 가라앉히고 오지. 이 상태로 한 번만 더 이상한 소릴 들었다간 정말 미쳐 버릴 것 같으니까."

그렇게 말하고 나서 사내는 여인의 한쪽 발목을 잡고 질질 끌면서 방문을 나갔다.

쾅—!

거칠게 방문이 닫히고 나서야 유검은 자신이 숨을 멈추고 있었다는 것을 깨달았다.

'휴… 세상에는 별 인간이 다 있구나.'

유검은 사내의 흉포한 행동이 자신에 대한 협박이란 것을 눈치 못 챌 정도로 무디지는 않았다.

'어떡하나?'

두들겨 맞는 것도, 또 다른 누군가가 두들겨 맞는 걸 보는 것도 그다지 취향은 아니다.

또다시 모른다는 소리를 하면 그가 도대체 무슨 짓을 벌일지 궁금하기도 했지만 일단 그의 비위를 맞춰주자고 결정했다.

'그 녀석이 듣기로, 그러니까 내 몸을 치면 기운이 사라지더라는 거군. 왜 그렇지? 난 그런 것을 전혀 못 느꼈는데…….'

또 누가 그런 소리를 했을까 하는 궁금증도 일었다. 아마도 호 노인이라는 작자일 텐데, 어디서 본 누구란 말인가?

유검은 혹시 그 호 노인이 독심호리가 아닐까 짐작했다.

'쩝, 뭐 일단 그럴듯하게 이름이라도 만들어두고, 대충 무공 요결을 짜보자.'

멍하니 천장을 바라보며 이런 저런 신공의 이름들을 궁리하고 있는데 조심스럽게 문 열리는 소리가 났다.

'젠장, 벌써 왔나?'

손발이 침상에 묶여 있었기에 고개만 돌릴 수 있었는데, 문을 열고 들어온 사람을 보고 유검은 놀라지 않을 수 없었다.

대략 십사 세 정도 되어 보이는 긴 머리의 한 백의 소녀가 팔짱을 끼고 아미를 찌푸린 채 자신을 쏘아보고 있었다.

천진난만해 보이는 깨끗한 얼굴에 커다란 두 눈과 고운 턱 선, 그리고 어딘지 모르게 순수해 보이는 분위기의 소녀였다. 볼 살이 아직 빠지지 않아 어린 티가 역력했지만 자라면 아마 대단한 미녀가 될 것 같았다.

"뭐야? 여긴 내 비밀 공부방인데 왜 네가 있는 거야?"

"비밀 공부방?"

"그래, 여긴 내 공부방이라구!"

"……."

유검은 슬며시 눈길을 피했다. 소녀를 보고 있자니 왠지 눈을 떼기 힘든 매력을 느끼며 가슴이 두근거렸던 것이다.

'나 참, 꼬마를 보고…….'

소녀는 고개를 갸웃거리며 침상으로 다가왔다.

"이상하다. 소 언니 말고는 여기 올 사람이 없을 텐데……."

그리고 유검의 얼굴을 들여다보고는 깜짝 놀란 얼굴을 했다.

"어라? 넌 남자잖아?"

"…이제 알았냐?"

소녀의 눈빛이 반짝거렸다.

유검은 그런 그녀의 눈빛을 보자 자주 당해본 듯한 어떤 익숙한 불안을 느꼈다.

'어디서 이런 느낌을…….'

순간 하체가 시원해지는 것을 느꼈다. 이어지는 그녀의 감탄사.

"와—! 실제는 이렇게 생겼구나!"

두 눈을 동그랗게 뜨고 자신의 아랫도리를 감탄하듯 바라보는 그녀를 보자 유검은 뒷골이 심하게 당겼다.

버럭 고함을 질렀다.

"뭐, 뭐 하는 거야? 그만두지 못해!"

"쳇! 뭘 부끄러워하고 그래? 본다고 닳는 거도 아니면서 되게 뻐기네."

삐죽 입술을 내밀며 그렇게 투덜거리는 소녀의 모습이 왠지 낯이 익었다.

'쳇? 가만… 어디서 많이 들어본……'

이때 저벅거리는 발자국 소리와 함께 사내의 콧노래 소리가 가까이 다가오고 있었다.

소녀의 안색이 변했다.

"어떡하지? 지금 나가다간 마주칠 텐데……."

그녀는 다급한 얼굴로 주위를 두리번거리다 침상 곁에 놓여진 이불을 유검에게 뒤집어씌우더니 그 안으로 쏙 들어가 버렸다.

'바보같이! 이 정도야 대번에 들켜!'

꽤 머리가 나쁘다고 내심 핀잔하다 문득 이불 속 그녀가 자기 다리 사이에 있음을 느끼고 당혹해 소리쳤다.

"자, 잠깐! 옷을 입혀줘야지!"

삐이꺽—!

방문이 열리며 사내가 들어왔다.

그의 웃는 낯짝을 보자 유검은 긴장되었다.

조금 전까지만 해도 이불 따위는 덮고 있지 않았다. 그 변화를 사내가 눈치 채지 못할 리가 없다.

다시 말해 소녀는 즉각 들키고 말 것이다.

'나 참, 들키면 뭐가 어때서? 죽기라도 하나?'

내심 그렇게 투덜거렸지만 조금 전 한 여인이 그에게 처참하게 당한 모습이 떠올라 마음이 편치 않았다.

사내는 친근한 미소로 다가와 말을 걸었다.

"소리까지 지르고 꽤 원기 왕성하군. 기분이 괜찮나 보지?"

"그야……."

말을 꺼내던 유검은 낯선 자극에 어깨를 움찔거렸다.

맨살의 허벅지에 소녀의 차가운 손이 닿았던 것이다.

'이 바보! 뭐 하는 거야?'

이불 속에서 위치가 마음에 들지 않은 것인지 그녀는 조금씩 꼼지락 거리며 움직이고 있었다.

'미치겠군! 들키기 싫으면 얌전히 좀 있어!'

혼란스런 내심과는 달리 겉으로는 그의 주의를 끌어 모으기 위해 크게 웃으며 입을 열고 있었다.

"하하하… 대협에게 감출 수가 없군요. 말씀대로 저는 절세의 신공을 익혔는데 상대의 진기를 빨아들이는 일종의 흡입공입니다. 하지만 아직 화후가 부족하여……."

사내가 손을 저었다.

"아직 묻지 않았다네."

"……."

"마음이 바뀌었어. 다른 걸 묻고 싶은데……."

유검은 다시 크게 소리치듯 말했다.

"뭐든 물어보십시오. 제가 알고 있는 거라면……."

말하다 움찔거렸다. 소녀의 손길이 허벅지에서 천천히 위로 올라오고 있었던 것이다.

유검은 이를 꽉 깨물었다.

'이 밥팅! 좀 가만히 있지 못해?! 날 자극해서 뭘 어쩌자는……'

곧 소녀의 행동이 무엇을 의미하는지 깨달았다.

'아, 옷을 입혀주려는 거군.'

자신이 오해했음을 깨달았다. 내심 그녀를 욕했던 게 괜히 미안해졌다.

아마도 이불 속으로 들어갈 때 자기가 한 말을 듣고…….

사내가 물었다.

"첫 번째 질문, 여기 들어온 사람은 없었나? 내 기억력이 맞다면 넌 이런 이불을 덮고 있지 않았던 것 같은데……."

이불은 워낙 명명백백해서 잡아뗄 수가 없었다.

"음, 있었죠. 어떤 흰옷을 입은 소녀가 들어와서……."

이때 이불 속 소녀가 두려운 듯 흠칫하며 몸을 가늘게 떠는 것이 느껴졌다.

사내는 아무것도 모르고 있다는 얼굴로 싱긋 웃고 있었다.

"흐음, 그랬군. 두 번째 질문, 그럼 그 아이는 네게 이불을 덮어주고 나서 어디로 갔지?"

유검은 갈등이 일었다.

사내는 정말로 모르고 묻는 걸까? 아니면 알면서 일부러 시험하는 걸까?

틀림없이 후자라고 생각되었다.

그러니 거짓말해 봤자 소용없을 것이다.

그렇게 결론지었지만 말은 엉뚱하게도 반대로 나와 버렸다.

"밖으로 나가 버렸죠."

순간 예광이 번뜩였다.

사내가 품속에서 비수를 꺼내어 주저없이 이불 위로 찔러 버린 것이다. 여전히 그는 웃는 얼굴이었다.

고개를 숙여 비수가 꽂힌 방향을 보니 틀림없이 소녀가 있던 곳이었다. 소녀의 움직임은 느껴지지 않았다.

유검은 충격을 받았다.

사내가 느긋하게 웃으며 물었다.

"왜 놀라지? 설마 하니 이 속에 누가 숨어 있기라도 한 건가?"

유검의 얼굴이 딱딱하게 굳어졌다.

눈빛이 파랗게 타오르다 차갑게 식었다.

천천히 입을 열었다.

전신의 긴장과 흥분으로 음성은 뚝뚝 끊어지고 있었다.

"날 지금 죽이는 게 좋을 것이다. 그렇지 않다면 넌 반드시 지옥을 보게 될 테니까. 이것은 나의 두 번째 맹서이며……."

이때 문이 와락 열렸다.

한 경장 차림의 남자가 숨을 몰아쉬며 사내에게 소리쳤다.

"장주님께서 급히 나리를 찾으십니다!"

사내는 고개를 끄덕이며 몸을 일으켰다.

"그 이후는 다음에 듣지."

웃으며 그렇게 작별 인사를 하고는 그를 따라 밖으로 나가 버렸다.

"제기랄, 내 말을 끝까지 듣고 가! 이 개자식아!!"

꽝─!

유검의 발악에 대한 대꾸는 닫힌 방문이었다.

울림이 잦아들며 방 안의 공기도 가라앉기 시작했지만 유검은 세상이 빨갛게 변해 보일 정도로 분노로 불타오르고 있었다. 태어나 이렇게까지 화가 나보기는 처음이었다. 자신이 왜 이렇게까지 흥분하는지 그 이유도 몰랐다.

'검을……! 검을……!'

간절히 검을 원했다.

무공 따윈 필요없다고 주절거린 자신에 대해서도 분노가 치밀어 올랐다.

누군가를 지켜주지 못한 괴로움이 이렇게도 클 줄은 전혀 상상해 보지도 못했다. 그것도 이제 겨우 처음 본 소녀 때문이라니.

그렇게 몸속을 휘몰아치는 불길 속에서 멍하니 천장을 바라보고 있는데 이불이 불쑥 솟아올랐다.

유검의 두 눈이 커졌다.

"아이 참, 머리카락이 잘렸잖아. 쳇, 두고 봐! 소 언니에게 일러줘 버릴 테다."

몸을 일으킨 소녀는 자신의 머리카락을 다듬으며 투덜거렸다.

"너… 사, 살아 있었냐?"

믿기지 않는 듯 말을 더듬으며 그렇게 물었다.

소녀는 어이가 없는 듯 되물었다.

"뭐야? 그럼 내가 죽은 줄 알았어?"

유검이 대꾸도 못하고 멍하니 있자 소녀는 피식 웃었다.

"나 참, 그 자식이 날 함부로 대할 수 있을 것 같아? 이래 뵈도 난 십소화 안에 든다구!"

유검은 혼란된 마음을 애써 가라앉히려 했다.

"그, 그럼… 왜 그렇게 두려워했던 거지?"

"그 자식이 소 언니에게 일러바칠까 봐. 난 아직 배우는 중이라서 남자를 만나면 안 되거든."

소녀는 재잘대듯 그렇게 말하다 갑자기 유검의 얼굴에 바짝 다가와 그 큰 눈동자를 깜빡거렸다.

"너, 날 사랑하는 거야?"

난데없는 그 말에 유검은 놀랍기도 하고 어이가 없어 버럭 소리를 질렀다.

"무, 무슨 헛소리야?!"

"그럼, 그 눈물은 뭐야?"

"누, 눈물?"

유검은 그제야 자신이 두 줄기 눈물을 흘리고 있다는 것을 알았다.

'내가 왜……?

소녀는 호기심에 찬 얼굴로 유검을 관찰하다 불쑥 물었다.

"너 부자야?"

"…아니. 왜?"

"그럼 무공이 엄청 강해?"

유검은 입맛을 다시며 고개를 저었다.

"지금은 아닌 것 같군."

소녀는 까르르 웃으며 손가락으로 유검의 코끝을 튕겼다.

"바보! 그럼 넌 안 돼. 꿈도 꾸지 마. 뭐, 나중에 흑루의 일급살수라도 되면 어쩌다 날 한 번 만나볼 수는 있겠지만… 넌 약해서 힘들걸?"

유검은 무슨 소린지 의아해하다가 조금 후에야 알아챘다.

'그러니까 넌…….'

소녀는 턱을 괴고 천장을 바라보며 꿈꾸듯 중얼거렸다.

"아… 어서 빨리 자라고 싶다."

"…왜?"

"쳇, 몰라서 물어?"

"……."

소녀가 눈빛을 반짝거렸다.

"내 꿈을 말해 줄까?"

"…말해 봐. 안 그래도 심심하니까."

"나 참, 왜 쓸데없이 한마디를 더 붙여? 그냥 듣고 싶다구 하면 될 걸 말야."

"…듣고 싶어."

너무 쉽게 자기 말대로 따르는 유검의 행동에 소녀는 얼떨떨해하다 피식 웃었다. 나름대로 귀여운 구석이 있다고 생각했다.

그리고 꿈꾸듯 말했다.

"열심히 해서 말야, 나중에는 소 언니같이 이런 으리으리한 장원을 가지는 거야. 하인도 많이 부리고… 뭐, 가끔 남자들 찾아오면 상대해 주고 말야."

"그럼 뭐가 좋지?"

"몰라서 물어? 예쁜 옷도 입을 수 있고, 뭣보다 맛있는 거도 잔뜩 먹을 수 있잖아! 지금은 과일 몇 조각에 소채가 단걸? 난 살이 쉽게 찐다구 더 적게 준단 말야. 매일 배고파. 하지만 그때가 되면 맛있는 걸 잔뜩……!"

먹는 걸 상상하는지 소녀의 얼굴은 꿈꾸듯 몽롱했고 입가로 침이 흘러내리고 있었다.

옆에서 보는 것만으로 푸짐한 과일들과 과자와 떡, 그리고 잘 요리된 고기들을 게걸스럽게 마구 먹어치우는 그녀의 모습이 떠오를 정도였다.

'그렇게 먹다간 얼마 안 가 쫓겨날걸? 뚱보가 될 테니까.'

그런 생각을 물론 입 밖으로 내지는 않았다.

소녀는 소매로 입가의 침을 쓰윽 닦으며 두 주먹을 불끈 쥐고 소리쳤다.

"좋아! 열심히 공부해서 반드시 성공하고 말 거야!"

그리곤 훌쩍 침상에서 뛰어내리며 작별 인사를 했다.

"자, 이제 가봐야겠다. 잘 있어~!"

떠난다는 말에 유검은 괜히 마음이 허전해졌다. 마음 한구석이 통째로 텅 비어버리는 것 같았다.

두 번 다시 안 보게 될 테니 속편한 걸까, 아니면 아쉬운 걸까.

소녀는 문가로 쪼르르 달려가다 갑자기 멈춰 섰다.

"맞아! 이 기회를 놓칠 수 없지!"

그렇게 외치며 다시 유검에게로 달려왔다. 정신없이 바쁜 소녀였다.

유검은 그녀의 얼굴을 다시 보게 되자 역시 가슴이 두근거려 왔다.

그녀는 호기심 어린 얼굴로 물었다.

"한 가지 물어보자. 정직하게 대답해 줘야 해!"

"…뭘?"

"음… 그거하면 기분이 어때?"

"그거라니?"

“남자랑 여자랑… 그거 말야.”

“…뭐?”

“아이 참, 있잖아, 그거!”

“혹시… 운우지락? 부부 관계? 합방?”

소녀의 두 눈이 크게 떠졌다.

“우와! 너 낯도 되게 두껍다. 그런 걸 어떻게 그렇게 태연하게 말하니?”

유검의 얼굴이 일그러졌다.

‘도대체 누가 누구 이야길 하는 거지?’

소녀가 다시 다그쳐 물었다.

“하여간 기분이 어때? 무지 좋아?”

“몰라!”

“에게? 너 여자랑 한 번도 못 자본 거야? 꽤 능력없네.”

“……”

유검은 슬슬 열받기 시작했다.

‘이 꼬마 녀석이 뭔 소릴 하는 거야!’

버럭 호통을 쳐주고 싶었지만 자신은 어디까지나 잡혀 묶여 있는 몸이란 것을 자각하고 애써 참았다.

“쳇, 좋아. 그럼 다른 걸 물어볼게.”

소녀가 다시 물었다.

“음… 남자는 벌거벗은 여살 보면 미친개처럼 달려든다며? 너도 그래?”

유검은 어이가 없었다.

“누가 그 딴 헛소리를 해?”

버럭 소리를 지르는데 소녀가 슬쩍 상의를 끌어내려 자신의 왼쪽 어깨를 드러내 보였다.

"왈! 왈!"

"사실이구나. 흐음……."

"으르릉—!"

"고마워. 많은 참고가 됐어."

그리곤 손을 흔들며 나비처럼 날아 방문 밖으로 나가 버렸다.

유검은 울분이 끓어올라 숨을 식식거리며 그녀가 닫고 나간 방문을 한참 동안 쏘아보았다.

생각할수록 괜히 열이 받쳐 올랐다.

"우아아악—!"

몸부림을 쳤지만 손과 발이 묶여 있어 꼼짝할 수 없었다. 죄없는 침상만 삐걱거릴 뿐이었다.

왜 날 구해준 거지?

왜 날 구해준 거지?

제아무리 큰 소음일지라도 허공은 메아리치지 않는다.

자연 시간이 흐르자 유검도 광기를 모두 쏟아내고 나서 다시 온순한 양으로 돌아올 수 있었다. 비록 사자의 모습을 가리는 가면에 불과하지만 나름대로의 효용성은 충분했다.

일상에서는 좋은 사람으로 통할 수 있었고, 묶여 있는 지금과 같은 상황에서는 평온과 고요 속으로 들어가 스스로 자유롭고 행복하다고 믿을 수 있었으니까.

물론 애당초 그녀에 대한 분노 자체가 하나의 농담에 불과함을 알고 있기에 더 이상 발악 않는 자신에 대한 죄의식은 전혀 없었다.

유검은 다시 소녀를 생각했다. 뭔가 핵심을 놓치고 있다는 기분이 들었는데 그게 무엇인지 알 수 없었다.

다만 한 가지는 확실했다.

이렇게 묶여 있는 상황에서 일단 벗어나 볼까 하는, 무한한 게으름에서의 탈출 욕구가 생긴 것이다.

물론 어떤 묘책이 있는 것은 아니었다.

유검은 진무관에서의 사건 이래로 자기 내면의 힘을 어느 정도 자각하기 시작했다. 꿈속에서의 어떤 성취가 완전 가짜는 아니라는 것을 납득한 것이다.

하지만 내공이나 진기, 기타 그 무엇으로도 규정할 수 없는 그 힘과 기운은 분명 자신의 것임에도 욕망과 의지로는 움직일 수 없다는 것도 발견했다.

그래도 육체가 저절로 치유되는 것을 보면 완전히 별개의 것은 아닌 것 같았다.

내면의 어떤 중심을 자각하고 있으면 시간과 공간을 초월한 광대한 세계로 들어가게 된다.

그곳은 무엇이든 여의(如意)한 대로 이루어지는 세계였다.

그저 그 무한한 고요 속에 머물러 있던가 혹은 장대한 그림을 그리듯 큰 고요를 휘저어 새로운 기운들이 불꽃처럼 일어나 서로 조화롭게 춤추는 것을 즐기던가. 그것은 단순한 환상이 아니라 현실에서 만두를 먹는 것만큼이나 생생한 실제였다.

그러다 다시 현실로 돌아오면 넘치는 생명력과 어떤 한계선이 붕괴된 듯 무한한 의식의 확장을 느낄 수 있었다.

하지만 그럼에도 여전히 밧줄을 끊을 수는 없었다.

마치 자신이 두 세계에 동시에 존재하는 것 같았다. 혹은 어디에도 있지 않거나.

어쨌든 유검은 내면 속에서 자각한 그 무한한 힘을 현실의 삶 속으로 왜 끌어들일 수 없는지 의아해했다.

하다못해 이런 밧줄 하나 마음대로 할 수 없다니…….

그다지 의미가 있어 보이지는 않는 그런 상념들 속에서 유검은 조그만 좌절을 느꼈다.

"쩝…….."

입맛을 다시며 머리를 긁적거렸다.

그리고 머리를 긁은 오른팔을 다시 제자리로 내려놓다 갑자기 동작을 멈췄다.

"어라?"

유검은 그제야 자신의 오른팔이 자유로워져 있음을 발견했다. 오른팔의 움직임을 가로막고 있던 밧줄은 이미 끊어져 있었던 것이다.

"어라라?"

얼떨결에 자유로워진 자신의 오른팔을 멍하니 바라보다 시험 삼아 다리를 묶고 있는 밧줄을 힘껏 잡아당겨 보았다.

손바닥만 아플 뿐 밧줄은 꼼짝도 하지 않았다.

"나 참, 도대체 어떻게 작동된 거지?"

뭔가 알 듯 말 듯했다.

이때 찢어지는 듯한 비명 소리가 들려왔다.

귀를 기울여 보니 멀고 가까운 곳에서 비명 소리와 함께 병장기 부딪치는 소리가 나고 있었다. 그리고 뭔가 타는 냄새도 났다.

'무슨 일이지?'

서둘러 밧줄을 풀고 빠져나오려 하는데,

쾅—!

방문이 열리며 흑두건을 얼굴에 두른 사내가 나타났다.

그는 유검을 보자 바로 커다란 대감도를 휘두르며 달려들었다.

"여기에도 한 놈 숨어 있었군."

그는 이 장원의 침입자로 보였다.

적의 적은 친구가 될 수 있는 법이지만, 그에게 우정을 말하기엔 상황이 너무 급박했다.

위이잉―!

웅후한 파공성과 함께 시퍼런 날이 자신의 목을 향해 날아오자 유검은 한껏 몸을 비틀며 상체를 다리 쪽으로 옮겼다.

퍼억―!

그의 칼이 자신이 드러누워 있던 침상을 반 이상 파고드는 것을 보며 유검은 서둘러 다리를 묶고 있던 밧줄을 풀었다.

"엥? 피해?"

사내는 얼른 대감도를 빼려 했지만 침상에 너무 깊이 박혀 쉽지 않았다. 한 발을 침상에 대고 양손으로 끙끙대며 뽑았을 때, 유검의 등이 활처럼 휘어지며 머리로 그의 얼굴을 박았다.

비록 내공이 없다지만 한평생 무공을 익혀온 신체다. 급소를 정확히 찾아 적절한 타격을 가하는 것은 그리 어렵지 않았다.

사내가 비명을 지르며 바닥으로 꼬꾸라질 때 유검은 공수입백인(空手入白刃)의 수법으로 슬쩍 허공에서 그의 칼을 낚아챘다.

칼날로 잽싸게 다리를 묶고 있는 밧줄을 마저 자른 후, 칼의 손잡이로 몸을 일으키는 사내의 정수리에 감사의 일격을 선사했다.

기절한 사내를 뒤로하고 방 밖으로 뛰어나왔다.

사방엔 어디서 나는지 모를 연기가 깔리고 있었다.

복도 저편에 서로 칼을 휘둘러 싸우고 있는 사람들의 모습이 보였고 어떤 사람들은 방 안을 나왔다 들어갔다 하며 뒤져 보고 있었다.

그중 한 명이 유검을 발견하고 손가락질하며 소리쳤다.

"저놈은 뭐야?"

"적의 적인 친구… 라고 말해도 역시 안 믿어주는군."

유검은 잠시 평화주의자가 되기로 결심하고 사내가 달려오는 반대 편으로 죽자 살자 달리기 시작했다.

그러나 흑두건을 쓴 자들은 여기저기 포진해 있어 달릴 때마다 쫓아오는 인원들은 늘어만 갔다.

금세 십여 명에게 포위되고 말았다.

'야단났군!'

할 수 없이 평화주의자는 보류하고 들고 있던 칼을 휘둘러 그들과 싸우기 시작했다.

차창— 차차창—!

고함과 욕설 속에 어지러이 칼 그림자가 번쩍이기 시작했는데, 그들을 상대하던 유검은 곧 어이가 없어졌다.

"뭐야? 왜 이리 약해?"

그들의 칼 놀림은 엉성하기 그지없었다.

무조건 힘껏 휘두르기만 할 뿐 제대로 된 격식을 전혀 갖추지 못한 칼 놀림이었던 것이다.

유검이 물 흐르듯 신형을 움직이며 칼을 휘두를 때마다 사내들은 비명을 지르며 쓰러졌다. 그것이 몇 차례 더 이어지자 사내들은 두려워하며 사방으로 흩어지듯 도망쳐 버렸다.

그 모습을 보고 유검은 의아해했다.

"혹시, 나 생각보다 센 거 아닐까?"

곧 독심호리와 싸웠던 때를 기억하고 고개를 저었다.

"도둑한테도 지는 주제에 무슨……!"

일단 장원 밖으로 탈출하기 위해 주위를 두리번거리는데 또다시 사람들이 몰려오는 소리가 났다.

소리 반대편으로 달려가는데 사내들과 반 나신 차림 여인들의 시체도 처참하게 여기저기 널브러져 있었다.

곧 정원으로 이어진 회랑이 나왔다.

정원이 있는 밖은 밤의 어둠 속에서 여기저기 화광이 충천하고 있었다. 아름다운 장원이 화려하게 잿더미로 변해가는 것을 보고 허무함 등을 느낄 여유는 없었다.

사람들의 이목을 피해 담장에 도착했다.

담을 뛰어넘으려는 순간 갑자기 백의 소녀의 웃는 모습이 아른거렸다.

'나 참… 그래서 나보고 어쩌라구? 살 팔자면 알아서 살아남겠지.'

장원 일은 기억에서 지워 버리고 다시 일자리나 구하러 다니면 된다.

그렇게 생각하며 다시 담을 뛰어넘으려는데 먹고 싶은 것을 꿈꾸며 행복해하던 소녀의 모습이 떠올랐다.

"……."

유검은 짧게 한숨을 내쉬었다.

"뭐, 맛있는 거도 못 먹어보고 죽으면 처녀귀신보다 더 억울하긴 하지. 하지만 이미 죽어버렸을 수도 있잖아. 괜히 헛고생만 하는 거라구. 안 그래?"

그런데 한 가지 단어가 괜히 마음에 걸렸다.

"…꿈?"

섬뜩한 불안감이 가슴을 짓눌렀다. 동시에 소녀의 웃는 얼굴 위로 어린 꼬마 숙녀와 신비로울 정도로 아름다운 여인의 모습이 겹쳐 떠올랐다.

유검은 헛웃음을 터뜨렸다.

"설마 그럴라고. 일단 나이가 너무 다르잖아. 어린것도 아니고, 그렇다고 성숙한 것도 아니고……."

고개를 젓다 무심코 어떤 생각을 떠올리고 충격을 받았다.

꿈속에서 나타난 이들은 제각기 자신의 바람을 투영시키고 있었다. 그러니 예민하기 그지없는 그 나이 또래라면 충분히 두 가지 모습을 꿈꿀 수 있지 않을까?

"설마 그럴 리가……!"

눈살을 찌푸리며 의심스러워하는 마음과는 달리 두 다리는 이미 왔던 길을 돌아서 올 때보다 더 빨리 달리기 시작했다.

왜 진작 그 생각을 떠올리지 못했는지 후회가 일었고, 여기저기 널브러진 시체를 볼 때마다 그 후회는 더 커져 갔다.

대감도를 움켜쥔 그의 손아귀에 굵은 핏줄이 불끈 치솟아 있었다.

쉬이익—!

갑자기 덤벼드는 그림자를 단칼에 베어 넘기며 자욱한 연기가 깔려 있는 복도를 따라 유검은 계속 달렸다. 그동안 악전고투를 벌였는지 입고 있던 옷은 핏물로 물들어 있었다.

어느 화려하고 육중해 보이는 두 개의 문이 나타나자 활짝 열어젖혔다.

거칠게 숨을 몰아쉬며 야수 같은 눈으로 방 안을 훑었다.

방 안은 어지럽혀져 있었고 벌거벗은 한 여인의 시체만 덩그러니 있었다. 몸뚱이는 엎드린 모습이었지만 얼굴은 천장을 향한 기괴한 모습이었다.

여인은 낯이 익었다. 장주로 짐작되던 그 여인이었다.

유검은 방문을 닫고 들어와 초초한 얼굴로 여기저기 살폈다.

'십소화는 이 방에 주로 기거한다더니!'

유검은 애써 마음을 가라앉히고 그 소녀의 입장이 되어 생각해 보았다.

갑작스레 처들어온 침입자, 당연히 두려움이 인다. 싸울 힘은 없다. 어딘가로 피하고 싶지만 밖은 적들로 우글거린다.

그렇다면…….

'이 방 어딘가에 숨어 있을 가능성이 크다!'

그렇게 생각하고 소리 높여 외쳤다.

"야! 내 목소리 기억나지? 널 구하러 왔다. 어디 있지? 얼른 나와!"

대꾸는 없었다.

유검은 실망치 않고 계속 말을 걸며 방 안을 뒤졌는데 한쪽 벽에 기이한 것을 발견했다.

벽으로 알았는데 알고 보니 거대한 관이었다.

'혹시 여기에……?'

관을 열어보니 거대한 쇳덩어리만 덩그러니 놓여져 있었다.

자세히 보니 검의 형상을 하고 있었다.

비록 넓이가 편 손바닥보다 넓고 두께는 한 치가 넘으며 크기에 있어서 사람 키를 훌쩍 넘기는, 게다가 녹이 잔뜩 슬어 있어 전혀 쓸모없어 보이는 쇳덩어리일망정 일단 검의 형상인 것은 틀림없었다.

이때 갑자기 가냘픈 고양이 울음소리가 들려왔다.

"야옹~"

흠칫 뒤돌아보니 소리없이 칼 그림자가 자신을 덮쳐 오고 있었다.

“우와앗—!”

생각할 겨를도 없이 칼을 들어 막았다.

차앙—! 차차창—!

한 번 숨을 내쉬는 사이 열댓 번 칼을 주고받았으며 유검은 정신없이 뒤로 물러서야만 했다.

공격한 사내는 여태까지 상대했던 놈들과는 전혀 차원이 달랐다.

그의 초식은 정밀하기 그지없었으며 칼에 실린 경력은 손바닥이 얼얼할 정도였다.

사내의 칼이 유검의 어깻죽지를 스쳤다.

“크윽—!”

핏물이 허공으로 번지고 유검은 칼을 떨어뜨리며 신형을 비틀거렸다. 사내의 눈빛이 이겼다는 기쁨으로 반짝거렸다.

사내가 마지막 일격을 가하기 위해 칼을 치켜드는 순간, 비틀거리며 쓰러지던 유검의 뒷발이 그의 겨드랑이를 차 올렸다.

“큭!”

넘어지던 유검은 바닥의 칼을 주워 들며 그 반동으로 몸을 회전시켰다.

스걱—!

칼 그림자가 허공을 갈랐다.

사내의 목에 빨간 금이 생기더니 피분수와 함께 쓰러졌다.

유검은 자신의 임기응변, 아니, 속임수가 먹혀들어 다행이라고 생각하며 조금 전의 가냘픈 고양이 울음소리의 주인공을 찾아 주위를 두리번거렸다. 설마 하니 이제는 시체가 되어 있는 이 사내가 공격 전에 야옹~ 하지는 않았을 테니까.

끼이익—

방문이 다시 열리기 시작하자 유검은 황급히 검이 들어 있는 관 안으로 들어가 숨었다.

관은 그리 어둡지 않았다. 알고 보니 몇 개의 구멍이 뚫려 있었다.

그 구멍을 통해 훔쳐보니 한 노인이 방 안으로 들어서고 있었다.

형형하고 날카로운 눈빛을 지닌 백발노인이었는데 행동은 느릿했으며 기품이 저절로 풍겨 나오는 듯했다.

"도대체 어디 있단 말인가?"

그는 매섭게 주위를 살피다 쓰러져 있는 사내를 발견하고는 가볍게 놀랐다.

"음? 청성이 당하다니… 믿기 힘들군."

그는 혀를 찼다.

"여기 백화원에 그런 고수가 있을 리는 만무하고… 마침 흑루의 일급살수가 쉬러 왔던가?"

유검은 노인이 보통 사람이 아님을 느꼈다.

눈빛의 형형함을 볼 때 내공이 최소한 화경에 달한 것 같았다.

물론 그 화경의 경지라는 게 자신의 감각과 느낌으로 별거 아니라 여겨지긴 했지만, 만약 실제 싸워보면 꽤 무시무시할 것이라는 것 정도는 인정하고 있었다.

그래서 일단 노인이 밖으로 나갈 때까지 기다리기로 하고 조심스럽게 주저앉았다. 관 안은 제법 널널했는데 환풍을 위해서인지 아래쪽에도 조그만 구멍이 나 있었다.

그 구멍을 통해 바깥의 동정을 살폈다.

"실수 나부랭이라면 골치가 아파. 쥐새끼마냥 숨어버리니……"

그렇게 중얼거리는 노인을 살피다 시선을 아래로 향했는데 하마터면 소리를 낼 뻔했다.

노인 너머 관 맞은편에는 침상이 하나 있었다.

그 침상 아래 자신이 그렇게도 찾아다니던 그 소녀가 여린 눈동자에 두려움을 가득 안고 웅크리고 누워 있었던 것이다.

'저기 있었군!'

너무 평범해서 오히려 생각이 미치지 못했던 곳이었다. 좀 더 은밀한 비밀 공간에 있을 거라고만 예측하고 있었던 것이다.

한편으론 그곳이면 노인에게 들키지 않으리라 안심했다. 노인처럼 자존 광대해 보이는 자가 허리를 굽혀 침상 아래를 뒤져 본다는 것은 상상이 되지 않았기에.

유검은 사내가 자신을 암습하려 할 때 그녀가 고양이 소리를 내어 알려준 것을 떠올리고는 미소를 지었다.

'자식, 제법 의리가 있군.'

이때 노인이 여인의 시체로 다가가 발로 그녀의 머리를 짓밟았다.

퍼석!

수박 깨지는 소리와 함께 그녀의 두개골이 붕괴되었다. 응고되기 시작한 핏물과 함께 허연 뇌수가 사방으로 터져 나갔다.

잔혹한 장면에 소녀는 자신도 모르게 비명을, 아니, 고양이 울음소리를 내고 말았다.

두 손으로 황급히 입을 막았지만 이미 늦었다.

"꺄…옹."

비명도 고양이 울음소리도 아닌 괴이한 것이 되고 말았지만 어쨌든 노인에게 그녀의 흔적을 알리기엔 충분했다.

'이 바보 녀석! 그걸 못 참고!'

노인의 눈이 침상을 향하는 것을 본 순간 유검은 벌떡 일어나 괴성과 함께 뛰어나갔다.

노인은 차가운 미소와 함께 천천히 시선을 돌렸다.

이미 유검이 몸을 일으킬 때부터 그의 예민한 이목은 기척을 감지했다. 동시에 그의 전반적인 거친 동작을 느끼고 '하룻강아지'라고 규정지었다.

강호에는 눈이 있어도 태산을 몰라보는 장님들이 대다수다. 특히나 어깨 힘 좀 주는 젊은 녀석들이 자신의 늙은 모습만 보고 만만하게 생각하고 달려들기도 했던 것이다.

노인은 품속에서 부채를 꺼내 들며 내공을 주입시켰다.

보다 우아하고 기품있게, 라는 생각으로 달려드는 유검에게 시선이 돌아간 순간, 그의 두 눈이 경악으로 한껏 커졌다.

"뭐, 뭐야? 이것은!"

쏴아아아아아아—!

거대한 검이 불꽃을 튀기며 돌로 된 천장을 긁고 날아오더니 하늘에서 벼락치듯 떨어져 내렸다.

내공을 주입시켜 펼쳐 낸 부챗살이 종잇장처럼 찢겨지는 것을 본 순간 노인은 그 자리를 박차고 옆으로 온몸을 던져 피했다. 그것은 우아함이니 기품과는 전혀 상관없는 발악에 가까운 회피 동작이었다.

쿠아—앙!

거대한 검이 지면을 뚫고 절반 이상 파고들었다.

돌 가루가 사방으로 날리고 마치 지진이 일어난 것처럼 땅이 울렸다.

그 모습을 보고 놀라기는 유검도 마찬가지였다.

"어라? 저게 왜 내 손에 들려 있지?"

관에서 튀어나오며 칼을 휘둘렀는데, 그것이 평범한 대감도가 아니라 그 안에 들어 있던 거대한 녹슨 검이었을 줄이야……

"어째, 조금 무겁다는 느낌은 들었지만……."

혹시 알고 보면 안이 비어 있어 가벼운 게 아닐까 하는 생각을 하며 지면에 절반 이상 박혀 있는 그 검을 들어 올리려 했는데, 꼼짝도 하지 않았다.

노인과 시선이 마주치자 유검은 어색하게 웃어 보였다.

"흥!"

노인은 싸늘한 코웃음만 칠 뿐 공세를 펼쳐 오진 않았다.

그는 지금 벌어진 상황이 도무지 이해가 되지 않았다.

우선 저렇게 무식하게 생긴 검을 사람이 들고 움직일 수 있다는 것부터가 믿기 어려웠다. 게다가 마치 천 근의 화약을 터뜨린 듯한 그 파괴력이라니……

유검은 그의 행동을 주의하며 침상으로 다가갔다.

"야, 얼른 나와!"

"……."

침상을 걷어차며 다시 나직이 소리쳤다.

"얼른!"

"야옹!"

침상에서 소녀가 두려운 얼굴로 엉거주춤 기어나왔다.

이때 왈칵 문이 열리며 몇 명의 시녀들이 들어왔다.

"사부!"

"무슨 일입니까? 괜찮으십니까?"

이때 그 문이 열리는 충격 때문인지 천장과 벽이 와르르 무너지기 시작했다. 아직 불꽃을 유지하고 있던 등불들도 마저 꺼져 버리며 어둠이 몰려왔다.

"야, 얼른 도망치자."

"응? 아… 응."

유검은 어둠 속에서 소녀의 손을 잡아채고 무너진 벽 너머로 달리기 시작했다.

노인은 짐짓 아무렇지도 않은 얼굴로 달아나는 유검과 소녀를 가리키며 명을 내렸다.

"쫓아라!"

흑두건을 쓴 사내들은 그 명에 바로 유검의 뒤를 쫓아갔다.

노인의 시선이 땅에 박혀 있는 검으로 향했다.

땅에 내려칠 때의 충격으로 몇 군데 녹이 떨어져 나가 있었다.

그것을 살펴보던 노인의 두 눈이 기쁨으로 일렁거렸다.

"설마… 이것이……!"

그는 화급히 부러져 나간 부챗살로 검신의 녹을 닦아내기 시작했다. 그러자 전각 채로 새겨진 세 글자가 희미하게 드러나기 시작했다.

그것을 본 순간 노인은 기쁨을 금치 못하고 앙천광소를 터뜨렸다.

"이 바보 놈들! 천하의 보물을 알아보지 못하고 이런 식으로 방치해 뒀었군!"

간난 끝에 드디어 소원을 성취한 사람처럼 노인의 하얀 얼굴에 행복감과 홍조가 어렸다.

그는 부드러운 손길로 검을 어루만지며 감탄조로 중얼거렸다.

"그나저나 한천검이 이렇게 큰 놈일 줄이야… 꿈에도 생각 못했군."

무너진 벽과 천장으로 연기가 뭉게뭉게 들어오기 시작했고 시뻘건

화광의 그림자도 짙어져 갔지만, 노인은 여전히 넋을 잃고 검만 바라보았다.

"아앗―!"

함께 달리던 소녀가 어둠이 익숙지 않은 탓인지 돌부리에 걸려 넘어졌다. 치마 위로 핏물이 새어 나오는 것을 보면 무릎이 까진 것 같았고, 그뿐 아니라 왼쪽 발목까지 접질려 버린 것 같았다.

잠시 뒤돌아보니 충천하는 화광과 달빛 아래 흉신 악귀처럼 보이는 거친 사내들이 번쩍거리는 칼을 들고 달려오고 있었다.

"업혀!"

유검은 주저하는 그녀를 강제로 업은 다음 다시 어둠 속을 달리기 시작했다.

담을 뛰어넘고 개울을 지나 숲 속을 달릴 때도 추격은 계속되고 있었다. 임기응변으로 위기를 벗어나기도 몇 차례, 숨이 거칠어져 오고 한계 상황이 다가왔다.

업고 있는 그녀의 몸무게가 천 근은 더 나가는 것 같았다.

'야, 뚱보! 평소 살 좀 빼! 알았어?'

유검이 헉헉거리자 소녀가 애가 탄 듯 소리쳤다.

"안 되겠다. 날 두고 너 혼자 도망쳐. 이러다간 함께 잡히고 말 거야."

"헉헉… 그럴까? 여기 널 팽개치고 나 혼자 도망칠까?"

소녀는 흠칫해서 뒤를 돌아보았다.

칼 그림자는 달빛에 번뜩이고, 사내들의 거친 숨소리는 바로 곁에서 들려오듯 생생했다.

그녀는 풀이 죽은 얼굴로 고개를 저었다.

"…아니."

"그럼 힘 빠지는 소린 그만 해! 힘들잖아!"

"…응."

언제부터였을까.

달리는 데 전력을 다하고 있는데, 어느 순간부터 다리가 가벼워졌다.

내면의 중심을 자각할 때처럼 어떤 공간으로 들어섰는데 무게가 사라져 버렸다. 마치 허공을 둥둥 떠 있는 기분이었으며 모든 의지가 멈춰졌다. 세계가 정지되어 버린 것 같았다.

그 다음 순간 자신은 가만히 있는데 주위의 배경이 빠르게 흘러가기 시작했다.

이런 느낌이라면 얼마든지 빨라질 수 있을 것 같았다.

아니, 꿈속에서처럼 하늘을 날아다닐 수 있을 것도 같았다.

'이런 게 진짜 경공술이지!'

"캬아아아—!"

등 뒤에 업혀 있는 소녀가 갑자기 비명을 질렀다. 어찌나 세게 목을 껴안는지 숨이 막힐 지경이었다.

"또 왜 그래?"

힐끔 뒤돌아보니 사내들은 뒤쫓기를 포기한 듯 칼을 늘어뜨리고 멍한 얼굴로 멈춰 서 있었다.

"저놈들은 또 뭘 보고 저러는 거야?"

어쨌든 잘됐다고 생각하며 달리려다 이상한 점을 발견했다.

주위 사방이 텅 비어 있었다. 수목도 바위도 아무것도 없었다. 시선을 아래로 향해보니 시커멓기만 했다.

“……?”

유검은 건너편 절벽을 보고서야 자신이 세찬 개울물이 흐르는 협곡 사이의 허공에 붕 떠 있다는 것을 깨달았다.

“허허…….”

헛웃음이 나왔다.

“이건 또 뭐야?”

버럭 소리를 지르는 순간 둘은 개울을 향해 급속도로 떨어져 내리기 시작했다.

소녀의 비명 소리가 밤하늘에 울려 퍼졌다.

귓가를 간질이는 새소리에 유검은 깨어났다.

저 멀리 여명이 터오며 어스름한 주위를 밝히고 있었고 산들바람에 나뭇잎사귀들이 흐느적거리며 기지개를 켜고 있었다.

‘안 죽었나 보군.’

아마도 협곡 아래로 떨어진 후 물살에 떠밀려 다니다 여기 개울가로 흘러 들어온 것 같았다.

몸을 일으키다 자신이 소녀를 꼭 껴안고 있었음을 알았다.

자신도 마찬가지지만 그녀 역시 흠뻑 물에 젖어 있었는데 가슴이 오르락내리락하는 것을 보면 죽지는 않은 것 같았다.

정말 다행이라고 생각했다.

“깨어났군.”

귀에 익은 여인의 음성에 흠칫하여 고개를 돌린 순간 유검은 가볍게 놀랐다. 화… 아니, 백추상이 약간 피곤한 얼굴로 모닥불을 피우고 앉아 있었다.

그녀가 턱끝으로 소녀를 가리키며 물었다.

"어떤 사이지?"

"아… 그러니까……."

어물거리다 그녀가 왜 이곳에 있는지 궁금해서 물었다.

"근데 어떻게 여기에?"

"독심호리를 뒤쫓고 있었어. 그러다 수상쩍은 한 장원을 발견하고 주시하고 있는데… 어젯밤 큰 싸움이 벌어지더군."

모닥불을 뒤적거리며 무심한 어조로 말했다.

"그러다 네가 도망쳐 나오는 걸 봤지. 몰래 뒤쫓았는데… 넌 갑자기 살기 싫어졌는지 협곡 아래로 몸을 던지더군. 나도 꽤 놀랐어."

"……."

"네게 생명의 빛이 있으니까 일단 할 수 없이 아래로 내려와 개울을 따라 쫓으며 널 찾았어. 저 소녀를 꼭 안아 보호하며 떠밀려 내려가더군. 그걸 건져서 여기 옮긴 것뿐이야. 여름이지만 산중의 밤은 쌀쌀하니 모닥불을 좀 피웠고 몇몇 날파리들이 달려들기에 쫓아 보냈고… 지금 넌 깨어난 거지."

"그랬었군."

날파리는 아마도 그녀처럼 협곡 아래로 내려와 자신의 뒤를 계속 쫓던 그 사내들을 말하는 것이리라.

유검은 납득했다는 듯 고개를 끄덕였지만 내심 웃음이 나왔다.

꿈속과 현실의 모습을 통해 그녀의 버릇을 하나 알게 되었는데, 자신의 당혹한 감정을 숨기고 싶을 때 오히려 아무렇지도 않은 듯 무심한 어조를 사용하곤 했다.

말투도 존대였는데 지금은 혼잣말인지 하대인지 모호하게 바뀌어 있었다.

어쨌든 두 번 다시 보지 못하리라 생각했는데 다시 보게 되어 반가웠다.

백추상이 소녀를 가리키며 또다시 물었다.

"근데 누구지?"

"아, 장원에 있던……."

이때 소녀가 깨어나기 시작했다.

"으음……."

소녀는 손 두덩이로 눈가를 비비다 두 팔을 뻗어 길게 기지개를 켰다.

"어라?"

그녀가 갑자기 일어나 주위를 돌아보았다. 그녀의 두 눈이 동그래졌다. 자신이 살아 있다는 게 믿어지지 않은 듯한 표정이었다.

소녀는 백추상을 보고 눈을 껌뻑거리더니 유검의 옷자락을 잡아당기며 물었다.

"이 예쁜 언니는 누구야?"

예쁜 언니라는 말에 백추상은 자신도 모르게 미소 짓고 말았다.

"내게 묻는 게 더 빠르지 않아?"

조금 전 소녀를 무심하게 손으로 가리키며 정체를 물을 때와는 달리 부드럽고 친근한 어조였다.

소녀는 다시 유검을 가리키며 백추상에게 물었다.

"예쁜 언니는 이 사람과 어떤 관계야?"

그녀의 물음에 유검은 내심 실소했다.

자신에게는 백추상에 대해 묻더니, 정작 그녀에게는 자기와의 관계에 대해 묻는다.

백추상이 머뭇거리다 대답했다.

"음… 대충 친구라고 하면 될려나?"

소녀는 감탄한 듯 유검을 돌아보았다.

"우와! 알고 보니 너 능력있잖아! 이런 예쁜 언니랑 친구도 하고……!"

도대체 누구에 대한 칭찬일까? 생각하며 대충 얼버무렸다.

"뭐… 본래 그래."

소녀가 호기심에 찬 눈으로 다시 그녀에게 물었다.

"아참, 혹시 둘이 그것도 한 사이야?"

"그것?"

백추상이 고개를 갸웃거리며 되물었다.

"응, 그거 있잖아. 운……."

유검은 황급히 손바닥으로 그녀의 입을 틀어막았다.

"으읍. 읍읍읍!"

목소리가 절대 음절을 형성시키게 내버려 둘 수 없었기에 소녀의 반항을 원천 봉쇄시켰다.

그리고 어색하게 웃으며 백추상에게 둘러대었다.

"우, 운기조식을 말하는 거야. 하하하……."

"너와 내가 왜 함께 운기조식을 해야 하지?"

"그, 글쎄 말이야. 하하하……."

백추상은 옷을 털고 일어나며 시큰둥하게 대꾸했다.

"이미 말하지 않았나? 날 으쓱한 곳으로 데려갈 수 없을뿐더러, 함께 운기조식하는 따위는 불가능하다고 말야. 또 은자를 아무리 많이 줘도 안 된다고 분명히 말한 것 같은데……."

“…….”

“자, 가볼게. 너와 나의 계산은 이제 끝난 것 같으니까.”

그렇게 작별 인사를 하고 나서, 백추상은 검을 뽑아 가볍게 허공을 몇 번 베어본 후 천천히 개울을 따라 내려갔다.

어쩐지 그녀의 뒷모습에 고독이 배어 있는 것 같았다. 꿈을 잃어버린 사람의 공허함 같은.

‘그건 단지 나의 느낌일 뿐이다.’

표현의 자유를 되찾은 소녀가 측은한 눈길로 유검을 바라보며 혀를 찼다.

“쯔쯧… 거절당했구나.”

그리고 동정 어린 눈으로 유검의 위아래를 훑어보더니 뭔가를 납득한 듯 고개를 주억거렸다.

“하긴…….”

그 모습에 유검은 검미를 찌푸렸다.

“나 참… 네 멋대로 이해하지 마!”

소녀는 위로하듯 유검의 어깨를 다독거렸다.

“괜찮아. 살다 보면 그럴 수도 있는 거지 뭐.”

그리고 다시 위로하듯 말을 이었다.

“만약 나라면… 은자를 많이 준다면 너라도 상관없어. 그러니까 힘내!”

유검은 투덜거렸다.

“너라도? 위로 한번 그럴듯하군.”

유검은 이야기를 도대체 어디서부터 풀어 나가야 할지 고민하다 아직 그녀의 이름조차 물어보지 않았다는 것을 깨달았다.

“근데 네 이름이 뭐지?”

알아서 뭐 하게? 라고 쏘아붙이려다 소녀는 순순히 대답해 버렸다.

“다우. 다들 날 그렇게 불러.”

유검은 침음성을 삼켰다.

이미 확신하고는 있었다.

소녀의 얼굴에서 어린 꼬마 숙녀와 아름다운 여인의 모습을 발견했으며 또한 그녀의 행동과 태도는 그 내용은 달라도 다우만의 어떤 특징이 있다는 것을 느꼈으니까.

그래도 직접 이름을 들으니 새삼 충격이 왔다.

다우는 젖은 옷을 말리기 위해 모닥불에 다가가 앉았다. 그리고 우연히 생각난 듯이 아! 하는 탄성을 내지르고 나서 정작 묻고 싶었던 것을 그제야 물었다.

“아참, 왜 날 구해준 거지?”

“응?”

“어제 날 처음 봤잖아. 근데 왜 목숨까지 걸고 날 구해준 거야?”

“나 참. 이 바보야, 몰라서 물어? 그건……”

유검은 갑자기 말문이 막혔다.

꿈속에서의 일하며, 현실에서도 그녀가 자기에게 찾아왔던 사정들을 어떻게 한마디로 설명할 수 있단 말인가?

유검이 멍해 있자 다우의 눈빛이 반짝거렸다.

“혹시 내게 정말로 반한 거야? 그래서 죽음을 무릅쓰고 구해준 거야? 그런 거야?”

유검은 흠칫했다. 곧 한숨을 내쉬며 고개를 끄덕였다. 그 편이 좀 더 개연성이 있어 보였던 것이다.

다우는 아무 말 없이 쓸쓸해하는 유검의 얼굴만 바라보았다.

그녀의 두 눈이 은은한 감동으로 물들어갔다.

"하아… 그렇다면 할 수 없지."

탄식과 함께 그녀는 하얀 손가락으로 자신의 상의를 벗기 시작했다.

"뭐, 뭐 하는 거야?"

유검은 허둥대며 그녀를 말렸다.

"직접 벗기고 싶어? 뭐, 좋아."

다우는 삔 다리를 절뚝거리며 편편한 바위로 걸어가더니 그곳에 얌전히 드러누웠다.

"자, 날 맘대로 해. 근데 기술은 덜 익혔어, 또 처음이고. 그러니까 만족 못해도 그건 내 잘못이 아니니까 투덜대지는 마!"

유검은 속에서 억눌린 분노가 터져 나오는 것 같았다.

"그게 아냐! 누가 그런 걸 바라고 구해준 건 줄 아냐!"

다우는 의아해했다.

"그럼 뭔데? 내게 뭘 바라는 거야?"

"아무것도 바라는 거 없어!"

"정말로?"

"그래!"

유검은 화가 나서 소리쳤다.

"이 바보야. 너도 머리가 있으면 생각해 봐. 죽어버리고 나면 모든 게 끝인데, 그냥 잠시 기분 좋아지려고 생명을 내걸겠냔 말이다."

"그럼 왜 그랬는데? 그래서 나도 궁금해 물었던 거잖아."

유검은 할 말을 찾지 못해 식식대다가 아무렇게나 말했다.

"그냥… 그냥이야. 죽어가는 강아지만 봐도 불쌍해서 구해주고 싶잖아. 그냥 그런 거야!"

"……."

다우는 시무룩한 얼굴로 몸을 일으켰다. 그리고 눈길을 동이 터오는 주홍빛 하늘로 옮기며 억울한 듯 투덜거렸다.

"쳇, 내게 반했다더니 순거짓말이었잖아."

두 팔로 무릎을 괴고 돌아앉은 그녀의 조그만 어깨가 더욱 자그마해 보였다.

주인 잃은 새끼 강아지가 빗속에서 홀로 떨고 있는 것 같았다.

유검은 도대체 어떻게 해야 할지 혼란스러워하다 그녀에게 다가가 조심스레 입을 열었다.

"사실……."

그녀는 들은 척도 않고 여전히 등을 돌리고 있었다.

"내가 화를 낸 것은… 네가 스스로를 너무 낮췄기 때문이었어. 내게 있어 넌 소중해. 뭐라 말로 표현할 수 없을 만큼. 그래서 화가 난 거였어."

"……."

"그리고 널 구해준 것은… 네가 죽는 걸 볼 수 없으니까. 네가 오랫동안 행복하게 살아 있어야 한다고 단지 내가 간절히 원했기 때문이야. 이 정도면… 변명이 안 될까?"

노골적인 표현에 몸이 진저리를 치며 웃을 정도로 솔직한 자신의 감정과 느낌이었다.

하지만 그녀의 반응은 없었다.

유검은 결심했다. 좀 더 솔직해지기로.

"음… 그, 그러니까 다시 말해 너, 널 사… 사… 사……."

식은땀을 흘리며 애써 심중의 말을 드러내려 하는데 다우가 중얼거렸다.

"사탕은 맛없어. 음냐……."

슬쩍 고개를 숙여 그녀의 얼굴을 보니 행복한 표정으로 잠들어 있었다. 실컷 맛있는 것을 먹는 꿈을 꿀 때의 표정이었다.

유검은 머리를 긁적거렸다.

현실의 다우는 꼬마 숙녀가 아니며 그렇다고 어른이 된 것도 아닌 미묘한 시기의 소녀라는 것을 그제야 다시 자각했다.

"뭐… 느긋하게 기다릴 수밖에 없겠군."

두 팔로 그녀의 다리 오금과 등을 받치고 안아 들었다.

그녀가 살고 있던, 그러나 지금쯤 폐허가 되어 있을 장원 쪽을 한 번 바라보고 나서 개울을 따라 천천히 걸어 내려갔다.

날은 밝아 있었다.

유검은 개울을 따라 걷다가 푸르른 하늘을 보며 그녀의 환영이 말한 '깨어나게 해달라'는 의미가 무엇인지 곰곰이 생각해 보았다.

꿈속에서는 그게 무엇을 말하는지 명확하게 알고 느낀 것 같았다. 하지만 지금은 알 듯 말 듯 모호했다.

이미 누구든지 깨어 있다.

그런데 왜 깨어나게 해달라고 하는 걸까?

현실에서는 물론이고 제아무리 깊은 수면 상태에 빠져 있더라도 자신이 자고 있다는 것을 분명히 자각한다. 그래서 지난밤에 잘 잤는지 아닌지 알 수 있는 것이다.

그러니 하루 중 깨어 있지 않은 때가 오히려 없다.

그런데 깨어나게 해달라니, 도대체 무엇을 의미하는 것일까?

유검은 진실로 이해할 수 없었다.

사고의 방향을 바꿔보았다.

그녀에게 없지만 자신에게는 있는 게 무엇일까?

보고 듣고 체험하는 모든 감각은 그녀 역시 지니고 있다. 비록 깊이와 폭의 차이는 있을지언정 사고와 감정 역시 그녀에게도 있다. 물론 육체적으로 다른 점이 조금 있기는 하지만 물론 그것을 바라는 것은 아닐 테니 논외였다.

굳이 있다면 일반 사람들과는 조금 다른 시각을 가지고 있는 정도였다.

예를 들어 나의 본질은 그 무엇으로도 규정될 수 없는 존재다.

즉, 아무것도 아닌 동시에 영원한 존재, 신이다.

그것을 도(道)라 부를 수도 있을 것이며, 실존적 무(無)라 표현할 수도 있을 것이다.

물론 그런 내적인 시각은 어려서부터 도가적 분위기에서 자라오다 마침내 기이한 꿈의 여정을 통해 얻게 된 자신만의 '문장' 이요 주관적인 확신이며, 그것은 인간으로서 믿고 싶은 것을 믿을 수 있는 기본적인 권리를 충실히 누리는 것에 불과하다.

그것은 어쩌면 상상에 불과할지도 모른다.

그러니 타인에게 강요할 것은 전혀 못되는 바이며, 역시 다우가 원하는 것과는 상관없다고 생각했다.

오히려 자신에게 없거나 부족한 것이라면 꽤 많았다.

두려움, 수치심, 죄책감, 심각함, 치열한 고뇌 등… 남들이 알면 인간 이하라고 손가락질할 만한 그런 소양은 충분했다.

오죽하면 수치도 모르는 놈!이란 것이 큰 욕이 되겠는가.

많은 미녀와 혹 사랑을 나누더라도 결혼 따위로 얽매이고 싶지는 않다고 태연하게 말할 수 있는 뻔뻔스러움, 그러면서도 죄책감 따위는 전혀 없다.

그렇게 인간 사회의 적응에 있어서도 역시 부적격자일 수밖에 없었다. 두려움이 없다는 것을 너무 뻔뻔하게 드러내면 점소이조차 하기 힘들지 않았던가 말이다.

자신은 원 밖에 있는 자였다.

인간적인 욕구에 있어서도 다른 사람들을 이끄는 강력한 지도력이 없는 것은 둘째 치고 애당초 출세하고픈 야망조차 없다. 그리고 재산을 불리고 싶은 욕망도 없으며 심지어 지금보다 더 나은 사람이 되고자 하는 기본적인 욕구조차 부족한, 그래서 지금 이 순간 그저 자기 자신으로 만족하고 사는 그런 무기력한 사람에 불과하다.

한마디로 말해 궁극적으로 게으른 백수가 자신의 정체인 것이다.

보통의 백수라면 그래도 삶에 대해 고뇌라도 한다. 게으르다는 것을 자각은 한다. 근데 그런 게으름을 미덕으로 아는, 필요한 것은 저절로 모든 게 이루어질 것이라고 믿고 대충 사는, 그야말로 인간 사회에 커다란 해악이 될 만한 사상을 지니고 있다.

강호인으로서의 정체성도 없었다.

무공 때문만은 아니었다.

억울한 상황을 보면 협의지심을 발휘하여 끼어들어야 할 텐데 전혀 그럴 마음이 일지 않았다. 그 모든 상황이 각자 스스로 원한 선택이며 깊은 수준에서 서로 협의를 통해 이루어지고 있다는 참으로 위험한 시각을 가지고 있기 때문이었다.

그렇게 모든 것을 종합해 보면, 무능력하고 쓸모없는 가치 결여의 인간이거나 혹은 미친놈이 되는 것이다.

'음… 그래도 조금은 가치가 있는 녀석이라고 해두자.'

입맛을 다시며 그렇게 스스로를 위로하고 나서 다시 깊이 통찰해 보았다. 그리고 결국 자신에게 궁극적으로 심각하게 결여되어 있는 것이 무엇인지 깨달았다.

그것은 자신이 육체에 구속되어 있는 인간이라는 오직 한 생각이었다.

순간 유검은 자신의 팔에 안겨 잠들어 있는 다우를 내려다보았다.

최소한 왜 그녀에게 이끌리는지 무조건적인 사랑 이외의 또 다른 답을 발견했다.

자신의 일상적 자각에 있어 유일한 예외가 그녀였다.

즉, 그녀를 통해 비로소 자신이 완전히 초연하지 못하고 여전히 인간적이란 사실을 확실히 자각하게 된다. 때론 화나고 괴롭기는 하지만 깊은 고요 속에서도 얻지 못하는 뭔가를 체험하게 만든다.

그것이 설령 고통일지언정 기쁨의 또 다른 이름이었으며, 자기에 대한 깊은 연민의 거울이기도 했다.

무기력한 고민

무기력한 고민

낙양 시내로 들어서기 전 길가의 나무 그늘로 가서 다우를 눕혔다.

특별한 이유 때문이 아니라 단지 그녀를 오래 안고 있다 보니 지치고 팔이 저려왔기 때문이었다.

햇살은 강렬하여 그림자를 선명하게 그려내고 있었다.

본격적인 무더위가 시작될 것 같았다.

잠시 주위의 풍광과 사람들이 지나다니는 것을 구경하고 있는데 길 저편에서 아지랑이 사이로 한 사내가 천천히 걸어오고 있었다. 세상 급할 것 전혀 없다는 식의 느긋한 걸음걸이였다.

사내가 자신을 장원으로 유인했던 그자임을 알아보고 유검은 몸을 일으켰다.

"용케 살아 있었구려."

사내는 웃으며 어깨를 으쓱거렸다.

"뭐, 숨거나 도망치는 데는 이골이 나 있어서⋯ 살수란 직업이 본래
그래."

그는 하늘을 올려다보며 눈살을 찡그렸다.

"이거 꽤 더워지겠는데?"

"미리 익숙해지는 게 좋을 겁니다. 지옥의 불구덩이는 훨씬 더울 테
니까요."

사내가 웃으며 물었다.

"의외군. 지옥이 있다고 믿는 쪽이었나?"

"아뇨. 하지만 지금 한순간만이라면 만들 수도 있을 것 같군요. 그
대를 위해."

"이거 영광이군. 근데 그 지옥이 내게 있어 극락이라면 어쩔 텐가?"

"그땐 그대가 나의 친구가 되어 있겠죠."

유검은 조금 곤혹스러웠다.

자신에게 아무런 무기가 없다는 것보다 그와 싸우고 싶은 마음이 일
지 않아서였다. 어쩌면 뜨거운 햇살 때문일 것이다.

하지만 이어지는 그의 말에 다시 싸우고 싶은 투지가 일었다.

사내가 그늘에 누워 자고 있는 다우를 가리키며 말했다.

"내가 이렇게 나타난 이유가 궁금하겠군. 본론을 말하자면 자네를
무시하는 것은 아니지만, 난 무슨 일이 있어도 저 아이를 데려가야겠
네."

유검은 차갑게 웃으며 대꾸했다.

"그건 힘들겠군요."

사내는 고개 저으며 차분히 설명했다.

"난 흑루, 저 아이는 백화원 소속, 좋고 싫고를 떠나 한가족이지. 같

은 사신가(四神家)니까. 즉, 저 아이를 데려가겠다는 것은 아버지가 딸을 데려가겠다는 것과 같아. 저 아이를 구해준 것은 사신가의 이름으로 감사를 표하지. 하지만 저 아이를 데려가는 것을 막을 권리가 자네에게는 없다네.”

그러나 유검이 주먹을 두둑거리며 싸울 준비만 할 뿐 자기 이야기를 흘려듣는 것을 보고 쓴웃음을 지었다.

“납득이 안 되나 보군.”

유검은 그제야 씨익 웃으며 고개를 끄덕였다.

“당연하죠.”

왼발을 한 걸음 내디디며 두 팔을 자연스럽게 떨어뜨렸다. 그리고 허리와 어깨, 두 다리의 무릎을 살짝 굽혔다. 특별한 초식을 펼치기 위한 기수식이 아니라 단지 그래야 될 것 같아서였다.

유검은 자기의 숨겨진 위대한 힘의 사용에 대해 그간 몇 번의 일별을 통해 어느 정도 눈치를 채고 있었다. 자신의 의지로는 사용할 수 없는, 그러나 발휘는 가능한 그 힘의 비밀은 너무 쉬워 오히려 깨닫지 못한 것이었는데 다름 아닌 순수한 감각이었다.

예를 들어 거대한 검이라 할지라도 그것을 일반 검을 휘두르는 감각으로 다루면 되는 식이었다. 허공일지라도 지면을 대하는 감각으로 걸으면 실제 그렇게 이루어지는 방식이었다.

그렇게도 쉬운 것이지만, 또한 가장 어렵기도 했다.

그러할 것이라 생각하는 것이 아니라 실제 그러하다는 확고한 의식을 갖춰야 하니까.

그렇게만 된다면 내면의 무한한 힘은 요청된 만큼 무한정 기운을 공급한다. 그것이 유검이 눈치 챈 힘의 비밀 중 하나였다.

물론 그것이 쉬울 것이라고는 생각되지 않았지만 그래도 섬세한 과정을 통해 연습을 해보면 잘될 것 같았다.

그리고 실전이야말로 아마도 가장 확실한 연습이 되어줄 것이다.

그러한 자각으로 유검은 사내의 동정에 의식을 집중했다.

자신에게 어떤 변화가 일어날지 모르지만 무조건 신뢰하기로 했다.

두 사람 사이에 침묵이 내려앉고 긴장이 증폭되어 갔다.

유검은 따가운 햇살이 근육을 이완시키려는 것을 거부하며 어떤 고요한 공간으로 들어갔다. 실제 힘이 발휘되는 것은 그 공간으로 들어갔을 때였음을 알고 있었다.

그렇게 곧 있을 싸움에 모든 의식을 집중하고 있는데, 맥이 탁 풀리게 만드는 나른한 하품 소리가 들려왔다.

"아함~ 잘 잤다."

다우가 잠에서 깨어나 기지개를 켜고 있었다.

그녀는 눈을 비비며 주위를 돌아보다 사내를 발견하고는 반색해 소리쳤다.

"앗, 삼촌!"

다우는 반가운 얼굴로 발을 쩔뚝거리며 사내에게 달려가더니 와락 그의 품으로 안겼다.

유검은 신음성을 흘렸다. 그녀의 행동을 이해할 수 없었다.

'저자를 미워하고 있었던 게 아닌가?'

다우는 그의 품속에서 훌쩍거렸다.

"살아… 살아 있었구나. 난… 난 나 혼자만 살아난 줄 알았는데……!"

"녀석……."

“근데 소 언니가…….”

다우는 훌쩍거리다 크게 울음을 터뜨렸고 사내는 그녀의 등을 토닥여 주었다.

“알고 있다. 말 안 해도 돼.”

한참을 위로해 주다 다우가 울음을 그치자 손을 그녀의 옷깃 속으로 집어넣어 가슴을 주물럭거렸다.

“흐흠… 아직 작군.”

그 장면을 본 순간 유검은 망치로 머리를 두들겨 맞은 것 같았다.

“뭐, 뭐 하는…….”

소리치려 했지만 목의 발성 기관이나 두뇌에 문제가 생긴 듯 제대로 말이 되어 나오지 않았다.

몸도 굳어져 버렸다.

다우가 와락 그를 밀쳐 내며 뿌루퉁한 얼굴로 투덜거렸다.

“뭐 하는 거야? 그리고 작은 건 아니라구!”

유검은 그녀가 크게 화를 내기는커녕 가슴을 만지는 정도는 별 대수롭지 않게 여기는 것을 보고 더 큰 충격을 받았다.

자라온 환경이 그러니까, 라고 이해를 하면서도 뜨거운 용암이 사방으로 흘러넘치는 것 같았다.

사내가 그녀의 엉덩이를 찰싹 때리며 말했다.

“녀석, 어서 어른이 되거라. 은자를 싸 들고 널 찾아가마.”

“뭐야, 어린애 취급은… 쳇, 지금도 충분하네 뭐.”

그녀는 사내와 다정하게 이야기를 나눌 뿐 자신을 돌아보지조차 않았다.

유검은 자신이 소외되어 있음을 느꼈다.

사내는 친근한 미소로 다시 제안해 왔다.

"아, 마침 잘됐군. 이 녀석에게 자신의 거취를 결정하게 하면 어떤가? 날도 더운데 싸우는 것보단 그게 낫지 않겠나?"

"싸워? 그게 무슨 소리야?"

의아한 얼굴로 사내에게 묻다가 유검을 돌아보며 깨달은 듯 소리쳤다.

"아… 저 녀석은 우리의 적이었지, 참……!"

유검은 사내를 자기편으로, 그리고 자신을 적으로 인식하는 그녀의 태도에 멍하니 하늘만 올려다보았다.

'이거 참…….'

다우는 의아한 듯 사내에게 물었다.

"참, 근데 뭐 때문에 저 사람을 잡아왔던 거야?"

"아… 의뢰 때문에. 하지만 그 의뢰는 포기다. 널 구해준 녀석에게 검을 겨눌 수는 없는 법이지."

"그래? 잘됐다~!"

그녀는 진심으로 기뻐하는 것 같았다.

사내가 재촉했다.

"어떤가, 결정했나? 싸울 것인지, 아니면 그녀의 의견에 따를 것인지 말이다."

다우가 불안한 눈으로 유검을 돌아보았다.

그 불안한 눈동자 속에는 제발 안 싸우면 좋겠다는 바람이 들어 있었다.

유검은 잠시 눈을 감고 현실과 꿈은 다른 법이라고 중얼거렸다.

꿈속에서 그녀와 아무리 깊은 관계를 가졌던들, 지금은 하룻밤 우연히 함께 보낸 사이에 불과한 것이다.

유검은 애써 허탈함을 감추고 자신이 느끼기에도 어색해 보이는 미소와 함께 상투적인 대사를 읊었다. 어정쩡하게 손을 흔들면서.

"행복하거라."

굳이 누구를 따라갈 것인가 하는 따위의 질문은 꺼내지 않았다. 비참한 상황을 구태어 자초할 필요는 없으니까.

사내의 눈이 가늘어졌다. 진심으로 웃을 때의 버릇처럼 보였다.

그는 품속에서 은자 주머니를 꺼내어 유검 앞으로 던지며 말했다.

"이 녀석이 벌어줄 은자에 비하면 꽤 모자라겠지만 지금 가진 게 이것뿐이라서. 이해하게. 음, 그리고 시간나면 나중 백화루로 놀러 오게. 술 한잔 사지."

유검은 그를 매섭게 노려보다 다우가 지켜보고 있음을 자각하곤 웃으며 은자 주머니를 주워 들었다.

"고맙군요. 꽤 묵직한데요?"

"황금 열 냥은 될 걸세."

은자로 이백 냥.

적지 않은, 아니, 웬만한 객잔 정도는 살 수 있는 큰 액수였다.

유검은 둘이 떠나는 모습을 한참 동안 지켜보았다.

그들의 모습이 멀어져 보이지 않게 되자 들고 있던 은자 주머니를 바닥에 내팽개쳤다.

"이딴 게 뭐야! 제기랄!"

싯누런 황금덩어리들이 사방으로 튀어 나갔다.

유검은 허탈한 시선으로 하늘을 보았다.

자신이 바보 같다고 느꼈지만 아무리 생각해 보아도 왜 바보인지 그 이유를 알 수 없었다.

"모르니까 바보인 건가?"

유검은 발로 땅을 문질렀다. 흙먼지가 일더니 곧 가라앉았다.

꼭 바보 같은 자기 마음과 비슷해 보인다고 중얼거리며 발길 닿는 대로 아무렇게나 걸음을 옮겼다.

햇살은 더 강렬해지고 있었다.

길 위로 어린 꼬마 아이들이 와와거리며 목검을 들고 달려가다 길가에 반짝거리는 것을 보고 주웠다.

"이게 뭐지?"

그것을 낚아채는 손이 있었다.

"이건 아저씨 거란다."

유검은 길가에 내동댕이친 황금덩어리들을 하나하나 주워 모았다.

"사람을 미워할 수는 있어도, 황금을 미워하면 안 되지. 너희들도 명심해 두거라."

꼬마 아이들이 고개를 갸웃거리며 지켜보자 그렇게 별 설득력 없는 말을 중얼거렸다.

유검은 막연히 낙양 시내를 걸어다녔다.

품속에 든 황금을 어떻게 처리할 것인가? 그것만이 인생의 유일한 목적이라도 되는 것처럼 생각하고 또 생각했다.

사내에게서 받은 그 황금만 있다면 신농산장에 들어갈 수 있을 뿐 아니라 당분간 일자리를 구하지 않아도 생활은 걱정하지 않아도 된다.

하지만 쓰고 싶지는 않았다.

마음 같아서는 길거리에서 마구 뿌리거나 혹은 호수에 던져 버려 그 황금이 어떤 가치도 없음을 증명하고 싶었다.

가끔 사람들에게 부딪치기도 하고 또 시비가 일기도 하면서 끝없이 걷고 또 걸었다.

그렇게 걷다가 결국 유검은 황금의 사용 이면에 감춰진 본질적인 문제를 자각할 수밖에 없었다.

유검은 다우를 돕고 싶었다.

즉, 그녀의 삶에 대해 강렬히 간섭하고 싶은 충동이 있음을 인정했다. 최소한 기루 생활보다 더 재밌고 활기찬 삶의 방식이 있다는 것을 가르쳐 주고 싶었다.

하지만 그녀는 그러한 삶을 더 만족해할지 모른다.

비록 그것이 설령 고통스러울지라도 깊은 어둠 속의 연민을 배우고자 하는 영혼의 울림에 그러한 선택을 한 것인지도 모르는 것이다.

어쩌면 그녀의 영혼은 더없이 맑고 높아 자신의 이러한 고민이란 것이 그녀에게는 농담거리밖에 되지 않을지도 모른다.

그러니 그녀의 요청없이 제멋대로 도우고자 하는 것은 자신의 욕심에 불과하다. 그 간섭하고픈 욕심이야말로 진정한 악의 근원이며 불행의 씨앗인 것이다.

그에 앞서 행복한 삶을 누리고 있는 사람에게 다가가, 넌 사실 환상 속에 있으며 실제론 아주 불행하다며 꼬치꼬치 설명하고 납득시키려 하는 것처럼 우스꽝스런 일이 또 있을까.

결국 슬픔과 고통은 오로지 자신의 것에 불과하며 쓸데없이 그녀에게 투영시켜서는 안 된다.

만에 하나 그녀에게 간섭하는 것이 확실히 옳다고 긍정한다면 그땐 자신이 걸어온 길 모두를 부정하는 것이다. 그렇게 되면 자신이 선택할 모든 가능성이 함께 사라져 버려 그녀에 대한 의도 역시 잃어버리고 만다.

그런 이상하고 허무한 다람쥐 쳇바퀴 같은 순환 논리 속에서 완전히 무기력해져 있는데 커다란 소리가 들려왔다.

"오호라~ 살아 있었구먼 그래!"

고개 돌려보니 용호관 앞에서 만났던 점쟁이가 벌떡 일어나 희색을 띠고 자신에게 달려오고 있었다.

그는 유검의 소매를 붙잡고 마구 흔들었다.

"이런, 이런! 아무리 찾아다녀도 안 보이길래 그만 비명횡사해 버렸나 했지. 아무튼 만나서 반갑네, 반가워."

유검은 멍하니 노인을 바라보다 불쑥 물었다.

"점 좀 봐주실래요?"

"응?"

점쟁이노인은 점 봐달라는 지극히 평범한 요청에 오히려 어리둥절하다 곧 떠들썩하게 외쳤다.

"아! 좋지, 좋아. 이리 오게."

노인은 산통을 흔들다 산가지를 꺼내 보더니 깜짝 놀란 얼굴로 말했다.

"호오~ 자넨 그야말로 궁극의 경지까지 가겠군. 대단하군, 대단해! 어쩌면 강호에 불세출의 영웅이 나올지도 모르겠구먼. …악마가 되거나."

뒷말은 자신의 귀에도 들리지 않을 만큼 작았다.

유검은 시큰둥하게 고개를 저었다.

"제가 묻고 싶은 것은 다른 것입니다."

"으응? 뭐가 또 궁금한가?"

"그저 슬프게 지켜만 보는 신과 열정적이고 활동적인 악마, 어떤 게 좋을까요?"

점쟁이노인은 얼굴을 찌푸렸다. 도대체 무엇을 묻는지 이해가 되지 않았던 것이다.

고개를 갸웃거리다 속으로 생각했다.

'혹시 이놈이 후일 강호를 일통하겠다는 꿈을 가진 거 아냐? 신이나 악마 타령을 하는 걸 보면…….'

노인은 좋게 말해서 그의 생각을 돌려야겠다고 결심하고 입을 열었다.

"음… 이왕이면 열정적이고 활동적인 인간이 좋지 않을까? 신이나 악마보다 인간이 백배……."

툭—!

유검이 지니고 있던 은자 주머니를 던졌다.

노인은 그 안에 들어 있는 황금을 보고 두 눈이 휘둥그레졌다.

"아… 일단 점괘를 봐주지. 하지만 이건 복채로 많군. 많긴 한데… 뭐, 나의 신복(神卜)에 그만한 가치가 있기는 하지. 흐흐……."

슬그머니 황금을 챙기고 나서 산통을 흔들고 괘를 뽑아보았다.

"이건……!"

노인의 안색이 갑자기 딱딱하게 굳어졌다.

"어떻게 나왔죠?"

유검이 궁금해 물어보자 노인은 서둘러 장사 도구들을 돗자리에 말면서 고개를 저었다.

"나는 감히 말할 수 없네. 말할 수 없어!"

　노인은 챙겼던 황금을 유검에게 던져 주고 나서 황급히 자리를 떠났다.

　"왜 그러십니까? 말씀을 해주셔야지요?"

　유검은 어이가 없어 노인의 뒤를 쫓으며 점괘가 어떻게 나왔는지 알려달라고 채근했다.

　노인은 입을 꾹 다물고 걸음을 재촉했는데 나중에는 달리기 시작했다. 그의 신형은 점점 빨라지더니 한줄기 바람처럼 사람들 사이로 빨려 들어갔다.

　유검은 전력을 다해 뒤쫓았다.

　그래도 거리가 빠르게 멀어지자 이대로는 안 되겠다 싶었다.

　내면의 중심에 의식을 집중하자 부드러운 기운이 전신을 휘감으며 육체가 가벼워지기 시작했다.

　무당산을 내 집처럼 뛰어다닐 때의 감각을 떠올렸다.

　슈우욱—!

　유검의 신형이 갑자기 빨라져 앞으로 쏘아져 갔다. 마치 시위를 떠난 화살 같았다.

　노인은 이제 떨쳐 내었거니 싶어 슬쩍 고개를 돌아보았다.

　그는 깜짝 놀랐다. 거리가 급속도로 좁혀지고 있었던 것이다. 노인은 자신이 굼벵이가 된 기분이었다.

　'내 발이 무디어졌나?'

　노인은 훌쩍 신형을 뽑아 올렸다.

　높다란 지붕 위로 단숨에 오르더니 지붕을 타고 내달리기 시작했다. 날쌔기가 나무를 타는 다람쥐보다 더했다.

　보통 사람이라면 깜짝 놀랄 것이고, 일반 무인이라면 경공의 달인이라며 입을 벌려 감탄해 마지않았을 것이다.

유검 역시 감탄을 금치 못했다.

그는 어젯밤 괴한들에게 쫓기다 허공을 달리던 감각을 떠올렸다.

'대충 이런 감각으로……'

그리고 달리던 그대로 지면을 박차 올랐다. 마치 중간중간 허공에 징검다리라도 있는 양 껑충 뛰어 지붕 위로 올랐다.

고개 돌려 그 광경을 목격한 점쟁이노인의 입이 쩍 벌어졌다.

'밥 먹고 경공만 익혔나!'

그리고 노인은 유검이 단숨에 뛰어오른 게 아니라 마치 허공을 밟고 오른 듯 느껴져 의아했다.

'설마… 그러려고. 내 눈의 착각이겠지.'

노인은 호승심이 일었다.

한평생 그가 자랑하던 것 중의 하나가 경공이었다. 자신의 뒤를 쫓아올 만한 놈은 강호가 넓다 해도 겨우 다섯 손가락 안에 꼽을 것이라 자부해 왔다. 그런데 뜻밖에도 새파란 애송이가 손쉽게 뒤따라오자 놀랍기도 하고 재밌기도 했다.

노인은 진기를 백회로 끌어올려 몸을 더욱 가볍게 한 뒤 왼팔을 앞으로 내밀어 중심을 잡으며 비스듬히 달리기 시작했다.

이것은 노인의 독문경공으로 강호에서 일절로 불리웠는데 순수한 진기의 힘으로 달리는 독특한 것이었다. 이때 다리는 그저 부속물에 지나지 않았다.

노인의 달리는 모습은 우아하고 날렵하기 그지없어 마치 수면을 박차는 제비처럼 보일 지경이었다.

한편 유검은 노인의 뒤를 쫓아 달리다 보니 기분이 상쾌해졌다.

한계를 하나하나 뛰어넘을 때마다 통쾌함은 이루 말할 수 없었으며 지금은 마치 자신이 바람을 가르는 매가 된 듯했다.

이제 또 한 번 노인이 더 빠르게 달리기 시작하자 눈빛을 반짝였다.

자신의 밑천은 동이 났다. 더 빨리 달릴 만한 감각은 떠오르지 않았다. 어떡하면 될까?

이때 날은 조금씩 어두워져 가고 있었는데, 까마득한 상공 위를 나는 매가 보였다.

그 매를 보는 순간 유검은 기이한 것을 느꼈다. 가슴을 통해 마치 자신이 매가 되어 사방을 내려다보고 있는 것 같았다. 그리고 양 날개를 조절하여 바람을 타는 그 감각이 생생하게 느껴졌다.

"우합—!"

기합과 함께 유검은 두 팔을 활짝 펴고 신형을 낮췄다.

날개가 생긴 것은 아니지만 감각이 확장되었다.

양팔과 자신의 몸을 따라 흐르는 바람의 감각을 섬세하고 세밀하게 느낄 수 있었다. 그리고 지붕을 박찰 때 전신에 느껴지는 반동들도 보다 세밀하게 자각했는데 순간 저절로 춤을 출 때처럼 달리는 동작들이 제멋대로 변형되기 시작했다.

유검은 자신의 육체는 물론 주위의 공기까지 완전히 자신의 지배 하에 있음을 느끼고 희열을 느꼈다.

시간이 느려지고 공간이 압축되어 갔다.

그의 신형이 진동하더니 하나의 외피를 깨고 빛이 되어 앞으로 쏘아져 갔다.

노인은 유검과의 거리가 급속도로 가까워지는 것을 보고 울상을 짓고 말았다.

"말도 안 돼!"

낙조가 지는 아름다운 서호변.

땅! 땅! 땅!

점쟁이노인은 규칙적인 망치질 소리가 들려오는 한 채의 초옥 속으로 뛰어들어 갔다.

초옥 속에는 나이를 짐작하기 애매한 털보노인이 망치로 두들기던 하나의 기다란 쇠덩어리를 막 물속으로 넣어 담금질을 시작하고 있었다.

털보노인은 항상 두 눈을 부릅뜨고 있었는데 그의 수염은 철사 줄처럼 빳빳해 보였다.

치이익—

수증기가 모락모락 피어올랐다.

점쟁이노인은 그를 보자마자 숨을 몰아쉬며 입을 열었다.

"나, 나 좀……."

이때 유검 역시 깊게 숨을 몰아쉬며 대장간 안으로 들어서고 있었다.

털보노인은 유검을 보고 버럭 화를 내었다.

"저딴 애송이에게 당해?"

그는 자초지종을 물어보지도 않고 쌍장을 펼쳐 다짜고짜 유검을 향해 공격해 갔다.

점쟁이노인이 놀라 그를 말렸다.

"자, 잠깐 그게 아니라……!"

이미 그의 두툼한 손바닥은 유검의 가슴을 짓눌러 가고 있었다. 그의 급한 성격만큼이나 빠른 출수였다.

유검은 갑자기 암습을 당한 셈이라 미처 피하지도 못하고 고스란히 얻어맞을 수밖에 없었다.

퍼억—!

기묘한 타격음과 함께 유검은 두 발자국 물러섰다.

갑작스런 공격에 놀라기는 했지만 몸을 움직여 보니 별다른 타격은 없는 것 같아 대수롭지 않게 여겼다.

점쟁이노인이 버럭 화를 내며 소리쳤다.

"저 녀석은 적이 아냐! 네 녀석은 그냥 내가 도망치게 시간만 벌어달란 말이다."

털보노인이 얼떨떨한 얼굴로 유검을 가리키며 소리쳤다.

"저 녀석, 상당히 이상하군."

점쟁이노인 역시 얼떨떨한 표정이었는데 곧 한숨을 쉬며 고개를 끄덕였다.

"나도 알아."

"아냐. 봐! 진짜 이상하잖아! 내 일장을 얼어맞고 어떻게 저리 멀쩡한 거지?"

"이상하긴 한데… 본래 그런 놈 같다. 하여간 왜 그리 성미가 급한 게냐? 말을 들어보지도 않고 다짜고짜 공격해 버리다니……."

털보노인이 가래침을 콱 뱉으며 말했다.

"좀 전에 이상한 놈들이 와서 내 성미를 건드리고 갔다."

"호오~ 간덩이가 부은 놈들이군. 널 건드리다니 말이다. 허허허……."

유검은 웃고 있는 점쟁이노인에게로 다가갔다.

"이젠 말씀해 주시죠."

노인은 그제야 쫓고 쫓기던 상황임을 다시 자각했다. 도망치려 해도 이미 늦었다.

그의 얼굴이 찡그려졌다.

"휴… 꼭 알아야겠냐?"

유검은 고개를 끄덕이며 내심 의아해했다.

'도대체 무슨 괘가 나왔기에 저렇게 감추고 싶어하는 걸까?'

곧 난처해하는 노인의 모습을 보고 마음을 바꿨다.

"됐습니다. 알든 모르든 상관없죠 뭐. 사실 점이란 걸 안 믿는 편이 거든요."

사실 그렇게까지 알고 싶은 생각은 없었다. 악착같이 노인을 뒤쫓아 온 것은 그저 아무것도 하지 않는 것보다 나았기 때문인데 달리다 보니 기분도 꽤 풀어졌다. 그러니 굳이 노인을 난처하게 만들고 싶지는 않았다.

예를 표한 후 뒤돌아서서 가려는데 노인이 불렀다.

"잠깐만!"

노인은 고민 어린 얼굴로 한참을 망설이다 입을 열었다.

"사실 네게 감추려 한 것은, 무슨 이상한 괘가 나와서 그런 게 아니라… 해석이 안 돼서였다. 신복의 체면에 모른다고 할 수는 없어 얼버무리고 도망쳐 버린 거다."

듣고 있던 털보노인이 가소로운 듯 중얼거렸다.

"돌팔이 주제에 무슨 신복……."

점쟁이노인은 그를 매섭게 쏘아본 후 다시 말을 이었다.

"괘상을 한마디로 말하자면……."

땅! 땅! 땅!

털보노인은 자기와는 아무런 상관 없는 일이라 여기는지 망치질을 시작했다.

점쟁이노인이 소리쳤다.

“시끄러! 내 말이 안 들리잖아!”

“여긴 내 집이다!”

털보노인은 한 치의 양보없이 그렇게 소리치며 망치질을 계속했다.

점쟁이노인은 그를 쏘아보다 할 수 없다는 듯 한숨을 쉬며 다시 입을 열었다.

“하여간 나온 괘상이란 게…….”

“이걸 봐라.”

털보노인이 중간에 끼어들어 한 덩어리의 은자를 노인 앞에 내밀었다. 스무 냥은 되어 보이는 은자였는데, 다섯 손가락의 자국이 깊고 선명하게 나 있었다.

“좀 전에 어떤 늙은이가 시퍼렇게 젊은 놈들을 거느리고 와서 이걸 해 보이고 갔다. 날 협박한 거지.”

점쟁이노인은 눈살을 찌푸렸다.

인간의 악력으로 이런 흔적을 낼 수 있다는 것이 믿어지지 않았다.

“네게 뭘 요구하던데?”

“무슨 검이 있는데 그걸 원상 복귀시켜 달라더군. 가지고 와보라 했더니 내가 가야 한다는 거야. 참으로 어이없는 일이지. 젠장!”

“흠, 듣고 보니 정말 어이가 없군.”

“보수는 달라는 대로 주겠다면서 좀 있다 다시 올 테니까 잘 생각해 보라고 말하고 떠났어. 이러니 내가 화가 안 날 수 있겠냔 말이다!”

“과연 화날 만하군.”

“휴~ 이 나이에 다시 싸우자니 그렇고… 하여간 재수 옴팡지게 없는 날이야.”

“나도 그렇다네. 간만에 물건을 하나 건지나 했더니 알고 보니 내가 손댈 게 아닌 것 같아. 말년에 드디어 제자 하나 구하나 했는데… 휴~”

“네놈 일이란 게 다 그렇지 뭐.”

두 노인이 신세 한탄으로 넘어가자 유검은 마냥 기다릴 수 없어 끼어들었다.

“저……”

조심스럽게 말했다.

“아까 하시던 이야기나 마저해 주시고 말씀을 나누시면 안 되겠습니까?”

점쟁이노인은 아차! 싶은 듯 손바닥으로 자신의 머리를 쳤다.

“아, 그렇지 참. 에휴, 늙으면 죽어야지. 자꾸만 기억력이 깜빡거린다니깐. 그러니까 그 괘상은……”

이때 누군가 안으로 들어오는 인기척이 났다.

털보노인의 안색이 굳어졌고 당연한 말이지만 점쟁이노인의 말도 또다시 끊겼다.

유검은 은근히 열이 받쳤다. 들으려 할 때마다 산통이 깨져 버리니 열받을 만했다.

확 노인의 멱살을 잡고 흔들며 말하라고 소리치고 싶을 정도였다.

“왔군.”

털보노인이 딱딱한 음성으로 중얼거렸다.

유검은 도대체 누가 찾아왔나 싶어 고개 돌려보다 황급히 바로 했다.

'어떻게 저 노인네가 여기에…….'

다우가 있던 장원 안에서 본 그 백발의 노인네가 몇 명의 사내들과 함께 뒷짐을 지고 느긋하게 안으로 들어서고 있었다.

노인이 만면에 사람 좋은 미소를 흘리며 부드럽게 물었다.

"결정했소이까?"

털보노인은 그를 쏘아보며 코웃음을 치고는 두툼한 손바닥으로 바닥을 쳤다.

"흥, 죽는 한이 있어도… 앗, 뜨거라!"

결연한 어조로 한마디 내뱉다 비명을 질렀다. 마침 담금질이 끝난 쇳덩어리를 내려치고 만 것이다.

점쟁이노인은 애써 웃음을 참으며 끼어들었다.

"킬킬, 내가 대신 말해 주지. 네놈의 협박 따윈 개방구 소리나 마찬가지라고 하더군."

백발노인이 고개를 끄덕이며 말했다.

"흠… 일단 방해물부터 치워야겠군."

차창―!

백발노인이 말을 끝내자마자 뒤에 있던 사내들이 눈빛을 날카롭게 빛내며 칼을 뽑아 들었다.

그리고 점쟁이노인과 유검을 향해 바로 칼을 휘둘러 갔다.

"허참, 난 단지 저 녀석의 의견을 대신 말해 준 것뿐이라구."

점쟁이노인은 짐짓 억울한 듯한 얼굴로 사내들의 공격에 허둥대는 척했다.

유검은 싸움이 벌어질 것은 예상했지만 이렇게도 급박해질 줄을 몰랐기에 내심 투덜거렸다.

'나 참, 내가 왜 끼어들어야 하는 거야!'

등 뒤로 묵직하게 와 닿는 칼바람을 느끼며 급히 허리의 중심을 낮췄다. 동시에 성이두전(星移斗轉)의 수법으로 한 손으로는 칼자루를 쥔 사내의 팔목을 쳐올리며 몸을 회전시켜 반대편 팔꿈치로 그의 복부를 쳐올렸다.

여태까지 본 문의 무공을 발휘한 적은 거의 없었다. 하지만 이제 내공이 없어도 옛날 무공을 펼칠 때의 감각만 있으면 충분하다는 것을 알았기에 그의 동작은 기세가 당당했고 거침이 없었다.

퍽―!

복부를 가격당한 사내의 허리가 새우등처럼 굽혀졌다. 동시에 그의 신형이 한순간 허공에 떠버렸다.

사내는 복부로 파고드는 충격과 고통에 얼굴만 일그러뜨릴 뿐 비명조차 내지르지 못했다.

그가 땅으로 떨어지기 전에 거센 와류의 소용돌이와 함께 파고드는 유검의 일장에 격중당했다. 사내의 신형은 마치 대포알을 맞은 듯 뒤로 퉁겨났다.

와장창―!

그는 벽에 맞고 다시 퉁겨나 주위의 사물을 어지럽히며 그제야 바닥과 상봉할 수 있었다.

찰나지간에 일어난 이 일로 대장간은 잠시 정적에 휩싸였다. 무슨 일이 일어났는지 자세히 본 사람은 아무도 없었다.

유검은 자신의 손바닥을 보며 두 눈을 크게 떴다.

“이거 너무 잘되잖아.”

백발노인이 유검을 발견하고 만면에 은근한 미소를 지었다.

“흐음… 알고 보니 네놈이었군.”

유검도 어색하게 웃었다.

“또 만나게 돼서…….”

말을 끝까지 이을 수 없었다. 노인이 기다리지 않고 바로 손을 써온 것이다.

말을 건네 방심케 한 후 손을 쓰는 그 수법은 사실 암습이나 다름없었다. 체면을 중시하는 명가의 고수라면 절대 그런 짓은 하지 않는다.

유검은 그렇게 체면을 중시하는 모습들만 봐왔기에 노인의 갑작스런 일격을 예상 못해 반응이 한 박자 늦고 말았다.

‘아차! 칼이라도 주워놓을걸!’

노인는 어디서 꺼내 들었는지 예리한 빛을 번뜩이는 검으로 심장을 찔러왔다. 그 속도는 상상을 초월했다.

동시에 사내들도 마치 약속이라도 한 듯 노인의 행동에 맞춰 함께 유검을 공격해 오고 있었다.

점쟁이노인과 대장간의 털보노인은 뒤늦게 그것을 알아차려 멈추라고 고함치며 끼어들었지만 역시 한 박자 늦어 있었다.

유검은 자신이 피할 곳이 없음을 깨닫고 다급해졌다.

뒤는 벽, 그리고 사방으로 날아드는 검과 칼 그림자.

‘제기랄! 금강불괴가 아니고선 꼼짝없이 죽고 말겠군!’

생명의 위험을 절실히 느끼며 마구잡이로 일단 몸을 날리려는데, 갑자기 몸이 뻣뻣하게 굳어져 왔다.

눈앞이 컴컴해져 갔다.

‘죽었군!’

순간적으로 이미 누군가의 암습에 혈도를 제압당했구나라고 생각했다.

창—! 차차차창!

검이 유검의 심장을 찌르고 어지러운 칼 그림자가 그의 머리와 어깨, 허리와 다리 등을 베었다. 기이하게도 쇠끼리 부딪치는 소리가 났다.

점쟁이노인과 털보노인은 순간 통분을 금치 못했다.

“이놈들! 감히 나의 애제자를!”

백발노인을 향한 두 노인의 공격은 사내들에 의해 즉시 저지되었다.

백발노인이 유검을 향해 코웃음 치며 중얼거렸다.

“흥, 이해해라. 네놈에게는 이상한 구석이 있어서 내버려 둘 수가 없었……”

백발노인의 얼굴에 의아함이 떠올랐다.

자신의 일검은 물론 부하와 제자들의 칼에 난도질당했으니 유검의 신형은 피육이 되어 있어야 옳다. 그런데 옷은 찢겨져 있지만 흘러나온 핏방울조차 보이지 않았던 것이다.

‘가만, 그러고 보니 찔렀을 때 마치 무쇠덩어리를 친 듯 손목이 찌르르 했는데……’

곧 그는 말도 안 되는 가정이라며 헛웃음을 터뜨렸다.

백발노인은 유검을 쏘아보며 다시 중얼거렸다.

“영광으로 알거라. 내가 두 번 손을 쓰는 경우는 강호에 나와 열 번도 되지 않는다. 너는 그중 하나가 되는 것이니, 일류고수라 불릴 자격이 생기는 것이다.”

말을 끝마치자 노인은 검으로 유검의 미간을 찔렀다. 그의 한평생 쌓은 공력을 주입시킨 것이라 설령 무쇠라도 뚫을 만한 힘이 실려 있었다.

챙―!

검끝이 낭창낭창 휘어졌다.

노인의 검미가 날카롭게 치솟았다.

"흥, 제법 단단한 대갈통을 가졌군."

그의 표정은 태연했다.

오래 살다 보면 이런 경우가 가끔 있긴 하지만 그다지 대수롭지는 않다는 식의 얼굴이었다. 관자놀이로 식은땀이 흘렀지만 역시 대수롭지 않다는 표정을 유지한 채 소매로 슬쩍 닦았다.

"검날이 안 상했는지 모르겠군."

그는 사정을 봐준 거라는 투로 그렇게 중얼거리고 나서 다시 전 공력을 끌어올렸다.

그의 옷자락이 풍선처럼 부풀어 올랐다.

노인은 검끝에 전 공력을 담아 유검의 목젖을 향해 검을 찔러갔다.

채―앵!

검이 버드나무처럼 휘영청 휘어졌다.

그것을 보는 순간 백발노인의 두 눈에 불똥이 튀었다.

"이 자식이!"

노인의 검무가 시작되고 순간 유검의 전신이 검광에 휩싸였다.

차창! 차차창!

마치 음악처럼 검명이 연이어 울려 퍼졌다.

그에 따라 유검이 걸치고 있는 옷은 그야말로 넝마가 되어버렸지만 노인이 기대하던 핏줄기는 전혀 기미조차 없었다.

“이 자식! 무슨 사공을 익힌 거야!”

버럭 괴성을 지르는 노인의 모습은 그야말로 발광에 가까웠다. 머리는 산발이 되어 있었고 거친 몸놀림에 옷매무새도 잔뜩 흐트러져 있었다.

대장간의 다른 싸움은 멎어 있었다.

사내들은 당황하며 노인을 말리려 했고, 점쟁이노인과 털보노인은 어리둥절하다 곧 상황을 깨닫고 배꼽을 잡고 웃었다.

“한 시진 후에 오겠다. 그동안 다시 생각해 보도록.”

백발노인은 그들을 쏘아보다 그렇게 말하고는 밖으로 나가 버렸다.

애써 감추려 했지만 그의 얼굴은 벌겋게 달아올라 있었다.

점쟁이노인과 대장간 노인은 한바탕 그에게 욕을 퍼붓고 나서 걱정스런 얼굴로 유검에게로 다가갔다.

“도대체 어떻게 된 거야?”

유검은 그제야 눈을 뜨더니 돌연 애원하듯 소리쳤다.

“저 좀 긁어주세요!”

그동안 의식은 깨어 있었지만 전신을 꼼짝할 수 없었다. 노인이 검을 날릴 때마다 고통스럽지는 않았지만 모기에 물린 것처럼 따끔거렸다. 전신이 간지러워 견딜 수가 없었다. 움직일 수가 없으니 더 간지러운 것 같았다.

백발노인이 사라지자 유검은 더 이상 견딜 수 없어 그렇게 소리친 것이다.

털보노인이 투덜거렸다.

“이 녀석, 뭐야? 죽었나 살았나 보러왔더니 기껏 한다는 말이 긁어달라니.”

유검은 얼굴 표정조차 일그러뜨리지 못했기에 더 답답했다.

"제발 저 좀 긁어주세요! 간지러워 미치겠습니다."

점쟁이노인이 거드름을 피우며 대꾸했다.

"흐음… 꽤나 간절해 보이는군. 좋아, 내 제자가 될 테냐? 그럼 생각해 보지."

그 말에 화가 나 외쳤다.

"그만두십쇼! 내 힘으로 해볼랍니다!"

그제야 노인들은 키득거리며 손톱을 세워 유검의 전신을 긁어주었다. 유검은 계속해서 '더 세게!' 를 외쳤고, 노인들은 종내 대장간 내의 호미나 심지어 칼로 벅벅 긁어주었다.

그러면서 두 노인은 서로 대화를 나누었다.

털보노인이 투덜거렸다.

"도대체 어디서 나타난 괴물인지 모르겠군. 틀림없이 전대의 노괴물처럼 보이는데……."

"뭐, 강호에 기인은 모래알처럼 많은 법이니 우리가 다 알 수는 없지. 그나저나 아마도 놈들이 밖을 지키고 있을 테니 도망치기는 쉽지 않아 보이고… 어떡한담?"

점쟁이노인이 걱정하자 털보노인은 클클 웃었다.

"괜찮아. 이래 뵈도 비밀 통로 하나쯤 가지고 있다네."

"오잉? 호오~ 그것참, 너답지 않은데?"

털보노인이 쇠꼬챙이로 불을 때는 화로 속을 뒤적거렸다. 그러자 바닥에 네모난 철문이 나타났다.

그 위로 물을 붓자 치이익거리며 수증기가 모락모락 피어올랐다. 몇 번 더 물을 끼얹어 열기를 식힌 다음 철문의 쇠고리를 잡아당기자 곧

바닥에 시커먼 구멍이 나타났다. 한 사람 가까스로 들어갈 만한 작은 구멍이었다.

점쟁이노인이 그것을 보고 투덜거렸다.

"나 원, 이왕 만들 거면 좀 더 크게 만들지……."

"시끄러. 일단 빠져나가자. 그놈들이 눈치 채기 전에."

그렇게 탈출을 준비하다 점쟁이노인이 유검을 보고 혀를 찼다.

"근데 이 녀석은 어떡하나?"

유연성없는 유검의 현재 몸으로는 도저히 그 구멍을 통과할 수 없어 보였다.

"임마! 움직여 봐!"

억지로 유검을 움직이려 해보았지만 불가능했다.

유검은 아무리 긁어도 만족할 수 없었는데 그 간지러운 느낌에 거의 미칠 지경이었다. 아무 생각도 할 수가 없어 노인들의 말도 귀에 들어오지 않았다.

"이대로 두고 갈 수도 없고… 그 참."

털보노인은 혀를 차다가 좋은 생각이 떠오른 듯 기뻐했다.

"아, 맞다! 그러면 되겠군."

그는 점쟁이노인에게 다리를 잡게 하고 자신은 머리를 든 다음 유검을 옮겼다.

한쪽 벽문을 열자 조그만 골방과 같은 곳이 나타났는데 그 안에는 온갖 종류의 동인형들이 어지러이 널려 있었다. 완성된 것도 있었고 상체나 하체만 만들어진 것도 있었다.

"이건 뭔가?"

점쟁이노인이 놀라 묻자 털보노인은 별것 아니라는 투로 대꾸했다.

“뭐긴? 말 그대로 동인형이지. 신농산장에서 침술을 익히기 위해 주문하는데… 때론 강호세가나 기루 등에서 특별한 용도로 주문하기도 해.”

그리고 한쪽 구석에 있는 조그만 통을 꺼내왔다.

“내 생각은 이 녀석을 변장시키는 거다. 이걸 바르고 여기 처박아두면 눈치 못 챌걸?”

그렇게 말하고 나서 넝마가 되어버린 유검의 옷을 몽땅 벗겼다. 그리고 커다란 붓을 그 통에 넣어 구릿빛 끈적한 액체를 잔뜩 묻힌 다음 유검의 전신에 바르기 시작했다.

점쟁이노인은 고개를 갸웃거렸다. 기발한 것 같기도 하고 또 위험해 보이기도 했다.

하지만 얼렁뚱땅이 삶의 태도요, 치매 기까지 약간 있는 그의 통찰력으로서는 이것이 어쩔 수 없는 선택이란 점에 충분히 동의할 수밖에 없었다.

유검은 간지러워 미칠 지경이었는데 차가운 액체가 몸에 닿자 시원해지며 가려운 게 조금 가시는 것 같았다.

그제야 조금 정신이 들어 눈을 뜰 수 있었다.

두 노인은 하나의 정교한 동인형이 된 유검을 보고 감탄을 금치 못했다.

“내 평생 최고의 걸작이군!”

털보노인은 연신 탄성을 내질렀다.

그는 유검에게 바른 구릿빛 액체가 조금 마르기를 기다린 후 다른 동인형들이 쌓여진 곳에 올려놓았다. 그리고 다른 동인형들의 조각을 그 위에 올려놓아 눈에 띄지 않게 위장시켰다.

그제야 만족한 듯 미소를 지었다.

"살아 있거라. 다시 보게 말이다."

그렇게 말하고는 탈출을 위해 나가 버렸다.

문을 닫아버리자 사방은 어둠에 잠겼다.

유검은 간지러운 느낌을 떠올리지 않게 하기 위해 멍하니 어둠 속의 천장만 바라보고 있었다.

그는 나의 전생이었다

그는 나의 전생이었다

조금 더 시간이 흘러서야 유검은 자신에게 닥친 이 상황이 부당하다는 사실을 알아차렸다. 이는 마치 예고없이 상영되는 악몽과 같은 것이라는 것도 납득할 수 있었다.

두 노인은 가버렸고, 가라앉았던 간지러움도 스멀스멀 다시 기어오르려 했다.

'일단은… 움직여야 긁을 수 있다.'

그것은 절박했다. 좀 전과 같은 간지러움이 찾아오면 아마도 자살하고 싶어질지도 모른다.

우선 유검은 자신이 이렇게 된 이유가 생명이 경각에 달하자 저절로 몸이 반응해 버린 탓이라 생각했다. 아마도 현재 안전하다는 것을 느끼면 다시 원상태로 돌아올 것 같았다.

유검은 마음을 가라앉히고 아름다운 서호의 풍경을 떠올렸다. 상상하는 것만으로도 시원한 바람과…….

'그러고 보니 덥군.'

대장간은 불을 다루는 곳이다. 한여름 날 저녁, 후텁지근한 열기가 머물러 있는 이곳은 그야말로 피서지로는 가장 최악이었다.

유검은 눈앞에 일렁거리는 대장간의 불꽃을 애써 지우고 무당산에서 폭포로 뛰어들었을 때의 시원함을 떠올렸다.

물은 오싹할 정도로 차가웠는데 은밀한 곳에 숨어 있으면 가끔 여제자들이 목욕하는 것도 음미하며 감상할 수 있었다.

그렇게 행복했던 때를 떠올리며 상상의 나래를 펴고 있는데…….

덜컹—!

시끌벅적한 소리와 함께 문이 열렸다.

"이 새끼들, 어디로 내빼 버린 거야!"

유검은 행복한 상상을 중단받았지만 불평할 수 없었다.

나타난 이는 노기 어린 얼굴의 백발노인이었다.

유검은 긴장했다. 아예 눈을 감고 숨소리조차 내지 않으려 했다.

또다시 그에게 칼침을 맞는 것을 상상하면 소름이 끼칠 정도였다. 죽고 살고를 떠나 그 따가움과 그에 따른 간지러움은 그야말로 살아 있는 지옥이었으니까.

노인은 마구잡이로 검을 휘둘러 동인형들에게 화풀이를 했다.

그가 자기에게로 점차 다가오는 것을 느끼고 잔뜩 긴장해 있는데 밖에서 그의 부하가 소리쳤다.

"여기 통로가 있습니다!"

"뭐?"

노인이 서둘러 나가 버리자 유검은 내심 안도의 한숨을 내쉴 수 있었다.

왁자지껄한 소리가 점차 멀어져 갔다.

'안 되겠다. 더 빠르고 확실한 방법을 써야겠어.'

그렇게 생각하고 내면의 중심을 자각했다.

평상시에는 곧바로 들어갈 수 있었지만 마음이 들뜨자 쉽지 않았다. 노력하고 애를 쓸수록 오히려 힘들었다.

얼마나 시간이 흘렀을까.

겨우 마음이 가라앉아 천천히 고요 속으로 들어가려는 찰나, 밖에서 걸쭉한 사내의 목소리가 들려왔다.

"어이, 털보!"

"서 노인! 어디 있수?"

두 명의 사내가 대장간 안으로 들어섰는데, 태도는 건들건들했으며 얼굴에 슬쩍 비웃음을 띤 것이 패악질에 이골이 난 모습이었다.

한 사내가 투덜거렸다.

"여기 꼬락서니를 보니… 젠장, 일이 안 된다고 홧김에 술이나 마시러 간 것 같구먼."

다른 사내가 마구 도구들을 발길질하며 화를 내었다.

"제기랄, 오늘까지 부탁한다고 분명히 말했건만!"

그렇게 투덜대며 두 사내는 유검이 있는 골방 쪽으로 왔다.

"허어… 여기도 엉망이구먼. 이 늙은이가 일을 시작도 안 한 게 분명하네."

"에휴… 루주에게는 뭐라 말씀드리나. 재수 옴팡지게 없군. 가자구. 더 있어봤자 화만……."

그때 한 사내가 부서진 동인형들 속에 있는 유검을 발견하고 소리쳤다.

“어이, 저거 봐!”

그는 급히 다른 조각난 동인형들을 치우고 유검을 끌어내었다.

“희야~! 이거 진짜 사람 같은데?”

그는 시험 삼아 다른 동인형 조각으로 유검의 머리를 쳐보았다.

캉—!

쇳덩어리 부딪치는 소리가 났다.

“이거 참, 진짜 사람으로 착각하겠군.”

“그러게 말이다.”

“서 노인이 꽤나 정성을 들인 모양인데… 좋아, 이걸 가지고 가자
구.”

한 사내가 쾌재를 부르며 그렇게 말하자 다른 사내가 우려하는 모습
으로 주저했다.

“음… 괜찮을까? 우리가 요구했던 거보다 훨씬 비싸 보이는데 말이
야.”

“괜찮아, 괜찮아. 뭐, 서 노인이 나중에 우리 걸 만들어 가지고 오면
그때 돌려줘도 늦진 않으니까.”

“흠집을 내면 어떡하려구?”

“그거야 우리 책임은 아니지.”

“음… 별수없지.”

사내들은 여기저기 뒤져 하나의 관 같은 상자를 찾아내었다.

“여기다 담아가지고 가자구.”

유검은 입을 열까 말까 잠시 고민했지만 이 두 건달패들이 자신을
옮기려 하자 이대로 잠자코 있기로 했다.

백발노인 일행이 언제 와서 다시 뒤져 볼지 모른다. 그렇다면 이들에 의해 일단 다른 곳으로 옮겨지는 것이 낫다고 판단한 것이다.

유검은 상자에 담겨졌다.

두 사내가 옮기기 시작하는지 상자가 덜컹거렸다.

그래도 꽤 조심을 하는지 심하게 흔들거리지는 않았다.

오히려 잔잔한 호수 위에 뗏목을 띄우고 그 위에 누워 있는 듯한 느낌이 들 정도로 안락했다.

대체 어디로 가는 걸까 하는 의문이 일었지만 낙관적으로 생각했다.

'어디로 가든지 대장간보단 낫겠지.'

그리고 움직여지지 않는 것에 대해서도 편하게 생각하기로 했다. 언제까지나 이렇게 굳어 있지는 않을 것이며 때가 되면 저절로 풀어질 테니까.

그저 시간이 약이다.

바깥은 시끄러운 편이었는데 온갖 소리들이 들려왔다. 주객들의 취한 고함 소리며, 여인의 교성하며, 서로 멱살 잡고 싸우는 소리까지.

아마도 낙양 시내로 들어서는 것 같았다.

흔들거림이 일정하게 계속되자 유검은 졸음이 왔다.

그러다 귀에 익은 음성이 들려와 정신이 번쩍 들었다. 어이없게도 백발노인의 음성이었다.

'뭐, 뭐야? 여긴 어딘데 저 노인네의 목소리가 들리는 거지?

잠시 후 방문 열리는 소리가 나며 여인의 목소리가 들려왔다.

"왜 이렇게 늦은 거야?"

"나 참, 우리 탓이 아니요. 그 늙은이가 약속을 지켜야 말이지."

상자가 세워지는 것을 느꼈다.

"이걸 대신 가져왔는데, 꽤 비싸 보이니까 흠집 안 나게 조심하슈. 나중에 서 노인이 와서 땡강 부리면 곤란하니까."

"에휴… 알았어."

사내의 발걸음이 멀어져 갔다.

'도대체 여긴 어디지?'

의아함을 금치 못하고 있는데 밝은 빛이 쏟아져 들어왔다.

상자의 문이 열린 것이다.

유검은 빛에 바로 적응할 수가 없어 눈을 감았다. 그리고 천천히 눈을 뜬 순간,

"우와―! 진짜 사람 같다!"

십여 명 정도의 어린 소녀들이 말똥말똥한 눈으로 자신을 바라보고 있었다.

'뭐, 뭐야?'

유검은 순간 자신이 벌거벗고 있다는 것을 깨달았다.

하늘이 노랗게 변해갔다. 눈을 질끈 감았다.

유검의 신형은 네 명의 소녀에 의해 방 중앙에 위치한 침상 위로 옮겨졌다. 다른 소녀들도 우르르 몰려와 유검의 전신을 살펴보기도 하고 만져 보기도 하며 연신 감탄을 금치 못했다.

유검은 이를 꽉 깨물었다.

소녀의 손길이 몸에 닿자 다시 간지러움이 일기 시작했다. 하지만 이제 그것은 오히려 문제가 되지 않았다.

하체에 힘이 들어가려 하고 있었다.

'미치겠군! 정말로!'

버럭 소리를 질러 모두 쫓아내고 싶었지만 백발노인이 근처에 있음

을 자각하고 필사적으로 참았다.

이십 대 중반이 되어 보이는 관능미 넘치는 미녀가 손뼉을 치며 주위를 환기시켰다.

"자자, 이제 동인형도 왔으니까 제대로 연습을 해야지!"

"예~!"

소녀들은 합창하며 침상 주위로 뺑 둘러섰다.

미녀는 옷을 훌훌 벗어 던지더니 침상 위로 올라갔다. 그리고 부드럽게 유검의 몸 위로 올라탔다.

"잘 봐. 어떻게 하는지 이제 보여줄 테니까 말야."

그리곤 방중술 시범을 위해 기본 동작을 취했다.

유검은 부드러운 여인의 살결이 와 닿자 미칠 지경이었다. 죽을힘을 다해 참으려 했지만 결국 하체는 별도의 생명력을 지닌 듯 저절로 힘이 들어가고 말았다.

보고 있던 소녀들이 두 눈을 동그랗게 뜨고 서로 재잘거렸다.

"야야, 저거 봐."

한 소녀가 유검의 하체를 가리켰다.

"응? 아… 저거? 본래 저랬던 거 아냐?"

"아냐. 내가 자세히 봤는데 말야. 아까는 분명히……."

분위기가 소란스러워지자 미녀가 화를 내었다.

"조용히 안 할래? 열심히 공부하지 않으면 나중에 후회한다."

이때 문이 열리며 한 여인이 들어와 다급한 듯 말했다.

"루주님께서 와보시랍니다. 급한 일이래요."

"그래? 무슨 일이지?"

미녀는 침상에서 내려와 다시 옷을 주워 입었다. 그리고 유검의 하체를 툭툭 치며 소녀들에게 엄포를 놓았다.

"너희들, 얌전히 있어. 이거 함부로 건드리지 말고. 만약 부서지면 너희들 한평생 일해도 갚을 수 없을 테니까. 알았어?"

유검은 속으로 부르짖었다.

'너나 치지 마!'

미녀가 나가자 소녀들은 해방감을 느끼는지 환성을 지르며 서로 장난치고 수다를 떨기 시작했다.

유검은 내심 한숨을 쉬며 이 난국을 도대체 어떻게 헤쳐 나갈까 심각하게 고민하고 있는데 누군가 가까이 다가오는 것을 느꼈다.

"너 왜 여기 있는 거야?"

귀에 익숙한 조그만 목소리에 유검은 자신도 모르게 슬며시 눈을 떴다.

"……!"

"취미도 별나네."

다우가 한심해 보인다는 얼굴로 자신을 내려다보고 있었다.

유검은 그제야 이 방에 있는 십여 명의 소녀 속에 다우도 포함되어 있었다는 것을 깨달았다.

유검은 당혹과 혼란, 광증, 불안, 초조, 행복, 반가움 기타 그 무엇으로도 정의할 수 없는 감정 속에서 소리 죽여 물었다.

"너야말로 왜 여기 있는 거냐!"

"왜라니? 나 여기 간다고 오늘 듣지 않았어?"

"…여기가 그럼 백화루?"

"맞아."

"……."

다우는 유검의 하체를 힐끔거리고 나서 중얼거렸다.

"야, 힘 줘. 다시 작아지면 아이들이 이상하게 생각하잖아."

"……."

속으로 정말 미치겠다고 또다시 중얼거렸다.

"아참, 몰래 들은 이야긴데 말야. 장원을 공격했던 그자들이 여길 찾아왔대. 알고 왔는지 아니면 그냥 놀러 왔는지 알 수가 없어서 지금 루주랑 다들 난리야."

"그랬었군."

유검은 납득한 듯 나직이 중얼거렸다.

물론 이렇게 상황을 납득하고만 있을 때가 아닌 것은 안다. 하지만 움직일 수도 없는 처지에 뭘 어떻게 한단 말인가.

이때 다른 소녀가 쪼르르 달려왔다. 나이는 십오 세 정도 되어 보였으며 얼굴에 주근깨가 약간 나 있는 귀여운 소녀였다.

유검은 얼른 눈을 다시 감았다.

"뭐 해?"

그녀가 말을 걸어오자 다우는 당황해하다 곧 시큰둥하게 대꾸했다.

"쳇, 안 만져. 그냥 보기만 할 뿐이야."

"누가 뭐래?"

주근깨 소녀는 유검의 위아래를 살피며 감탄했다.

"이야~ 이 동인형 진짜 정말 같네. 얼굴도 제법 귀엽고 몸매도 괜찮은데?"

그러다 훌쩍 침상 위로 올라갔다.

"흠… 맞아. 익힌 걸 시험해 봐야지."

"하, 하지 마! 부서지면 어떡하려구."

"뭐야? 이 단단한 게 부서지기야 하겠어?"

그리고 아미를 찌푸렸다.

"가만, 근데 왜 화를 내고 그래? 신참이라고 예뻐해 주려 했는데 너 꽤 건방져!"

두 소녀 사이에 싸움이 일려 하자 나머지 소녀들이 우르르 달려왔다.

"왜 그래? 싸우지 마."

다우는 입술을 삐죽거렸다.

"누가 화를 내? 쳇! 마음대로 해."

그리곤 한 걸음 물러섰다.

주근깨 소녀는 의기양양해하며 보란 듯이 방중술의 자세를 취해 보였다.

유검은 내심 한숨을 쉬었다.

그녀가 비록 옷을 입고 있고, 그저 시늉만 할 뿐이며, 또한 어린 소녀들에 불과하지만, 그래도 막 피어나기 시작한 여인의 향기도 지니고 있어 자극을 받지 않을 수 없었다.

육체는 제멋대로 반응하고 다우는 지켜보고 있다.

업보란 것은 없다고 믿고 있지만 절로 탄식하지 않을 수 없었다.

'내가 전생에 무슨 죄를 지었길래…….'

대담한 주근깨 소녀의 행동에 겁을 먹고 지켜보던 다른 소녀들도 별 탈이 없음을 알고 너도나도 달려들기 시작했다.

한 걸음 물러서 그것을 지켜보던 다우는 조바심을 냈다. 왜 그런지 자신도 알 수 없었다.

입술을 질겅질겅 씹다가 훌쩍 신형을 날렸다.

"하지 말란 말야!"

화려한 이단 옆차기였다.

주근깨 소녀는 발차기에 맞고 침상에서 떨어지고 말았는데, 식식거리며 다시 몸을 일으켰다.

"이게……!"

소녀는 다른 소녀들을 향해 소리쳤다.

"야! 다들 덤비자. 쟤가 우릴 깔보고 있잖어!"

그녀의 선동에 다른 소녀들도 호응했다.

"맞아. 신참이 너무 건방져. 맛을 보여줘야 해!"

소녀들이 우르르 달려들자 다우는 찔끔하여 방 안 여기저기로 도망치기 시작했다. 그녀들과는 달리 무공을 얼마간 익혔기에 몸이 날렵하여 잡히지 않았다. 가끔 반격을 가하기도 했다.

유검은 슬쩍 눈을 떠 상황을 지켜보며 내심 다우를 응원했다.

'지지 마라!'

그녀가 잡힐 뻔하면 조바심이 났고 그러다 통쾌하게 반격이라도 하면 쾌재를 부르기도 했다.

그러다 다우가 침상을 넘어 도망쳤고 다른 소녀들이 우르르 뒤쫓다가 그만 유검을 바닥으로 떨어뜨리고 말았다.

소녀들은 당황하여 유검을 다시 침상 위로 올렸다.

그러다 한 소녀가 비명을 질렀다.

"앗!"

그녀는 유검의 하체를 가리키며 안달했다.

"저거 봐! 어떡해, 작아졌어! 고장났나 봐."

다른 소녀들도 난리를 피웠다.

"어라? 여기 칠도 벗겨졌어!"

"큰일났다. 명 언니가 알면 우린 죽었어!"

소녀들은 곧 야단법석을 피우기 시작했다.

덜컹!

문이 열리며 좀 전 전갈을 보내왔던 여인이 얼굴을 안으로 내밀었다.

"야! 왜 이리 떠들어?"

소녀들은 얼어붙어 다들 하던 동작을 멈추었다.

여인은 수상쩍다는 표정으로 방 안을 훑어보더니 말했다.

"오늘은 이만 한댄다. 다들 들어가 쉬어. 방 안 정리는 잘 해놓고."

그리곤 다시 문을 닫았다.

소녀들은 일제히 안도의 한숨을 내쉬었다.

한 소녀가 걱정스레 중얼거렸다.

"근데 어떡하지? 빨리 고쳐 놓지 않으면……."

주근깨 소녀가 눈빛을 반짝이며 고개를 저었다.

"아냐. 고장난 게 아니라 아마 기관 장치가 되어 있는 걸 거야. 다 같이 찾아보자."

소녀들은 그 말이 그럴듯하다며 동감했다.

모두 유검의 위아래를 만지작거리며 기관 장치를 찾기 시작했다.

다우가 가까이 다가와 귓가에 대고 작게 소곤거렸다.

"야, 얼른 힘 줘. 안 그럼 들킬걸?"

다우에게 그런 소리를 들어야 하다니 유검은 자신이 정말 한심하게 느껴졌다.

유검의 두 눈이 번쩍 뜨였다.

더 이상 이렇게 장난감 취급을 당하고 있을 수는 없었다.

"야……!"

입을 열어 '이 계집애들아! 그만두지 못해!' 라고 소리치려는 순간 다우가 황급히 그의 입을 막았다.

그리고 다른 소녀들을 향해 외쳤다.

"야, 잠깐. 내게 생각이 있어."

주근깨 소녀는 피식 웃으며 가소롭다는 얼굴로 물었다.

"뭔데?"

"내가 가지고 놀다가 망가뜨렸다고 할게."

다우가 책임지겠다는 말에 다른 소녀들은 어리둥절했다.

"정말?"

"그래. 어차피 칠도 벗겨졌고, 누군가는 책임져야 하잖아. 난 새로 들어왔으니 야단맞아도 너희들보단 낫겠지."

소녀들은 부끄러움을 느꼈다. 좀 전까지 싸웠는데도 자신들을 대신해 희생하겠다는 그녀의 말에 감동한 것이다.

"미안해. 널 오해해서……."

"괜찮아. 그보다 얼른 나가. 내가 가지고 놀다가 망가뜨리는 걸 너희들이 그냥 보고 있었다고 말하면 이상하잖아. 그러니까 어서 빨리 여길 피해."

뒤처리까지 마음 써주는 그녀의 태도에 소녀들은 더욱 감동했다. 주근깨 소녀까지 미안하다고 사과할 정도였다. 다른 꿍꿍이가 있는 게 아닐까 의심하진 않았다. 그만큼 소녀들은 순진했고 다우의 제안을 순수하게 받아들였다.

소녀들이 나가고 나자 다우는 침상에 올라 유검의 곁에 앉았다.

“휴…….”

길게 한숨을 쉬었다.

소기의 목적은 달성했지만 벌을 받게 될 거라는 사실은 여전히 남아 있는 것이다.

유검 역시 그녀의 행동에 은은히 마음이 울렸다.

도움이 될지 안 될지 모르지만 최소한 자신을 위한 것이라는 것은 틀림없는 사실이었으니까.

다우가 힘없이 물었다.

“어느 혈도야?”

“…뭐가?”

“어느 혈도를 제압당했냐구.”

그제야 유검은 다우가 자신이 마혈을 제압당해 이렇게 꼼짝 못하고 있는 것으로 생각하고 있다는 것을 알았다.

유검은 쓰게 웃으며 대꾸했다.

“혈도를 제압당한 게 아냐.”

“그럼?”

“음… 말하기가 좀 힘든데, 하여간 시간이 지나면 괜찮아질 거야.”

“시간? 바보야. 시간이 많이 있을 거 같아? 명 언니가 들어오면 끝이란 말야.”

다우는 투덜대다 다시 채근했다.

“어느 혈도야? 부끄러워하지 말고 얼른 말해. 잘은 못해도 혈도 푸는 걸 배운 적은 있어. 내가 풀어줄게. 움직여지면 얼른 도망쳐.”

유검은 검미를 찌푸렸다.

“내가 도망치면, 넌?”

"난 괜찮아."

"……."

유검은 가만히 시큰둥해 있는 모습의 그녀를 올려다보았다.

조금 전 소녀들의 반응을 통해 짐작컨대, 아무 말 없이 자신이 도망치면 설령 이상한 오해로 비롯된 일일지언정 다우는 꽤 곤란한 처지에 놓이게 될 것이다.

괜찮을 리가 없다.

뭔가 한마디 하고 싶어져 부드럽게 말을 건네려 했지만 낮에 그녀가 사내와 짓궂은 장난과 함께 다정하게 말을 주고받던 모습이 떠올라 퉁명스럽게 나왔다.

"왜 내게 잘 대해주는 거지?"

"빚이 있잖아."

유검은 단지 의리라는 건가? 내심 중얼거리다 별안간 커다란 충격을 받았다.

낮에 그녀의 삶에 간섭하는 것이 옳은지 어떤지 고민했었다. 하지만 자신은 이미 그녀의 목숨을 구해준 적이 있고, 이제는 그녀로부터 도움을 받았다.

애당초 서로의 삶에 간섭은 시작되어 있었던 것이다.

자신의 고민은 그야말로 하등 쓸모없는 것이었음을 깨닫자 유검은 어이가 없어 커다랗게 웃음을 터뜨렸다.

다우는 황급히 손바닥으로 그의 입을 막았다.

"야, 웃지 마! 아님, 소리를 죽이든가."

이어 한숨 쉬며 말을 이었다.

"너, 혈도 어디 제압당했는지 모르는구나. 할 수 없지. 내가 알아서

해볼게."

그리곤 유검의 혈도를 여기저기 찔러보기 시작했다. 마혈을 푸는 몇 군데 혈도를 정해서 문질러 보고 두들겨 보고 꼬집어보고 했다.

안마받는 것 같아 기분이 묘했다.

그녀의 시선이 아래로 향하면 내심 움찔거려졌다.

부끄러움보다는 이대로 모든 것을 그녀에게 내맡기고 싶은 느낌도 들었다.

그리고 이마에 땀을 뻘뻘 흘리며 자신을 위해 노력하는 그녀의 모습에 은은히 가슴이 울리기도 했다.

그녀가 한없이 사랑스러웠으며 보살펴 주고 싶었다.

그런 복잡한 기분 속에서 유검은 자신에게 좀 더 솔직해지기로 했다. 그녀의 인생에 보다 적극적으로 간섭하기로 결정한 것이다.

하지만 자신을 위해서는 아니었다.

설령 그녀가 다른 남자를 선택한다 하더라도 행복해지기만 한다면 얼마든지 웃으면서 도와주리라 결심했다.

이렇듯 유검에게는 보통 사람이라면 쉽게 결정할 수 있는 일을 보다 어렵고 복잡하게 만드는 버릇이 남아 있었다.

돌연 유검은 전신에 부드러운 봄바람과 같은 기운이 퍼지는 것을 느꼈다.

유검은 금강불괴처럼 굳어진 것은 육체가 가지고 있는 본능적인 두려움 때문이었으며 그것을 햇빛에 얼음 녹아내리듯 풀리게 한 것은 단지 사랑스런 기분, 그 감각이었다는 것을 자각했다.

이는 보통 사람도 긴장하면 몸이 굳고, 사랑스런 기분이 들면 몸이 이완되는 경우와 같았지만, 유검의 경우는 존재의 기운이 순수해져 감에 따라 보다 극단적으로 치우쳐진 것이다.

유검의 몸이 부드러워지자 다우는 기뻐 소리쳤다.

"와! 성공이다!"

유검은 천천히 몸을 일으키며 부드럽게 말했다.

"그래, 네 덕분이야. 고맙다."

"헤헤……."

다우는 정말 기쁜 듯 웃고 있었다.

유검은 한없이 부드럽고 열정적인 눈으로 그녀의 맑은 눈동자를 들여다보았다.

다우는 헤헤 웃고 있다가 그런 유검의 눈길과 마주치자 당혹했다.

"왜, 왜 그래? 사람 무안하게……."

유검은 그녀의 어깨를 잡고 그녀의 움직이는 입술을 쏘아보았다. 우주의 비밀을 캐내려는 도학자처럼 진지한 눈빛으로.

그리고 천천히 얼굴을 가져갔다.

다우는 마른침을 꿀떡 삼켰다. 가슴이 세차게 두근거리기 시작했다. 전신이 녹아버리며 자신이 사라져 버리는 것 같았다. 그 느낌은 흥분되면서도 두려웠다.

그녀의 어깨가 벌벌 떨렸다.

'이, 이런 건… 별거 아니잖아. 근데 왜…….'

가볍게 입술이 마주치자 다우는 화들짝 놀라 유검을 밀어내고 침상에서 내려왔다.

그녀는 의아해 중얼거렸다.

"갑자기 몸이 이상해. 가려운 거도 같고… 왜 이러지?"

다우는 뿌루퉁한 얼굴로 말했다.

"하여간 앞으론 내 허락없이 이런 거 하지 마. 알았어?"

유검은 자신이 너무 성급했나 보다며 머리를 긁적거렸다.

"그래."

순순히 고개를 끄덕이며 '알고 보니 순 허풍선이잖아' 라고 내심 중얼거렸다.

다우는 고개를 갸웃거리더니 다시 유검에게 다가왔다.

"가슴 함 만져 봐."

"…뭐?"

"그냥 살짝만 만져 봐봐."

그녀의 대담하고도 엉뚱한 제의에 유검은 멀뚱해졌다. 입맞춤에도 화들짝 놀란 주제에 뭘 믿고 저러나 싶기도 했다.

한바탕 웃어줄까 보다 생각하는데 그와는 상관없이 손은 제멋대로 그녀의 왼쪽 가슴을 향하고 있었다.

그녀의 가슴은 생각보다 작은 편은 아니었는데 참으로 부드럽고 말캉했다. 손바닥으로 그녀의 심장 고동 소리가 들려오는 것 같았다.

억세게 움켜쥐고 싶은 충동과 함께 전신이 후끈 달아올랐다.

두 팔과 전신에 힘이 들어갔고 어떤 행동으로 옮기려는 순간 다우가 다시 훌쩍 뒤로 물러나 버렸다.

그녀의 얼굴은 빨갛게 상기되어 있었다.

"와— 짜릿하네!"

유검은 치솟는 열기를 가라앉히느라 잠시 입을 열 수 없었다.

다우는 그런 유검의 표정을 자세히 관찰하다 고개를 끄덕였다.

"이거 꽤 재밌네. 흐음… 알고 보니 그게 이런 뜻이었구나. 과연! 왜 그런 복잡한 짓을 하나 했더니 다 이유가 있었구나. 여태까지 왜 몰랐지?"

연신 감탄해하는 그녀를 보고 유검은 어금니를 꽉 깨물었다.

"너… 실험하는 건 좋은데, 내게는 그게 고문이란 거 잊지 마라. 여차하면 나도 내가 무슨 짓을 할지 몰라."

"헤헤… 알았어."

유검은 한숨을 내쉬며 부탁했다.

"그나저나 옷 좀 주라."

곧 그녀가 가져온 옷들을 보고 난감할 수밖에 없었다. 기녀들이 입는 야시시한 여자 옷들뿐이었던 것이다.

할 수 없이 그중에서 가장 얌전해 보이는 옷을 하나 걸쳐 입었다.

허리는 꽉 끼었고, 치마가 다리에 찰싹 달라붙어 거동이 무척 불편했다.

어쨌거나 힘차게 소리쳤다.

"자, 가자."

다우도 당연히 그래야지 하는 얼굴로 고개 끄덕였다.

"그래, 얼른 탈출해."

"탈출하려는 게 아냐."

유검은 진지한 얼굴로 물었다.

"루주는 어디 있지?"

"왜?"

"협상을 해야지. 널 두고."

그 말에 다우는 피식 웃었다.

"뭐, 날 생각해 주는 건 고마운데 말야 난 괜찮아. 그러니까 네 걱정이나 해. 사람들에게 붙잡히기 전에 얼른 탈출하라구."

유검은 검미를 찌푸리며 어떻게 그녀에게 설명할까 고민하다 위엄 있는 목소리로 단호히 말했다.

"탈출할 필요는 없어. 난 네가 생각하는 것보다 훨씬 강하다. 믿어라!"

다우는 고개만 도리도리 저었다.

그녀가 보아온 유검의 모습은 죽자 살자 사람들에게서 도망치는 모습이었다. 그리고 마혈을 제압당한 채 동인형이 되어 있는 모습이었다. 그러니 구릿빛 얼굴에 야시시한 옷을 입고 그렇게 말한들 설득력이 있을 리가 없는 것이다.

"하여간 난 이제 가봐야겠어. 명 언니에게 가서 미리 용서를 비는 게 나을 거 같으니까. 넌 탈출하든 말든 알아서 해."

다우는 그렇게 말하고 나서 깡총 뛰면서 방문으로 달려갔다.

"자, 잠깐······."

유검은 황급히 그녀를 뒤따라가려 했으나 폭이 좁은 치마에 걸려 넘어지고 말았다.

"···만."

일어나 보니 다우는 벌써 방문 밖으로 나가 있었다.

유검은 검미를 찌푸리고 좁은 걸음걸이로 엉덩이를 실룩거리며 밖으로 나갔다.

나간 순간, 누군가 뒤에서 자신의 엉덩이를 와락 움켜쥐었다.

"흐흐… 탱탱한데? 너 오늘 밤 나하고······."

퍽—!

팔꿈치가 횡선을 그리며 술에 취해 유검을 뒤에서 안으려는 한 사내의 얼굴을 가격했다.

쿵—!

사내는 즉시 기절하여 쓰러졌다.

헛바람 들이키는 소리에 옆으로 눈길을 돌려보니 한 기녀가 놀란 눈으로 비명이 터져 나오려는 입을 두 손바닥으로 꽉 막고 있었다.

"루주가 있는 곳은?"

유검이 차갑게 묻자 기녀는 손가락으로 위를 가리켰다.

"고맙군."

유검은 점쟁이노인 뒤쫓을 때의 감각을 떠올렸다. 순간 그의 신형이 훌쩍 날아올랐다.

쿵—!

너무 높이 치솟아 버린 탓에 일 장 반 높이의 천장에 부딪쳤다가 다시 바닥으로 떨어졌다.

유검은 엉거주춤 일어나더니 고개를 돌려 여전히 놀란 눈으로 자신을 보고 있는 기녀에게 손사래를 쳤다.

"난 괜찮아. 그러니까 너도……."

뒷말이 이어지지 않자 무심한 얼굴로 침묵을 지키다 유검은 다시 신형을 날렸다.

이번에는 아무 탈 없이 복도를 따라 바람처럼 내달릴 수 있었다.

기녀는 여전히 비명조차 지르지 못하고 두 눈을 동그랗게 뜬 채 지켜보기만 했다.

전각 삼층.

루주가 손님들을 접대하는 대청으로 통하는 문 앞에 두 명의 호위무사가 창을 들고 지키고 서 있었다.

그들 앞으로 허깨비처럼 유검이 나타났다.

"잠시 실례."

유검은 호위무사들의 대답을 기다리지 않고 대청으로 통하는 문을 활짝 열어젖혔다.

안으로 들어서며 두 팔을 떨치자 말리기 위해 달려들던 호위무사들이 가랑잎처럼 뒤로 나뒹굴었다.

유검은 자신의 행동이 무례하다는 생각이 전혀 들지 않았다. 무당산 진무관 때처럼 자신의 행동이 절대적으로 옳다는 기묘한 자신감으로 가득 차 있었다.

대청에는 이미 선객이 와 있었다.

백발노인이 대여섯 명의 제자들과 함께 팔선 탁자에 앉아 사십 대 정도로 보이는 화복의 중년 여인과 함께 차를 마시고 있었던 것이다.

백발노인의 두 눈에 놀람과 어이없음이 동시에 떠올랐다.

"넌……!"

그는 여기 백화루가 대장간과 거래하고 있음을 알고 털보노인에 대한 정보를 얻기 위해 와 있었다.

그런데 유검이라는 보다 더 중요한 정보원이 제 발로 걸어오다니, 믿기 힘든 행운이라 여겼다.

유검은 중년 여인이 백화루주라 확신하고 다가가며 입을 열었다.

"그대와 거래를 할까 하오."

여인 역시 놀라기는 마찬가지였는데, 그녀가 입을 열기도 전에 노인이 유검에게로 다가오며 히죽 웃었다.

"나와 먼저 청산해야 할 빚이 있지 않나? 안 그래?"

노인의 행동에 따라 대여섯 명의 사내들도 포진하듯 유검의 주위를 둘러쌌다.

유검은 그를 본 척도 하지 않고 중년 여인에게 말을 이었다.

"그러니까 그대의 아이들 중에……."

노인이 가소롭다는 얼굴로 예리한 검광을 일으켰다.

"흥, 일단 이 검부터 먼저 맛보시게."

유검이 살짝 고개를 뒤로 젖히자 날카로운 파공성과 함께 검날이 턱 끝을 스치고 지나갔다.

이 순간 유검의 팔이 기척도 없고 흔적도 없이 노인의 검을 쥔 오른 팔꿈치를 쳐올렸다. 그리고 뭐가 어떻게 된 것인지 어느새 노인의 멱 살을 붙잡고 있었다.

유검의 두 눈은 전혀 감정이 깃들어 있지 않아 차갑기 그지없었다.

"아성! 두 번째 용서는 없다고 네게 말한 것 같은데? 어른들 말할 때 끼어들면 안 된다고 말이다."

"죄, 죄송합니다."

그 위엄에 압도되어 백발노인은 자신도 모르게 그렇게 더듬거리며 잘못을 빌었다. 한순간 노인의 눈에 냉엄해 보이는 한 미청년이 어린 꼬마인 자신을 붙잡고 무섭게 호통 치던 모습이 떠올랐다.

그는 곧 자신의 실태를 깨닫고 경악해 마지않았다.

"어, 어째서 어르신의 모습이… 그분은 이미 마하무드라의 세계로 들어가셨는데……!"

유검이 노인을 와락 밀쳐 내었다.

노인은 퉁기듯 날아가 벽에 부딪쳤다.

이때 유검은 오른손을 들어 허공을 움켜쥐고 있었다. 그 주위로 냉 기가 일더니 하얀 빛의 뾰족한 얼음이 만들어졌다.

노인이 벽에 퉁기고 떨어질 때 하얀 빛이 났았다. 얼음 비수가 노인의 왼쪽 어깻죽지를 뚫고 지나가 벽에 꽂혔다. 벽이 쩌쩍 갈라지기 시작했다.

대청 안은 잠시 침묵에 휩싸였다.

유검은 그제야 자신의 행동을 자각하고 깜짝 놀랐다.

'내가 뭘 한 거야?

혼란스러웠다.

방금 노인을 제압할 때 자신이 무슨 수법을 썼는지도 기억나지 않았다. 그리고 방금 날린 얼음덩어리는 뭐란 말인가?

하지만 자신의 행동은 어딘가 낯이 익은 것 같았다.

제정신을 차린 사내들이 호통 치며 칼 그림자와 함께 달려들었다.

그것을 본 백발노인이 크게 소리쳤다.

"멈춰!"

그렇게 명을 내린 후에도 노인은 유검을 보고 갈등을 금치 못했다.

그렇게 혼란스런 눈으로 유검을 바라보다 곧 한여름 날 동상에 걸려버린 자신의 왼쪽 어깨를 감싸 쥐고 정중히 예를 표했다.

"한 달간 백마사에서 기다리고 있겠소이다. 부디 왕림하시어 높은 가르침을 내려주시길 간절히 앙망하오이다."

그렇게 극존칭을 쓰며 예의를 다한 후 백발노인은 제자들을 이끌고 대청 밖으로 나가 버렸다.

그를 멍하니 보고 있다가 유검은 조금 전 자신의 태도와 행동, 그리고 무공 등이 누구와 비슷한지 순간 깨달았다.

"신무룡!"

유검은 충격과 함께 의아함을 금치 못했다.

왜 자신이 신무룡 그의 모습이 되었단 말인가? 그의 혼령이 남아 있어 자신에게 씌었기라도 했단 말인가?

그때 내면에서 어떤 앓이 갑자기 찾아왔다.

원인도 이유도 없는 전체적인 앓이었다. 동시에 시나브로 한 사내의 일생이 경극을 펼치듯 뇌리를 스쳤다.

유검의 얼굴이 한껏 일그러졌다.

"뭐야? 그가 내 전생의 모습이라니―!"

한참 동안 망연히 천장만 바라보다 길게 한숨을 내쉬었다.

'일단 이 문제는 좀 더 천천히 생각해 봐야겠군.'

그리고 중년 여인에게로 시선을 돌려 이곳에 오게 된 본론을 꺼내었다.

"제가 부디 요청하고 싶은 것은……."

"어떤 요청이든 제가 거절할 수 있을 것 같나요?"

중년 여인은 반사적으로 그렇게 대꾸하고 말았다.

그녀는 방금 눈앞에서 벌어진 일에 입을 다물지 못하고 있었다.

백화원을 멸문시킨 백발노인이 찾아온 것에 놀라 대책 마련에 전전긍긍하고 있었는데, 갑자기 모든 게 변해 버렸다.

그 상황을 도저히 이해할 수 없었으며 유검이 적인지 친구인지조차 그녀는 구분할 수 없었다. 오로지 분명한 것은 그가 백발노인보다 훨씬 위험하다는 사실뿐.

이런 상황에서 유검이 요청을 운운하자 이미 무조건적인 항복을 결심했기에 반사적으로 그렇게 대꾸한 것이다.

하지만 그렇게 말해 놓고 보니 오히려 그의 심기를 거스른 것 같아 가슴을 잔뜩 졸였다.

유검은 오히려 그녀의 말이 허락인지 아니면 단도직입적인 거절인
지 이해할 수 없어 검미를 찌푸리다 다시 입을 열었다.

"그러니까 제 요청이란 게……."

이때 한 소녀가 대청 문 앞에 나타났다. 다우였다.

그녀는 유검을 보고 기가 찬 얼굴로 쪼르르 달려왔다.

"이 바보! 혹시나 싶어서 와봤더니 정말로 루주님께 왔잖아!"

다우는 유검의 귀를 잡아당기며 중년 여인에게 변명하듯 말했다.

"죄송해요. 본래는 착한 사람인데 가끔 정신이 나가 버려서… 헤
헤."

중년 여인은 다우를 알아보았다.

멸문당한 본가의 백화원에서 온 신참…….

그것뿐이었다.

하지만 그녀의 행동과 말은 전혀 이해될 성질의 것이 아니었다.

"그러니까 이 녀석이 무슨 말을 했든 못 들은 걸로 해주시면 안 될까
요? 제가 열심히 일할게요."

다우가 자꾸만 자신의 귀를 잡아당기자 유검은 곤혹스러운 얼굴로
사정했다.

"일단 이거 놓고 말하자. 응?"

"밥팅! 뭐가 잘났다구 그래. 글구 여기가 어디라고 함부로 온 거야.
루주님이 맘 좋으시니까 망정이지 아님 넌 이미 죽도록 얻어맞았을 거
라구."

"휴… 그게 아니라……."

"아니긴 뭐가 아냐! 얼른 나와."

백화루주는 그렇게 도살장으로 향하는 소처럼 다우의 손에 끌려가

는 유검을 멍하니 보고만 있었다.

　그냥 지켜보는 것 외에 그녀가 할 수 있는 일이 뭐가 있겠는가.

　둘의 모습이 사라지고 나서도 한참 후에야 루주는 유검이 기녀들이나 입는 우스꽝스런 옷을 입고 있었다는 것을 떠올릴 수 있었다.

　루주는 자신이 웃어야 할지 아니면 괴기스러워해야 할지 몰라 멍청히 천장만 바라보았다.

『무상검』 제12권으로…

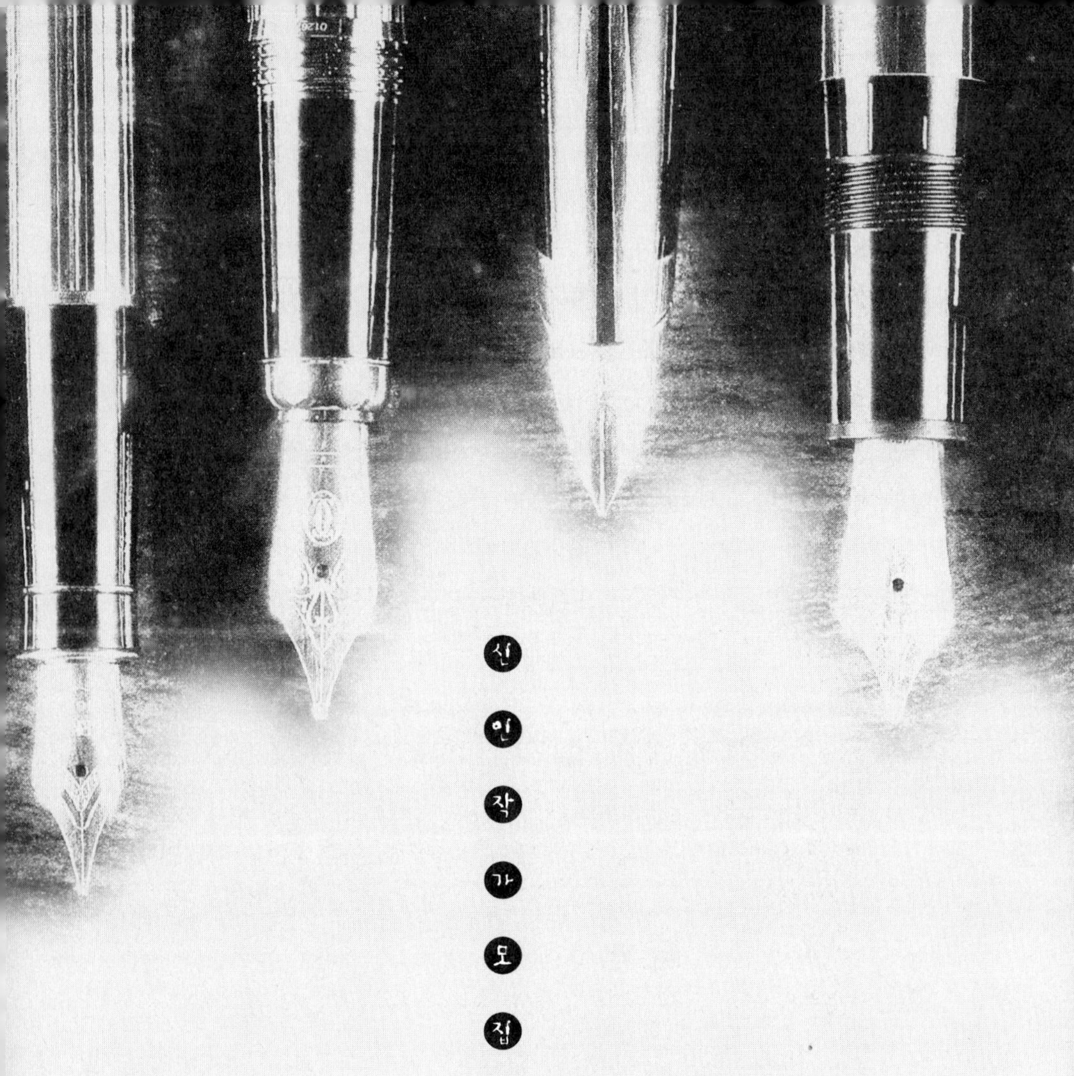